大話英雄

1 英雄有夢

龍人 策劃
易刀◎著

故事背景

神州八六二年。

魔人肆虐，寇邊長達十三年，其中爆發數次人魔大戰。

神州英雄因而輩出。

其中最爲後人傳頌不止的，是一位名叫談容的大英雄。

與此同時，臥龍鎮上的如歸樓中，亦出現了一位名不見經傳的丑角人物：談寶兒。

雖然姓氏相同，但長相、武功、性格、命運截然不同的這兩個人，在如此群魔亂舞、晦暗不明的亂世中，將有著什麼樣的交集？

又將帶給神州大陸什麼樣的衝擊？

談寶兒的人生又將產生什麼樣的巨變？

重要地標

＊臥龍鎮——

一個接近龍州前線的邊陲小鎮。神州八六二年，第二次人魔戰爭爆發，想發戰爭財的精明商人聚集到這裏，沿驛道兩側建屋築鋪，頗有規模。龍州總督司徒崛下令准予成鎮，並親自賜名臥龍。鎮上人人是臥龍，處處有狗熊。因此鎮上非但不見彪悍的民風，反是每至夜晚月明時分，只聞笙歌處處，脂香浮動，呼喝歡笑之聲相聞，一派溫柔鄉景象。

＊如歸樓——

臥龍鎮上唯一的客棧，也是酒樓和茶社。老闆名談松。樓中固定有說書人暢說古今，成爲當地人打發時間的最佳去處。

＊倚月樓——

京城三大名樓之一。

＊天河——

位於葛爾草原旁，是神州子民心中最重要的一條河，有「天下第一河」之稱。自東海發源，由東向西，最後流入至西的崑崙山的滔天谷，之後鑽入地下水脈，神秘失蹤不見。河水沖積所成的天河平原，更是神州三大糧倉之一。

＊蒼瀾江——

發源於南疆的神女峰，縱橫南北，最後流入北溟。是神州兩大水源之一。

爆笑小字典

＊雲騎——

大夏國最神駿的馬。通體雪白，四蹄上各生有一圈如鳥羽似的長毛，奔跑的時候，幾乎足不沾地，落地聲音極輕，如包了棉花一樣。萬馬馳騁時，遠遠看去像極了天上白雲奔流，並且無聲無息，因此得名。

＊鼠人——

魔人八族之一。鼠頭人身，天生能幻化成普通老鼠模樣，聽覺極靈，是天生的探子，但人口卻極其稀少。

＊火潮鐵騎——

胡戎族威震草原的騎兵軍隊。因戰馬都是火紅色，而戰士的盔甲也是一般血紅，遠遠看去如赤潮洶湧，故名之。

＊葛爾草原四大部族——

分別是莫克族、龍血族、天池族和胡戎族。

＊神使——

葛爾草原上最接近長生天神的人被稱爲神使。每一代神使皆由上代神使指定。

＊神州三大門派——

爲禪林寺、天師教和蓬萊島。分別代表了神州三種主流的法術形式精神術、符咒和陣法。精神術重視人本身的修養，所以法術都和人的精神有關；天師教偏重於物，最擅長的是畫符，以符咒驅使世間一切的物體。蓬萊島的法術則以陣法爲主，借陣法可以引導出天地的威力來誅殺敵人。

＊四大天人——

人族公認的四位最頂尖的高手，分別爲楚接魚、枯月禪師、張若虛和羅素心。

＊「觀海雲遠」——

指京城四大美人，「觀海雲遠」則是四個人的名字縮寫。「觀」指城外水月庵的秦觀雨，「海」指怡紅樓的頭牌駱滄海，「雲」指大夏永仁帝的幼女雲蒹公主；「遠」則指戶部尙書楚天雄的女兒楚遠蘭。

＊四大藩國——

分別是神州東邊的東海群島，西邊的戈壁西域，南邊的雲夢南疆和北邊的葛爾草原部落。後葛爾部落分裂，只剩下了三大藩國。

＊四大神物——

包括西域火獅、南疆天蠶、北池大鵬和東海神龍四種神州極其難得一見的神獸。

＊神州四大港口——
依次是京城的大風港、北方前線的武神港、南疆的天姥港以及東海的青龍港。

人物簡介

◎神州英雄

＊羿神——

人族所信奉的眾神之王。與天魔為死對頭，水火不相容。

＊聖帝——

大夏王朝的開國大帝。華朝末年，災荒連年，民不聊生，魔人於此時寇邊，朝廷無力阻止，聖帝舉義旗驅魔，擊敗魔人，故由華朝末代帝君赤炎禪讓於聖帝，從此建立大夏王朝。

＊赤炎——

神州史上第一個朝代華朝的末代帝君。後禪讓給聖帝。

＊白笑天——

人稱「戰神」。以一人之力死守鎖龍關，力阻魔族三十萬大軍七日之久，最後光榮殉國。

＊「天師」張道——

自引天雷與三萬魔族精銳同歸於盡，被大夏國永仁陛下題字「英烈千秋」而名留後世。

＊張十三——

少年英雄。以一碗豆腐腦騙出魔族軍事情報。

＊秦半仙——

測字先生。憑一套女人衣物計殺魔族三名紅衣魔將。

＊談容——

年僅十七。身高八丈，目似銅鈴，拳大如斗，通天文地理，會五行遁甲，揮手生電，呵氣成雲。曾孤身一人闖入魔人百萬軍中，摘下了魔人主帥厲天的頭顱，名震天下。其「蹁躚凌波術」獨步天下。

＊談寶兒——

「如歸樓」中的小夥計。原爲流浪孤兒，被「如歸樓」老闆談松好心收養，長大即成「如歸樓」的店小二。其相貌平平，大字識不到一籮筐，通的是骰子牌九，會的是偷奸耍滑。卻因陰錯陽差，搖身一變，成爲大英雄談容的分身，也因此展開他爆笑無賴的一生。

人物簡介

◎傾城紅顏

*若兒——
年約十六七歲，明眸皓齒，瓜子臉，並有一頭如墨雲似的長髮。英姿颯爽。

*秦觀雨——
京城四大美女之一。居於水月庵中。

*駱滄海——
怡紅樓的頭牌。亦爲京城四大美人之一。

*雲蒹公主——
大夏國永仁帝的幼女。京城四大美人之一。

*楚遠蘭——
談容的未婚妻。當今朝廷戶部尚書楚天雄的女兒，亦爲京城四大美人之一。

*吳月娘——
昊天盟分堂「明月堂」堂主。年約二八，丰姿撩人。

◎當代豪傑

＊枯月禪師——

禪林寺的代表人物。

＊張若虛——

天師教的教主，亦是天師教法術集大成之代表人物。名列四大天人之一。法力通神。

＊楚天雄——

大夏國戶部尚書。楚遠蘭之父。與談容之父爲多年知交，因而結下兒女婚事。

＊羅素心——

蓬萊島的代表人物。

＊屠瘋子——

蓬萊山天音上人門下首席大弟子。因和張若虛打賭能破其九九窮方陣，竟自願藏身天牢長達三十年，苦心鑽研陣法。後將一身絕學盡數傳給了談寶兒後不幸離世。

＊楚接魚——

神州武學第一人，黑道第一幫派「昊天盟」的魁首。

人物簡介

＊無法和尚——

禪林門下弟子。被佛祖欽點爲繼承人。於星相之術頗有專精。

◎相關要角

＊范正——

大夏國太師。

＊范成大——

范太師的獨子。三歲會罵粗口，五歲能吃七碗乾飯，人稱「京師第一神童」；七歲贏得京城蛐蛐大賽冠軍，十三歲時已成麻將協會榮譽會員。

＊張浪——

國師張若虛之子。與范成大為無惡不作的好友。

＊何時了——

大夏國刑部尚書。年約四十。

＊龍護法——

昊天盟護法。曾大膽行刺大夏國君。

＊永仁帝——

大夏王朝當今天子。對談寶兒寵愛有加。

人物簡介

◎大漠兒女

＊黃天鷹——馬賊首領。橫行葛爾草原。

＊桃花——胡戎女子。艷若桃花。胡戎族長之女。

＊蘇坦——胡戎族族長。桃花之父。

＊哈桑——葛爾草原上另一支民族莫克族的族長。

＊木桑——莫克族第一勇士。

＊莫邪——莫克族昔年最偉大的神使。

◎神秘魔族

＊天魔——

傳說中魔族至高無上的信仰偶像。

＊厲九齡——

魔教教主。人稱「魔宗」。

＊厲天——

魔人主帥。厲九齡的第四弟子。魔人集結百萬大軍大犯龍州時，被談容摘下頭顱，魔人士氣大落，被龍州軍追殺出八百里，損失了五十多萬人，連失七座城池。

＊謝輕眉——

一代魔女。亦爲厲九齡的徒弟。風華絕代。曾施出劇毒「碧蟾冰毒」，使大英雄談容不幸身亡。

＊天狼——

魔宗門下第三弟子。

人物簡介

◎其餘配角

＊胡先生——

「如歸樓」的說書先生。

＊談松——

「如歸樓」的老闆。談寶兒父母雙亡後收養談寶兒，是談寶兒的衣食父母。

＊張三——

「如歸樓」中的另一名夥計。

＊司徒崛——

鎮守邊界的龍州總督。在魔人犯境時當場戰死。

＊唐天齡——

金翎軍副統領。爲人諧趣。年紀約莫六十上下，卻老當益壯，身手敏捷不讓少年。

＊關小輕——

隨軍參謀。禁軍中最有潛力的年輕將領。

＊福伯——

楚府中的管家。

通靈神獸

＊黑墨——

談容的坐騎。通靈善解人意。健步如飛，快如黑色旋風，是百年難得的神駒。愛喝烈酒，被世人引爲神奇傳說。

＊阿紅——

若兒的坐騎。通體棗紅。與黑墨實力相當，兩騎堪稱絕配。

＊小三——

爲談寶兒用羿神筆畫出的三足神龜。嗜吃肉，食量驚人。乃昔年羿神座下四大神尊之一，本尊名萬相神龜，羿神曾賜名爲玄武神尊！

＊九頭獸——

傳說中天魔的坐騎。供於魔神廟中。

＊蹁躚凌波術——

獨步天下，爲談容的獨家絕技。此術步履飄逸，起落之間，只如行雲流水，故名「蹁躚凌波」。

＊千山浮波陣——

被布下此陣後，所在空間頭頂天空只如千山壓頂，蒼鷹難渡；足下地面則如浮波逐流，落羽可沉，青萍難渡。

＊太極禁神大陣——

以八卦陣法爲基礎。施陣者所踏每一步，都是八八六十四卦其中一卦。這套步法踏完，便已布好。

＊化血魔法——

可用來破除禁制，然施術者亦恐自損心脈。

＊碧蟾冰毒——

魔人萬毒之王。這種毒無藥可救，中者必死，要想將其逼出體外，除開高深的法力外，需有極強毅力，一開始必須要忍受兩個時辰的血液被凍僵之苦，之後陰極陽生，血液就如同被煮沸的開水一樣，在身體裏翻騰。如此冷熱交替不休，足足要五日時光，才算是完成。當世之人只有厲九齡曾成功地逼出過這種毒。

＊移形大法——

談容從羿神筆裏領悟出來的一種法術。能將兩個人的五官、臉形、頭髮、指甲、皮膚和聲音等一切體現於外的特徵完全對移。如欲恢復原狀，需和神筆心意相通，其中方有破解之法。

＊撒豆成兵——

莫克族神使的唯一標誌。作戰時將袋中之豆扔出，可立成無數神兵。魔人退出神州之後，此術曾一度失傳。

＊一氣化千雷——

一門將體內真氣化作雷電外放的法術。練成後，招手之間便能放出上千道雷電，威力驚人。

＊石化符——

能瞬間使被施者僵硬如石，再也動彈不得分毫。

＊定神符——

可立時將被施對象精氣神鎖住，無法動彈。

＊蓬萊陣法——

有五種基礎陣法，按五行分類，依次是分金、揠木、封水、聚火和裂土之陣。另有數種即將失傳的奇陣：嫁衣之陣、天雷之陣、萬星照月大陣和呼風喚雨之陣，皆是涵蓋天地，包舉萬物，牽一髮而動全局的大陣。

＊九九窮方大陣——

乃國師張若虛集前人法術之大成所創，爲天下罕見的奇陣。其九道大的橫線，代表了九陽，九道大的豎線，代表九陰，九陰九陽相剋卻也相生，彼此作用，生成八十一條小線，每一個格子裏的陰陽之數各自不同，如此反覆，窮盡萬物。後竟被談寶兒意外破解。

＊裂土之陣——

顧名思義就是通過裂開土地來殺敵。此陣法最神奇之處，是裂土之後能將活人埋進去，然後再將土地復原。地底的人憑藉陣法本身的聚氣功效，在地底和在地面一樣呼吸，只要到了時間或者是布陣者再次施法，這些人就可以從地底冒出來。多於兩軍交鋒時用來設置埋伏。

＊火龍符——

張若虛所創的符法之一。可埋於地底，只要有人踏到這塊地面，立刻就會引發符咒，被地火龍追擊。

＊封水之陣——

全名「北斗封水大陣」，是蓬萊五大基礎陣法之一。這種陣法布下時，暗合天上北斗七星之數，布陣之法，是將真氣以一個特殊的方式，按北斗之形散於地面七點，借助天地人三者感應之力，可控制天地間的水元素。

＊九鼎大陣——

上古之時，神州被稱爲九州，因洪水席捲。水神大禹受羿神之命治水，發現是九條魔龍搗亂，他耗時三十年，開出了貫通神州的天河，一面採集藏於東海之底的大地精鐵，以無上神力引來九天之火，費時九九八十一天，終於煉成了九只巨鼎，分別放置在九州大地，鎮住了九條魔龍，洪水乃止。此九鼎彼此牽引，組成了神州最大的陣法「九鼎伏魔大陣」，除了鎮住九大魔龍外，並守護著整個神州大地的安危。此後的戰爭中，魔人的探子一進入九大州的範圍之內，立時便會被天火所焚，消失得無影無蹤。

＊遊刃有魚之術——

此法是爲一人單挑成百上千人而創。施展時，施法者的周身會生出一種類似魚鱗上黏液的黏狀真氣，自己一旦受到攻擊，黏狀真氣會自動讓人本身借力滑開，所以即使一個人身處千軍萬馬之中，也如魚在水中一樣，可以在刀鋒間遊蕩而紋絲不傷，因此得名。

＊血影分光符——

魔族幻術的一種。施術者可利用身邊之物畫出血符，施法變成自己的假身，以分散敵人的注意力。

＊鏡花水月之術——

被施法之物表面上猶如覆蓋了一面明亮的圓鏡，可於夜間用來觀察天象。

珍奇寶物

＊乾坤寶盒——

長方形，非金非玉，不知是何物造就。會放出金色閃電。需念咒語才能打開。原爲談容所有。

＊羿神筆——

長約三尺，筆身巨大，乳白色，有竹結，毛筆通體漆黑，光滑如錦，上面還隱有金光流動。傳說原爲上古時羿神所有，不知何因，流落人間。

＊落日神弓——

與尋常的弓大不相同，入手極沉，弓胎非金非鐵，弓身通體漆黑，弓弦則呈紅色。據說能射下天上紅日。亦稱「英雄之弓」，爲草原四族共有，由神使掌管。歷任神使無一人能將其拉開。曾有神使預言，如有人能拉開此弓，必會成爲大英雄，並帶領草原各族走向前所未有的輝煌。

＊雕翎箭——

與落日神弓互爲神器。不只能射物，更兼有拔毛的神效。

＊酒囊飯袋——

可裝眾多物品，卻不會有重量。要喝酒時，念咒語「嘎嘎拉西」，想吃肉時則念「多多兀個」即可打開。欲裝東西時，則將酒飯湊近袋口，念相同咒語方可。飯菜在袋子裏可保存十天不壞。是胡戎族的寶物。

＊神兵豆——

一種仙豆。豆身呈金黃色，遇敵時，朝地上扔一顆，有退敵之用。

＊瞌睡蟲豆——

豆子落到地面，隨即會變成一隻隻小蟲子。蟲子黏到人頭髮上不久，人便頭腦昏沉，不多時便會沉沉睡去。

目錄

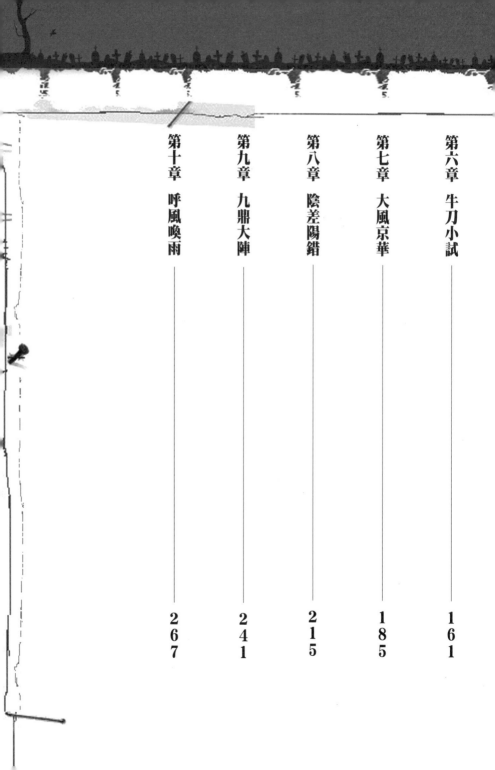

第一章 少年英雄夢

臥龍鎮原本只是一個小小的驛站。

神州八六二年，魔人北來，第二次人魔戰爭爆發，想發戰爭財的精明商人聚集到這裏，沿驛道兩側建屋築鋪，幾年下來，竟已是頗有規模。最後，龍州總督司徒崛下令准予成鎮，並親自賜名臥龍，意思是說鎮上人人是臥龍，只待國家需要，立刻能龍飛九天，揚我神州氣魄，顯我大夏朝的威名。

但臥龍鎮實在太小了，如果用大夏最神駿的雲騎，從頭跑到尾，大概也只是眨兩次眼睛的時間。所以別說是龍，這裏連蛇也藏不住一條。也許正因爲如此，這個極其接近龍州前線的邊陲小鎮，非但不見彪悍的民風，反是每至夜晚，月明時分，只聞笙歌處處，脂香浮動，呼喝歡笑之聲相聞，一派溫柔鄉景象。

這每每讓那些龍州來的衣甲帶血的信使欷歔不已，其中一個更是說了句酸不拉嘰的話，叫什麼「將士陣前半死生，美人帳下猶歌舞」。

只是最後這話傳到京城的時候，卻被當朝太師妙解為：「因為前線戰士的不顧生死的犧牲，贏得了我們醇酒美人的歌舞昇平」，很是流傳一時。

不過這些都和臥龍鎮的人沒有半點關係，別說這句詩他們根本沒有聽到，即便聽到了，也僅僅是沒心沒肺地一笑置之。

「如歸樓」是鎮上唯一的客棧，同時也是一家不錯的酒樓和茶社。鎮上的閒人，平日裏就聚在如歸樓的二樓，喝幾杯酒，順便聽聽樓裏的胡先生說幾段書，夢遊古今神魔，借此打發時間。

今天已是黃昏時分，樓裏的小夥計開始端著銅盤繞轉全場，眼看今天的最後一段書要說完了，聽眾卻都是意猶未盡，其中便有一人叫道：

「胡先生，再來一段吧！我聽說最近龍州前線出了一位大英雄，叫談……談什麼來著，你就說說他的故事吧！」

「對對，就說說這位大英雄的故事吧！」人群跟著呼應起來。

「那可不行！日已落山，大夥兒明日請早吧！」胡先生搖搖頭，不肯答應。

這時候，小夥計已經繞場一周，將各人的書錢收足，擱到櫃檯上，跟著起鬨道：

「胡老頭，你就別裝了，就再來一段又怎樣？這兩年我們一直被魔人壓著打，難得這回打了個大勝仗，出了個大英雄，能說說他的故事，也是你老八輩子修來的福氣啊！」

眾人轟然大笑：「對對！談寶兒說得好！胡先生，您老就再說一段吧！」

「好吧！那就再說一段！」胡先生架不住眾人哀求，終於答應下來。

「啪！」他用力一甩驚堂木，本是嘈雜的人群立刻變得鴉雀無聲，一時間，偌大的樓裏只剩下他一個抑揚頓挫的聲音。

「各位！這說英雄，道英雄，何人可算得英雄？遠的不說，只說自八六二年，魔人寇邊至今已是十三年，我神州那是英雄輩出。有以一人之力死守鎖龍關，力阻魔族三十萬大軍七日之久而殉國的戰神白笑天；有自引天雷與三萬魔族精銳同歸於盡而被永仁陛下題字『英烈千秋』的天師張馗，有以一碗豆腐腦騙出魔族軍事情報的少年英雄張十三；也有憑一套女人衣物計殺魔族三名紅衣魔將的測字先生秦半仙；但老夫今天所說的這位大英雄，卻與這些人截然不同。他姓談名容，今年不過十七歲……」

「喲！不但姓和我一樣，連年齡也一樣！老胡，他不會是我失散多年的孿生兄弟吧？」談寶兒截口怪叫道。

「去去去！你要有這樣一個兄弟，還不知光宗耀祖成什麼樣了！」胡先生很是不屑地擺擺手，「誰都知道你不過是談老闆從外面撿回來的，連姓名都是談老闆給你取的，你憑什麼跟人家攀親戚？再說了，那談容身高八丈，目似銅鈴，拳大如斗，通天文地理，會五行遁甲，揮手生電，呵氣成雲，吹一口氣就將魔族百萬大軍吹得灰飛煙滅！你談寶兒相貌平平，大字識不到一籮筐，通的是骰子牌九，會的是偷奸耍滑，你們倆要是親兄弟，除非是羿神瞎了眼，和天魔結成了親家！」

天魔是傳說中魔族至高無上的信仰偶像，而羿神則是人族所信奉的眾神之王，這兩人自然是水火不相容。眾人聽胡先生這麼說都是哄然大笑，少不得附和著譏笑一番談寶兒不自量力。

談寶兒被嘲笑，頓時有了火氣：「你們這些傢伙，少在那狗眼看人低！說不定哪天機會來了，小爺我搖身一變，成爲另一個談容，也叫你知道什麼叫真正的英雄！」

他說這話的時候，一隻腳踏在長凳的一頭，斜倚著桌子，雙眼憂鬱中帶點寂寞地望向樓外，整個人一副傲視天下的英雄氣概。眾人都是爲之一震，一時竟都作聲不得。

卻聽胡先生冷哼道：「除非太陽從西邊出來！」

「好好！就爲了你這句話，小爺我明天就去龍州參軍！不打出個名堂，你還以爲我臥龍鎮真的沒有龍了……哎喲，哪個渾蛋打老子的頭？」

卻是談寶兒話剛說了一半，頭上已被人重重敲了一下。他一著急，長凳頓時翻了過來，正中額頭，跟著人也摔倒在地上，要多狼狽有多狼狽。

哄堂大笑。

談寶兒拍拍屁股，憤然站起，滿臉殺氣地怒視回去，身後卻是一張比他殺氣更盛的臉。

談寶兒臉上頓時冰雪消融，一把抓住那人尚未收回去的左手，很是賣力地呵了幾口氣，諂笑道：「老闆大人，小的又做錯了什麼，值得您高抬貴手打我的頭？打破我的頭沒關係，要是不小心傷了您的手，小的睡覺都會不安心的！」

那人正是如歸樓的老闆談松，談寶兒的衣食父母。雖然朝夕相處，談松還是被談寶兒熟悉的誇張語氣給逗笑了，笑罵道：

「滾你的蛋吧！你個小王八蛋，睡覺不安心，那是因爲沒有小娘皮陪你，和老子的手又有什麼關係了？爲什麼打你？你去參軍了，我這如歸樓誰幫忙跑腿？還愣著幹什麼？我上來休息會兒，你先下樓去給我招呼著！」

「是是是，一切都是寶兒的錯。來來來，您請上座，也聽一回我們本家的威風事蹟！」談寶兒一面說笑，一面讓談松在自己座位上坐下，將抹布朝肩膀上一搭，唱著小曲，擺個誇張的王八步，登登登朝樓下走去，身後自然又引來笑聲如雷。

樓下除開另一個管賬的小夥計張三，再沒有別的人。因爲現在雖然日頭落山，卻還並不是吃晚飯的時候，並沒有客人上門。

張三正在看賬，見談寶兒下來，笑著搭訕道：

「嘿，寶少爺，你這是怎麼了？一臉的晦氣，誰又惹你老人家了？」

談寶兒雖然幹著和張三一樣的活，但卻是談松自小收養的，沒人的時候，張三就調侃他叫少爺，談寶兒每次都是眉開眼笑，儼然自己真的成了如歸樓的少東家。

但今天談寶兒卻沒搭腔，徑直到談松的專用籐椅上坐了下來。

和老胡插科打諢本是吸引客人的有用招數，剛才他並不是真的生氣，只是談容的故事，老胡昨天已經和他說過，現在想起來，心裏很有些不是滋味。

一個月前，魔人集結百萬大軍再犯龍州，龍州總督司徒崛當場戰死，三十萬大夏軍軍心動搖，魔人乘勢攻上城牆，眼見龍州便要淪陷。這個時候，一名普通的弓箭手站了出來，以一己之力連殺十六名紅衣魔將，將魔人趕下城去，之後孤身一人闖入魔人百萬軍中，摘下了魔人主帥厲天的頭顱，魔人士氣大落，被龍州軍追殺出八百里，損失了五十多萬人，連失七座城池。這個弓箭手正是談容。

談容明明和自己一般年紀，卻已是名震天下的大英雄，人人景仰，而自己算什麼？難道一輩子在這如歸樓窩著，看人臉色過一輩子嗎？

想到此處，談寶兒重重嘆了口氣，對張三道：

「小三，你有沒有夢想？」

「夢想啊？」張三認真想了想，臉上露出甜甜的笑容，「我想明天一覺醒來，天上給我掉下大把的銀子，然後自己開一家如歸樓，然後娶小翠做我老婆，生他十來個白胖小子。」

「十來個？當種豬就是你的人生夢想了嗎？沒志氣的傢伙！」談寶兒不屑地擺擺手。

「這還叫沒志氣？」張三不服，「那你的夢想又是什麼？」

「我的夢想啊，嘿嘿，就是率領天下大的小的老的少的胖的瘦的雄的雌的英雄們，將魔人打回他們的烏龜洞去，成爲天下最最最大的英雄！然後戴著紅得像火的龍女花，騎著最高大的雲騎，在大風城轉他半天，讓京城的公主郡主們都爲我尖叫，爭先恐後要嫁給我。然後老子就設個擂臺賽，讓她們比武，誰要是將別人都打趴下了，誰就嫁給我。嘖嘖，那麼多美女一起打擂臺，該是怎樣一種風光啊……」談寶兒說著話，眼睛裏放出灼灼的光芒。

「得了吧，寶少爺！你大字識不到一籮筐，打架要不是耍賴出陰招，連我都打不過，文不行武也不行，憑什麼去率領你那些天下大的小的老的少的胖的瘦的雄的雌的英雄們？」張三冷笑道。

「你智慧太低，跟你說了你也不明白！」談寶兒不以爲然地擺擺手，眼光望向門外出神。

張三看他似又陷入英雄大夢中，苦笑著搖搖頭，低頭又去看賬簿。

談寶兒想了一陣，發現自己終於和談容相距甚遠，無聊至極，伸手從口袋裏掏出三粒骰子，咕嚕朝桌子上一扔，正是三個大紅六點，頓時大笑：

「哈哈，滿堂紅！好彩頭！」

張三笑道：「你五歲那年就已經能把把三個六，這會兒又給自己找什麼藉口？你要去賭場就只管去，這裏我給你撐著就是。」

「哈哈！要說還是三哥夠意思！」談寶兒大喜，飛快收起骰子，就朝門口跑去。身後張三搖頭苦笑：「臭小子，有了好處就叫三哥，沒有好處就叫小三！」

正在這個時候，大門外卻傳來一陣奇特的馬蹄聲。

馬蹄落到青石地面，蹄聲本該清脆，但這陣馬蹄聲卻是淡而薄，那感覺好似馬蹄上包了厚厚一層棉花奔行在軟軟的草地上。

雲騎！談寶兒反射動作一般停住了腳步。

大夏國最神駿的馬叫雲騎。這種馬通體雪白，四蹄上各生有一圈如鳥羽似的長毛，奔跑的時候，幾乎是足不沾地，落地聲音極輕，只如包了棉花一樣，而萬馬馳騁的時候，遠遠看去像極了天上白雲奔流，並且無聲無息，因此得名。

從龍州來的信使清一色的騎著雲騎，天長日久，談寶兒對其蹄聲已經是再熟悉不過了。但下一刻，當他看到門外的「雲騎」時，卻露出哭笑不得的神情。

這匹馬通體黑如墨炭，四蹄之上都包著一層黑布，但由於長途的奔馳，黑布已有些鬆散，一些白色的絮狀物卻從黑布裏擠了出來，赫然正是棉花！

馬的主人是一名少年書生，年紀和談寶兒差不多，但臉上滿是風塵之色，一身青衣，背上斜背一個灰布包著的細長包裹。

現在他已經下了馬，見談寶兒望著自己的馬目瞪口呆，一點羞愧之色也沒有，反是輕拍馬頭微笑道：

「小二哥，我這匹黑雲騎怎麼樣，還過得去吧？」

他本來生得俊雅，這一笑更是溫和至極，只如三月裏拂過柳枝的春風一般，給人說不出的好感。

談寶兒愣了一下，笑道：

「真是好馬！我看即便是真的雲騎，也未必比得上公子你的坐騎。來來，您請裏面坐。這馬你交給我，包管給你伺候得妥妥貼貼的。」

書生笑道：「不敢勞煩！我這馬脾氣相當的古怪，認生得很。」

他說話的時候，談寶兒卻已伸手去摸馬背，不想那馬一聲嘶鳴，前蹄一揚，作勢就要踹過來。談寶兒嚇得臉色大變，踉蹌著朝後退了好幾步，終於還是一屁股坐在了地上。

「黑墨，不可無禮！」書生用力拍了拍馬頭，那馬鼻裏噴氣，對著談寶兒哼了幾聲，才算作罷。

書生苦笑著搖搖頭，對談寶兒道：「不好意思，這傢伙被我寵壞了！你沒事吧？」

談寶兒拍拍屁股上的灰，狼狽地站了起來，心道：「廢話，老子這樣子像沒事嗎？」口中卻道：「沒事沒事！那個，貴馬忠心可嘉，忠貞不貳，忠誠可靠，不愧是國之棟……嘿，總之是一匹好得不能再好的馬！公子你跟我來吧。」說到這裏，回頭對張三叫道：「小三，這裏你先看著，我帶公子去馬廄！」

「知道了！」張三答應。

談寶兒領著書生繞過前樓，朝後院走去。

如歸樓的後院，一面緊貼前面的主樓，其餘三面都是由大塊整齊的青石堆砌起來的五丈高的圍牆。從一道高牆下的小門進去，就看見院子的左邊牆下有一個茅棚搭就的馬廄。

將馬拴了進去，上好清水飼料，書生拿出一顆小金錠，塞進談寶兒手裏，笑道：

「小二哥，麻煩你給我安排一間上房，要幽靜些的。」

「公子你真是太客氣了，這叫小的怎麼好意思呢？」談寶兒嘴裏客氣，手上卻沒有半點不好意思地將金錠笑納了。

「公子這邊請！」兩人向前樓走去。

談寶兒一面在前面引路，一面滔滔不絕地吹噓起來：

「公子您放心，我給您安排的房間，環境清幽得沒話說，更重要的是乾淨，相當的乾淨。您看看這青石鋪就的地面，絕對的一塵不染。鎮上最乾淨的地方就是我們這裏了！」

「是嗎？那沒有老鼠吧？」書生英挺的劍眉陡然豎了起來，兩隻耳朵微微聳動。

「老鼠？別逗了兄弟！別說老鼠，我們這連蟑螂都沒有……哎喲，這像老鼠一樣的東西從哪跑出來的？」談寶兒正口若懸河，一隻黑毛老鼠卻很不給面子地從前院躥了出來，一時間臉色要多難看有多難看。

「哈，哈，公子，這純屬意外，哈哈，純屬意外……哎喲，怎麼忽然冒出這麼多老鼠？小三，你這臭小子，平時打掃廚房的時候一定偷懶了……」卻是他說話的時候，一大群老鼠忽然從各個角落躥出，氣勢洶洶地撲了過來。

「別吵！」書生冷冷的一聲低喝，隨即談寶兒就覺得腳下一空，整個人已被前者抓著左臂向上飄了起來。

同一時間，無數隻老鼠，像箭一樣從地上猛地躥了起來，張開嘴露出老虎一樣的獠牙，朝空中的兩人猛撲過來。

眼前滿是黑色的鼠毛和黃澄澄的鼠牙，談寶兒全身寒毛倒豎，胃裏說不出的噁心，想吐卻又怕失了英雄好漢的風度，喉嚨裏說不出的難受。

「你們追得倒快！」卻聽書生一聲冷哼。然後談寶兒便覺得眼前金光一閃，刺得眼睛再也睜不開，緊隨其後就是一片慘叫，跟著雙腳已著了實地。

他一口氣尚未緩過來，緊隨其後，便聽得「砰砰砰」，一陣重物墜地聲，腳下跟著顫抖起來。

好半晌，聽到四周再無動靜，談寶兒這才慢慢睜開眼睛，看到四周景象，胸口一陣噁心，終於哇啦哇啦地吐了起來。

原來以他們兩人爲中心的一個大圓之外，橫七豎八地躺著百多具鼠頭人身的怪物屍體，而無一例外的是，他們的喉嚨都已被劃破，鮮血正汩汩地向外流。

「這是魔人八族之一的鼠人。」書生淡淡解釋道。

「這……這就是鼠人？就這副尊容啊！」談寶兒邊擦嘴邊詫異回應道。他早已聽過無數關於魔族的傳說，但卻沒有真的見過魔人，一時又驚又奇。

青衣書生一招殺敵，臉上非但沒有一絲得意，反是雙眉鎖了起來：

「鼠人族天生能幻化成普通老鼠模樣，聽覺極靈，乃是天生的探子，但人口卻極其稀少，按說不該用來做刺客白白犧牲才對……不好，咱們走！」

他話音未落，談寶兒便覺得身體一輕，再次被帶著飛了起來。

後院的石牆高五丈，但兩人才飛起三丈，便聽上方有一好聽的女聲笑道：

「現在才發覺，不嫌遲了嗎？」

黑光閃了一閃，一道無形壓力已是朝兩人當頭壓下。

「果然！」書生輕嘆一聲，倒吸一口真氣，飄然朝下落去。

但雙足才剛沾到地面，談寶兒便覺得全身一熱，身體被一股從書生身上傳來的巨力一牽扯，人已轉到了三步之外，這次卻是足尖剛觸地，身體又被帶到七步之外。正不明所以，眼光瞥見地上，猛然才發現剛才立足的兩個地方，堅硬的青石地面上，已各多了個直徑大約七尺左右的圓形凹坑！

凹坑慢慢向上凸，地面開始變平，詭異的是，當地面恢復原狀的時候，剛才落在地面上的鼠人屍體卻被吞沒得乾乾淨淨，連一絲血跡都沒有留下！

書生帶著談寶兒，不敢在同一個地方停留超過一剎那，總是足一沾塵，便飛快挪移到另一個地方，而兩人剛才所站的地方卻又已多了一個凹坑。

片刻工夫，地上百多具鼠人屍體已被吞噬得乾乾淨淨，地面上依然不斷有新的凹坑形成，和舊的凹坑平復。

談寶兒也從之前的慌亂中回過神來，漸漸能從快如流光的挪動中看清楚眼前形勢，他清晰地知道自己兩人絕對不能在一個地方停留太久，否則便會像那些鼠人一樣被這妖異的地面所吞噬，但耳邊書生的呼吸聲卻漸漸有些重了，他雖然不懂武術，卻也明白這是真氣衰竭之兆，暗暗焦急不已。

卻在此時，先前那女子又咯咯笑道：

「談公子，你的蹁躚凌波術果然獨步天下，難怪當日能於百萬軍中取了我軍主帥首級。不過，這個院子已被我布下了千山浮波陣，這頭頂天空現在是千山壓頂，蒼鷹難渡，飛龍回頭，而你足下地面則如浮波逐流，落羽可沉，青萍難渡，你雖然憑藉凌波術而得以不落地，只不過你真氣將竭，不知還能支持幾時？」

「是跟我說話嗎？什麼翩躚凌波術，我好像不會啊！聲音很好聽的仙女姐姐，你有沒有認錯人啊？」談寶兒叫道。

「這不勞姑娘費心！」那書生哼了一聲，強提一口真氣，身法陡然又快了幾分。

談寶兒這才明白那女子竟是來找這書生麻煩的，一時大感倒楣。

那女子笑道：「談公子，你這樣可不是辦法。我要是你，就將身上的包袱扔了，這樣至少可以多支持一陣，說不定你可以在這口真氣竭盡之前找出破陣之法也不一定！」

「公子，大俠，英雄，你千萬別聽這妖女的，好兄弟有難同當的！」談寶兒嚇了一大跳。

書生大笑道：「不錯！大丈夫正該如此。妖女，危急關頭拋棄同胞自己逃命，你以為談某和你們魔族一樣沒有人性嗎？」

「唉！」那女子嘆了口氣，「你們這些人族，就喜歡說這些假仁假義。那姑娘我就成全你！」

她話音一落，院子的上方光線陡然一暗，同時傳來一陣急促的風聲，談寶兒抬頭看去，驚得目瞪口呆：

「哎呀！這這丫頭會搬……搬山……」

一座和院子大小相若的小石丘憑空出現在院子的上空，並以泰山壓頂之勢落了下來！

「去！」青衣書生冷喝一聲，談寶兒立時發現一道臂粗的金色閃電從他背上的布包裹飛了出來，朝空中射去。

「轟！」一聲巨響，小石丘被金色閃電命中，剎時碎成粉末，隨風散了個乾淨。

但這一擊卻消耗掉了書生極多的真氣，腳下有了一絲遲緩，談寶兒立時覺得一股巨大的吸力從地面蔓延上來，兩人的身體竟不自覺地開始下陷。

正又驚又恐，卻聽那女子輕輕嘆道：

「談容，我敬你是個英雄。你還是自己了斷吧！」

談容！竟然是談容！

談寶兒的眼睛在一瞬間直了，一股幸福的感覺在瞬間流淌過他的身體，恐懼消失得乾乾淨淨，全身剩下的只有興奮：

「不是真的吧？老子竟然和談容並肩作戰，說出去還不羨慕死老胡和小三他們！哈哈，待會兒要是能讓他給我簽個名的話……」

他正胡思亂想，耳邊陡然傳來談容一聲大喝：「鹿死誰手，姑娘未免言之過早！你現身吧！」說時，身體已被他帶著向左側跨出了一步。

這一步看來本是平常無比，但談容跨出之後，談寶兒立時周身狂風呼嘯，雷雨傾盆，而自己在這一刻，竟是孤身立在一處滿是烈火的懸崖之上。

但這只是一瞬間的事情，下一刻，眼前景物一閃而逝，院子裏一切又都恢復原狀，地面也再無凹凸，而在此之前一直籠罩自己全身的熱氣也消失得無影無蹤。唯一不同的是，院子的中央多了一個長髮披肩的白裙女子。

女子身材說不出的婀娜多姿，可惜臉上卻戴著一副惡鬼面具，遮住了除嘴眼外所有部位，看不清楚長相，而現在她的身體似乎被無數條無形的長繩牽制住，任她用力掙扎，卻怎麼也脫不掉束縛。

過了片刻，她終於放棄了掙扎，恨聲道：

「談容，你究竟對本姑娘用了什麼卑鄙手段？」

「不過是以其人之道還治其人之身罷了。」談容微笑道：「姑娘算準我要在這客棧落腳，就在這院子四周布下千山浮波大陣，又以一幫鼠人分散我注意力，好從容發動陣法。我知道倉促間無法找出你陣法的破綻，所以我就想了另一個法子。剛才我所踏出的步法固然是雜亂無章，但其實早已暗自將一部分真氣注入我身邊這位兄弟身上，他所踏的每一步，都是八八六十四卦其中一卦。這套步法踏完，太極禁神大陣便已布好，呵呵，擒賊擒王，姑娘既然被我禁制住，那千山浮波之陣自然不攻自破了。」

「啊！」談寶兒愣了一愣，回想剛才自己全身一直被一股熱氣包裹，而每一步落下，果然就有一道熱氣從足心流了出去，原來竟然是談容借此布下了陣法，頓時鼓掌喝彩道：「精彩！太精彩了！談大哥，你太厲害了！難怪你能力挽狂瀾，殺得魔族妖人望風而逃，你不愧是我的偶像啊！沒說的，小弟談寶兒以後就跟你混了！老大在上，請受小弟一拜！」說著彎腰就向談容行禮。

談容淡淡一笑，道：「你我年紀相若，不必如此。先起來吧！」

談寶兒只當他答應，一時說不出的歡喜，翻身起來，站到談容身邊，顧盼間說不出的得意，好似自己已是談容了一般。

「你叫什麼名字？在魔族軍中身居何職？魔宗厲九齡是你什麼人？說！」談容收斂笑容，一步一問地朝白衣女子逼了過去。

「呵呵，姐姐我姓謝，叫輕眉！」白衣女子眼波流轉，「至於身居何職嗎……你去問你們的閻神吧！」最後一句話話音未落，她嘴裏狂噴出一口鮮血，同時左手一揚，一條碧綠色的暗淡光華自袖口裏疾射而出，直撲談容面門。

「找死！」談容冷哼一聲，右手挾著一道勁力狂掃而出，同時左手一拍背上布包，金色閃電射出。

「啊！」兩聲悶哼同時發出。幾乎是同一時間，碧綠光華穿透談容的真氣，命中後者左手，而金色閃電則劃破虛空，正中謝輕眉的胸口，兩人同時哼了一聲，身體倒飛而出撞到石牆上。

謝輕眉吐出一口血，掙扎著站了起來，很是惋惜地看了談容一眼，似乎想說什麼，卻終於什麼也沒說，裙帶一展，如一隻輕盈的白鶴一樣飛了起來，越過高牆，消失在蒼茫夜色裏。

談寶兒這才反應過來，幾步奔到談容身邊，急道：

「老大，你沒事吧？」

「我沒事！」談容臉色慘綠，卻擺了擺手，「沒想到這妖女竟不惜自損心脈，用化血魔法強行破除禁制，是我低估了她！你去把馬牽過來，我得趕快離開這裏！」

「這……是！」談寶兒猶豫了一下，答應下來，走到馬廄邊，對著黑墨露出一副笑臉，道：「寶馬啊寶馬，你如果真的通靈，當知道我是替你主人來牽你過去的，你不能踢我哦！」

黑墨低嘶一聲，竟朝他點了點頭。談寶兒大喜，過去解開韁繩，將馬牽到談容身邊。

談容翻身上了馬，見談寶兒一臉期待神色，笑道：

「我要上京城，此去長路八千里，你要是不怕凶險，就上來吧！」

談寶兒大喜，叫道：「不怕，不怕，跟著老大，再大的凶險我也不怕！」

談容笑笑，伸手微微用力一帶，將他拉上馬來。

黑墨一聲長嘶，揚蹄奔了起來，談寶兒只覺耳畔生風，慌忙抱住談容，再不敢放開。

兩人一騎，出了後院的小門，奔出臥龍鎮，一直向南，朝京師大風城而去。

臥龍鎮向南不過十里，便是神州七大名山之一的崑崙。崑崙山綿延八百里，主峰倚翠高一千八百丈，巍峨雄壯，山陡崖直，飛鳥難渡。

前往大風城的古棧道從崑崙山腳繞過，本已是曲曲綿綿，又加年久失修，更見坎坷，過客行此，無不緩慢小心。此時已是晚上，雖有明月如盤，清輝奪目，卻依舊比白日險阻不少，但黑墨到了此間，速度卻非但不見減少，反是更加奮蹄如飛。

談寶兒初時見前方黑影倒逝，而絕壁刀崖如惡鬼迎面撲來，只嚇得驚叫連連。談容一面柔聲安慰，隨手卻鬆了韁繩，任黑墨自己馳騁。

談寶兒只嚇得魂飛魄散，但過了一陣，卻發現胯下平穩如常，甚至連顛簸都是難得見到，慢慢定下心神，由衷讚道：

「小黑啊小黑，你雖不是雲騎，但比之真的雲騎可是強了太多！」

黑墨似乎能聽懂人言，聞言長嘶一聲，足下更如生雲一般快捷。路邊飛鳥只見一陣疾風掃來，隨即一片黑影從路間掠過，一時只當見了山魅，急急躲避。

談容將目光從崇山峻嶺間收了回來，回頭笑道：

「這畜生不經誇，你再誇牠，牠說不定飛上天去。對了寶兒，剛才我們聊了這麼久，你盡問我在前線殺敵的事，我還一點都不知道你的事呢，比如你總叫我老大，我還不知道咱倆到底誰大呢，你幾歲了，什麼時候生的？」

談寶兒愣了一下，才訕訕道：

「我今年十七……不過究竟是哪天生的，就沒人知道了。」

「怎麼回事？」談容大奇。

談寶兒黯然道：「我父母在我兩歲的時候就都死了，我是我們老闆收養的，他將收養我的日子，也就是每年的三月初十，當做我的生日。」

談容笑道：「英雄不怕出生低。我看你聰明伶俐，若肯隨我從軍，來日立下大功，也可告慰父母在天之靈。另外告訴你個秘密，我也是今年三月初十滿十七！再過七天可就是我們的生日了！」

「真的？」談寶兒又驚又喜，「咱哥倆竟真的一般大！不過，老大，你殺的魔崽子比我多，我叫你老大那是絕對錯不了的。但你放心，小弟現在雖然還沒有開張，過不了多久，一定會趕上你的！哈哈，想想每次戰役結束，我們一邊喝酒，一邊將魔崽子的人頭擺出來，看誰殺得多，那該多爽！」

談容搖頭道：「寶兒，殺得人多可未必就是英雄。古時候有位哲人說得好『苟能制強敵，豈在多殺傷』。」

談寶兒詫異道：「老大，這狗能制伏強敵，就是要多咬敵人，對方傷得越重對自己越有利啊！怎麼這人卻說不要多殺傷呢？」

談容失笑，想起這小子一副無賴模樣，顯然不通文墨，耐心解釋道：

「我說的不是黃狗黑狗的『狗』，而是『苟』。這句話的意思是，只要能夠制服強大的對手，並不在於殺傷敵人的多少。」

「哦！」談寶兒似懂非懂地點了點頭。

談容苦笑著搖搖頭，正想說什麼，臉色陡然一變，一拍背上布包。一道金色閃電立時疾射而出，劃破寂寂夜色，落入路邊草叢裏。

「吱！」草叢裏響起一片怪異的慘叫聲，接著是一聲悶響，初放的野花被攪得漫空飛舞。同一時刻，談容飛身而起，雙足在花瓣上順次疾點而過，挾帶著那道閃電，似一道金色旋風，從草叢上方捲過，陣陣悶響和慘叫聲在草叢裏此起彼伏。

月光下花落如雨，談容在花瓣上輕輕一點，飛身回到馬上。而他做這一切的這段時間內，黑墨卻是速度不減，疾馳如電。

「是敵人嗎？」因為黑墨的速度太快，談寶兒根本沒有看清楚草叢裏的東西。

「是魔族的蛇人！」談容淡然答應，臉色卻忽然一陣慘綠，身體搖晃著，便要朝馬下倒去。

談寶兒大驚，慌忙出手將他抱住：「老大，你沒事吧？要不我們先休息一下？」

「不用！」談容慘笑著擺擺手，「之前中了那妖女一掌，傷了內臟，剛才運氣牽動了傷勢。不過不礙事，魔人隨時會追來，我們還是趕路要緊！出了崑崙，上了葛爾平原，他們就再也追不上……哇！」

卻是他說著話，張口噴出一口綠色的鮮血來，正中談寶兒胸口。

談寶兒又驚又怕，叫道：「你先別說了！我們先離開這裏！黑墨，你再快些啊！」

黑墨通靈，聞言四蹄疾奮，如一道黑色的旋風，順著棧道狂飆。談寶兒只覺勁風撲面，刮得臉頰如刀割似的疼，眼睛再也睜不開一絲縫隙，過了一陣，忽然感覺到談容倒在了自己懷裏，軟得像是沒有骨頭，他不知發生了什麼事，只是本能地緊緊將其抱住。

夜色裏，只聽見風聲如箭，身體開始隨著黑墨急速馳騁而起伏，猶如身處汪洋大海。談寶兒心中害怕，不敢睜眼，一手將談容牢牢抱住，一手抓住轡繩，如抓著一根隨時都會沉下去的救命稻草。

奔了一陣，入耳漸漸有了巨大的轟鳴聲，又過一陣，大雨當頭澆了下來。談寶兒只覺那每一滴水珠竟都是說不出的冰寒，打在臉上竟如疾箭一般，說不出的疼痛，一時只疑是魔人伏擊，更添風聲鶴唳。他一個小鎮上的尋常少年，何曾有過這樣經驗？只覺一生之中，自己從未如此害怕。

談容初時尚有重重喘息，此時卻似沒了呼吸，身體慢慢變得冰冷無比。談寶兒感覺懷裏竟是摟了一塊寒冰，他說不出的驚恐，出聲想呼叫談容的名字，才一張嘴，立被一股惡風灌進口來，便是啓齒也難。

雷雨裏，黑墨速度不減。

漸漸地，談寶兒耳裏除開轟鳴聲，再沒有了別的聲響，臉上頭頂被風雨侵犯，只如刀箭加身，又痛又冷，生平種種便在此時如走馬觀花似的在眼前晃過。

死了，死了！他曾聽老胡說，如果一個人在一瞬間回憶起以往的事，那就是離死期不遠了。奶奶個熊，老子不過是做了幾個時辰大英雄的跟班就掛了，老天爺，你未免太不夠意思了吧？

一念至此，淚水便要奪眶而出，但他隨即想起談容隨時會醒，被他看到未免顯得太過膿包，只得強自忍耐。

這漫漫的長夜，卻不知何時是盡頭？

也不知過了多久，黑墨的速度漸漸慢了下來，也再不見顛簸。談寶兒聽見耳畔風聲再沒有那麼急，緩緩睜開眼。立時便有一道紅光射來，眼睛微微一絲刺痛。入目是一片翠綠草原，前方茫無邊際，紅日從天地相接的地方露出半個身子，映得天地一片生機勃勃。回首向來之處，大雨初收，遠山如黛，峰巒影影綽綽，這一夜馳騁，竟已走出了八百里崑崙山，踏上了葛爾草原。

談寶兒重重吐了口氣，只覺得這過去的一夜，竟似比以往十年還漫長，如果不是想到身後有魔人追兵，只怕自己早已堅持不住掉下馬來。他伸手抹去臉上雨水，只覺得全身說不出的疲倦，正想伸個懶腰，忽覺懷中一空，隨即便是「砰」的一聲，似有重物墜地。

他愣了一下，忙叫道：「小黑小黑，快停下！」

黑墨一聲長嘶，果然定住身形。

談寶兒姿勢狼狽地下了馬，快步回跑，過去將談容扶了起來，急道：「老大，你沒事吧？」

第二章　一夢英雄

談容的臉色綠得像四周的野草，呼吸已經若有若無，但聽到談寶兒的話，他竟然緩緩睜開眼睛，微笑道：

「本來閻神昨晚要收我的，但聽你一晚上都叫我名字，還以爲你是我老婆，憐惜我們夫妻情深，又放我回來了！」

「滾！你大爺才和你夫妻情深。」談寶兒喜極而罵，鼻子卻是一酸，眼眶裏竟似有滾燙的水珠打轉。他與談容認識不久，卻是一見投緣，同生死一夜下來，竟似已認識了一輩子的好兄弟，什麼話也敢向外吐了。

談容心下感動，卻只是笑笑，在談寶兒攙扶下站了起來。站在暮春清晨的草原上，抬眼望去，只見朝霞似火，春草如織，野花燦爛若錦，漫遊整個草原的長風從遠方徐徐吹來，驚起一片簌簌如松濤一般的鳴響。

兩個人的心胸在這一瞬間，似乎都被什麼東西填滿。

談容慘綠的臉上竟忽然多了一些紅暈，他手指著前方茫無邊際的草原，緩緩說道：

「寶兒，過了葛爾草原，就是養育我神州子民的天河。天河的水，有東海的深邃，有南江的奔騰，也有波雪河的溫柔，是爲天下第一河！每年的這個時節，上游的冰雪融化，流經這裏，那景象，有如萬馬奔騰，呵，要多壯觀有多壯觀啊……只是可惜，我不能陪你去看了。」

「怎麼了老大？」談寶兒呆了一下，隨即語聲裏竟帶出了一絲哭腔，「你是不是覺得帶著我丟臉，不要我跟你去京城了？」

「不是！」談容搖搖頭，「寶兒，昨晚交手的時候，我不小心中了謝輕眉的碧蟾冰毒，費了一夜時間，依然無法將毒驅除。我所剩時間不多了，我下面說的話，你要仔細聽好。」

談寶兒見他說話的工夫，臉上的碧綠顏色已是越來越濃，語氣也是越來越虛弱，知他所言不假，只覺心如刀割，卻怎樣也不願相信，拉著談容就朝黑墨奔去，嘴裏叫道：

「別說了老大，我們這就去找大夫！」

「別傻了！」談容一把將他拉住，「碧蟾冰毒，乃魔人萬毒之王，天下無藥可解。你若不想我死不瞑目，就聽我把話說完。」

「你……你說吧！赴湯蹈火，小弟萬死不辭。」談寶兒哽咽道。

談容滿意一笑，道：「我此次回京，是因爲在龍州城下立下了一些功勞，聖上封我爲大將軍，召我覲見。另外卻還有一件要事。我家在京城，未出世前，家父就在京中替我定了一門親事，未來岳父是朝中重臣，卻是重情重義，前兩年，我父母雙亡，家道中落，曾打算退掉親事，反被岳父訓了一頓，說是生死不改。這次岳父知我要回去，已來信說在準備婚事，只待我面聖之後即刻成親。還說……」說到這裏，他臉上露出一絲苦笑，「還說若我這月月底前未到京城，直接將女兒扔進我家裏來。」

「你那岳父可真是混賬得可愛！」談寶兒破涕爲笑。

「可不就是！」談容苦笑，「寶兒，我是回不去了，所以想請你幫忙代我去一趟京城，取消這門婚事。不過我那未來岳父一生最重承諾，說一不二。他說生死不改，那就是絕對不會變，即便知道我的死訊，也是一樣會將女兒扔過來做寡婦。所以，你只有扮成我的樣子去取消婚約，那才有效。」

「這樣啊！」談寶兒沉吟起來，「我去一趟京城是沒有問題啦，不過你那麼英俊瀟灑，我可怎麼扮也扮不像啊！」

談容道：「要你扮成我，倒是一點也不難。只是魔族的高手從我出龍州開始就在追殺我，你要是扮成我的樣子上路，會非常的危險。去與不去，你仔細考慮一下。」

談寶兒頓時怔住。

魔族殺手的狡猾和兇悍，這一路行來，他已多有見識。自己若扮成談容的樣子，那多半是未走到京城就會變成老鼠糞蛇糞什麼的。只是若不去，自己剛剛才說「赴湯蹈火，萬死不辭」未免就有了和放屁等價的嫌疑。

談容見此嘆了口氣，道：「罷了！寶兒，你我不過萍水相逢。此事太過凶險，你沒有必要為我丟了性命！」

「老大你這是什麼話？」談寶兒頓時大怒，「別說你我一見如故，承你看得起我，以兄弟之禮相待，就算你我素不相識，就憑你是為國殺敵的大英雄，我也要完成你的遺願。再說了，大丈夫路見不平，自當拔刀相助！」

他話說得大義凜然，心中卻想：「若不是你當老子是兄弟，我管你英雄狗熊，就算跪下來磕三萬個響頭，老子也不會上京城。」

談容怔了怔，用力抬起雙手，拍了拍談寶兒的肩膀，雙目含淚，什麼也沒有說。談寶兒哈哈大笑，用力握住他的手，也是什麼也沒有說。男兒之間，有些話原不用說出來。

將手從談寶兒手心抽回來，談容伸手將背上布包解了下來，慢慢解開布條。

一路上，談寶兒已多次見過這會放出金色閃電的布包的神奇，早好奇裏面究竟是什麼東西，這會兒更是凝神細看。

布條解去之後，裏面是一個長方形的盒子，非金非玉，也不知是用何物造就。

談容神色肅穆，嘴裏念道：「以孔神之名，乾坤寶盒，開！」說時，右手食指按在盒子的正中央。盒子上一道金光流過，上下盒蓋間立時多了一條細小的縫隙。

談容伸手揭開盒蓋，千萬道如蠶絲一樣細的金色閃電從盒子裏游了出來。

「媽呀！老大快閃！」談寶兒嚇了一跳，就地一滾，翻出五步之外。

「你窮緊張什麼，我還能被自己的東西傷了不成?還不快點回來！」談容又是好氣又是好笑，伸手從盒裏取出一件東西來。

這是一枝大約三尺長的巨大毛筆，筆身比普通毛筆大了三倍不止，乳白色，有竹結，應該是一種奇怪的竹子。毛筆通體漆黑，光滑如錦，卻不知道是何物造就，神奇的是上面隱隱有金光流動。

談寶兒訕笑著從地上爬了起來，拍拍屁股走了過來，邊走邊道：

「原來是枝筆啊！我還以爲是把寶劍呢！」

「這是羿神筆，傳說原爲上古時羿神所有，後來不知什麼原因，同其餘三件神器一起流落人間。」談容望著金筆，緩緩說道：「我原本只是個普通的書生，兩年之前，我偶然得到這盒子和筆，於一個偶然的機會和神筆心意相通，從中學成無數法術。」

說時，他將筆放進盒子，硬塞進談寶兒手裏，「寶兒，我現在將此筆送給你。開盒之法，就是剛剛我說的那句咒語。」

談寶兒捧盒在手，心頭又是歡喜又是傷心，望著談容越發慘綠的臉和真摯眼神，一時不知說什麼是好。

談容輕輕拍拍他肩膀，笑道：

「筆我雖然送給你了，但能不能發揮它的威力，就要看你是否能和它心意相通了。」

談寶兒正色道：「老大放心，我一定不會辜負神筆！」

「我相信你！上天讓我在臨死之前遇到你，實是一種最好的恩賜！」談容說著輕輕嘆了口氣，又伸手入懷，摸出一塊金色的牌子，「這是聖上召我進京的金牌，你到了京城，雖然不必入宮面聖，但這金牌有莫大威力，沿途官員見了自當好生招待，能有很多方便。好了，我時間不多，你盤膝坐到地上。我幫你改變容貌！」

談寶兒接過金牌收好，強忍悲傷坐好。談容在他對面坐下，嘴裏念念有詞，末了忽然伸出一掌，重重拍在談寶兒頭頂，一股熾熱至極的熱流流遍全身。

「好了！」談容吃力地將手掌收回。

這麼快？談寶兒詫異地睜開眼睛，然後他就看見了一生中最詭異的情形——「自己」正在對自己笑。盤膝坐在他對面那人，無論臉還是身材，都和自己一模一樣！唯一不同的是他的臉是慘綠色的。

「這究竟是怎麼回事？」談寶兒大聲叫了出來。但話一出口，他立時驚恐地捂住了自己的嘴，因爲他發現從自己咽喉發出來的聲音，竟和自己的聲音沒有一點相似，但卻和談容的聲音一模一樣！

「不要怕，寶兒！」這個時候，對面那個自己說話了，要命的是聲音和自己竟然完全一樣，「這是我從神筆裏領悟出來的移形大法。顧名思義，這種法術能將兩個人的五官、臉形、頭髮、指甲、皮膚和聲音等一切體現於外的特徵都完全對移，現在你的外貌聲音是我談容的，而我的樣子聲音則和你談寶兒完全一樣。」

談寶兒目瞪口呆，隨即醒悟過來，自己這樣進京，自然是誰都不會懷疑自己不是談容。世上竟然有如此神奇的法術！

過了半晌，談容全身忽然劇烈地顫抖起來。

談寶兒大驚，一把將他抓住：

「老大，你怎麼了？」

談容笑著搖搖頭：「我沒事！你記住了，我那未婚妻叫楚遠蘭，她爹是當今朝廷的戶部尚書楚天雄。移形大法自我死後，世上再不會有人能解，你要想恢復原狀，就一定要和神筆心意相通，其中自有破解之法。」

「我都記下了！」談寶兒點頭答應。

黑墨一直在旁邊吃草，此時忽然將頭伸了過來，馬目之中，竟也是滿含熱淚。談容摸摸馬頭，望著京城的方向慘笑著說了句什麼，忽然用力將談寶兒和黑墨推開，全身隨即冒出陣陣綠煙。

當日龍州一戰，談容於百萬軍中力斬魔人主帥厲天，自己卻也被厲天反擊的魔氣震傷內臟，養了半月，傷勢卻依舊沒有全好，只是朝廷召見，不得不動身入京。而昨夜謝輕眉發出的最後一道暗綠光華，正是碧蟾冰毒，談容一時大意，被毒氣通過手臂攻入心脈。這一夜之中，他憑藉高深法力和堅強毅力將毒傷苦苦鎮壓，此時大事交代完畢，心中再無牽掛，那毒便再也壓制不住，和著淤積的內傷一起爆發出來。

綠煙越來越濃，空氣中瀰漫著陣陣惡臭，過得片刻，血肉化盡，原地唯餘一堆白骨，方圓三尺之內野草盡數枯黃。

一代英雄，沒有灑血沙場，卻埋沒於荒煙蔓草間。

彼時北風蕭蕭，黑墨仰天長嘶，離離之草盡作嗚咽之聲。

談寶兒仰天怒吼道：「謝輕眉！老子絕不放過你！」一聲吼完，已是淚流滿面。

這一夜之間，他飽受驚嚇，卻生怕丟臉，強自忍耐，此時終於借著談容之死全數釋放出來，隨即想起自己身世悲苦，一時悲從中來，哭聲更不斷絕。

也不知哭了多久，黑墨忽然將馬頭伸過來蹭他衣角。談寶兒止住哭聲，摸摸黑墨的頭，目視前方，黯然道：

「小黑，今後這八千里漫漫長路，就要你我一起走了！」

黑墨聞言低低哼了兩聲，一人一馬相偎一起，影子被陽光疊在一起，落在清晨的草原上，說不出的孤寂。

談寶兒從馬背上談容的行囊裏找到火石，於四周撿了些乾柴堆在白骨邊點燃，黑黑的濃煙直沖九霄。

不久煙熄火滅，白骨成灰，談寶兒將裝神筆的乾坤之盒騰空，正要去裝骨灰，身後忽有一陣大風吹來，將骨灰捲得滿天都是，散入草叢，竟是再也無法找尋。

談寶兒勃然大怒，回頭罵道：「什麼世道，連你這鳥風竟也來欺負人嗎？」罵完之後，卻忽見後方狂風起處煙塵滾滾，隱有腥氣和群獸嘶吼聲隨風送來。

「魔人追來了！」談寶兒大駭，翻身便朝黑墨身上爬。

但他在昨夜之前卻是從來沒有騎過馬，並不知如何上馬，昨夜爬上黑墨也全是靠談容相助。此時摔了好幾跤，竟是怎麼也爬不上去。

煙塵慢慢靠近，裏面裏的東西卻也看得更加清楚。不看還好，一見之下，談寶兒幾乎魂飛魄散。那煙塵裏裏的卻是上千隻渾身綠皮的狼！

「媽媽呀！」談寶兒連聲大罵，急忙又朝黑墨身上爬。

但他越是慌亂，卻越是不能爬上馬去。狼群卻在此刻發現了他，當先一狼怪叫道：「談容就在前面，大夥兒上啊！誰能殺了談容，聖女和天狼大人重重有賞！」

群狼齊聲嗚叫相應，腳下更是奔走如風。

「不會吧！狼也會說話？」談寶兒又急又氣，一面繼續朝黑墨身上爬，一面怪叫道：「老大啊老大，兄弟想不下來陪你也不行了。你那老婆多半要守一輩子活寡了，早知這樣還不如老子娶了她呢……哎喲，小黑，老子沒有上過戰場，腳軟還說得過去，你這畜生怎麼也腳軟了？你倒是給我起來啊！」

卻是他胡言亂語的時候，黑墨前蹄一矮，忽然跪了下來。

正焦急無比，腦後忽有迅疾風聲傳來，談寶兒不明所以，卻是本能地一彎腰，便覺一陣涼風從頭頂掠過，插入地面，細看時，卻是一支狼牙箭。

他大驚失色，回頭看去，本是四足著地的群狼忽然立起來，除開狼頭依舊外，身體各個部位竟和人並無兩樣，人人手持一把長弓，正搭箭朝這邊射來。

「媽呀，竟然是魔族的狼人！」雖然早有明悟，但真的看見群狼變身，談寶兒依然嚇得倒退兩步，跌坐在地。

「地」卻忽然動了起來，談寶兒猝不及防下，又被反摔了跟頭，大驚失色下，雙手去抓地面，入手卻是毛茸茸的一片，身邊景物飛逝，細看時，卻發現自己竟已身在黑墨背上。

原來黑墨通靈，見他搞了半天怎麼也上不了身來，索性自己屈下身來。談寶兒不解其意，竟以為牠腳軟，但剛才他這一倒退卻無巧不巧落到了馬背上，黑墨立時飛跑起來。

狼人見了紛紛吼叫，各自張弓射來，但黑墨其速之快，如風捲光逝，一人一馬與群狼距離迅疾地拉遠了。

談寶兒倒趴在馬背之上，姿勢要多難看有多難看，有心叫黑墨停下讓自己換個姿勢，卻生怕被身後緊追不捨的群狼趕上。

過了一陣，眼前漸漸看不到群狼蹤影，他趴得難受，嘗試著坐了起來，只覺得這樣子面馬尾而坐，比之面向馬頭卻是少了逆風之苦，黑墨通靈，並不需自己駕馭，這樣坐法，竟然是最舒服的姿勢。他暗暗得意，也不再換姿勢，累了就倒躺在馬背上，一路竟是沒有出過任何的意外。

草原的三月正值草長鶯飛，青草綠油油的，正是瘋長的時候。越深入草原，天空越發的藍，白雲也越發的白，草木清香混合著野花和泥土的芬芳鑽入鼻孔來，自有一種說不出的親切。

談寶兒想起談容死後屍骨無存，魂散異鄉，固然可惜可嘆，但能埋骨於這草木間，塵歸塵，土歸土，植根於大地，卻也未嘗不是一件好事。一念至此，他心頭悲傷稍緩，整個人竟似在一夜間長大不少。

向著草原縱深處行走，漸漸開始遇到牧人放牧的成群羊馬。因爲深怕魔人追來，除開大小便，他日夜都不下馬，漸漸和黑墨混得好似兄弟，騎術日漸精熟，在馬背上待著和在平地上竟無任何不同。只是他大多時間依舊倒騎著馬，平躺在馬背上。

放牧的牧民見這少年倒背騎馬居然如此平穩，又驚又奇，紛紛模仿，卻沒有黑墨這樣通靈的寶馬，人人摔得鼻青臉腫。談寶兒見此哈哈大笑，心頭悲傷漸漸淡消。

過了兩日，他發現魔人並未追來，漸漸放心。

他日裏縱馬如飛，晚上找些枯草，就地而臥，路上遇到牧民，也上去攀談幾句。只是這些胡人說的是當今神州通用的夏語，甚是拗口，一開始他聽不太懂對方說什麼，說得多了，連比帶劃下，漸能通意，說及自身目前景況，牧民們都是詫異至極，連連搖頭。

原來從崑崙山出來後，本有兩條路去大風城。其中一條就是經葛爾草原，過天河，經歷南日關，過雲州城最後到京城。另一條則是從崑崙出來後，走關中繁華之地，經鳳、桂、桐三州之地，最後過天河到南日關下。

經葛爾草原到南日關要二十天，但另一條路則是捷徑，只需十天便能到達，最重要的是，草原上常有馬賊劫掠，而另一邊卻治安太平。

談寶兒聞言先是不解，細細一想下，卻嘆了口氣。原來當夜談容身負重傷，之所以選走葛爾草原，正是因爲想到魔族殺手多半以爲他會走另一條捷徑，會在前方埋伏。反是走草原的話，等他出草原的時候功力已然恢復，自不將任何敵手放在眼裏。只是人算不如天算，他沒有料到自己還沒有走出草原已是歸天。

想明道理，談寶兒繼續上路。

他對馬賊的傳聞並非無動於衷，只是想起後方有魔人追兵，回頭已是不及。反是黑墨極是通靈，每每能察覺猛獸襲擊等危險，並且奔速極快，而大草原縱橫甚爲開闊，想來即便遇到馬賊也可遠遠逃開吧。

談容留下的包裹裏，清水乾糧充足，金銀頗豐，談寶兒路上遇到草原部落也偶然向牧民買些烤肉肉乾之類，草原上民風淳樸，見他生得斯文儒雅，也多是友善接待，一路上飲食並無憂慮。

談寶兒見談容這張臉頗能引人好感，索性一不做二不休，從包裹裏找出一套書生服穿上，果然更添幾分文弱，予人人畜無害的良好印象，一路行來很是得了些方便。

閒暇時候，他將神筆拿出，仔細琢磨，卻始終無法與筆溝通，參透其中玄機。談容包裹裏本有幾卷兵書，可惜他識字有限，看得似懂非懂，翻了幾次便被放進包裹。他離開臥龍鎮時，身上原帶了三粒骰子，無聊時候便雙手互賭，奈何他兩隻手賭技都一般的高明，想要什麼點子簡直是隨心所欲，賭了幾次便意興索然。

一路之上再不見魔人來找麻煩，想來黑墨神速，他們想追也追不上吧。只是路上聽說黃天鷹最近似乎異常活躍，他不敢大意，處處留心，就是夜晚之時，也是和黑墨輪番睡覺。

就這樣又過了三四天，漸漸已至葛爾草原的最深處，人煙卻漸漸稀少，一路連馬賊的汗毛也沒見一根，漸漸放鬆警惕。

這日黃昏，眼見天色將黑，前方隱隱出現一片柵欄圍著成百上千個大蘑菇似的帳篷，綿密相連形成連營，知是有部族聚居，心想奔波多日，今晚就在這裏借宿，好好睡一覺吧。

走得近了，卻奇怪地發現帳篷外面一個人都沒有，四周唯一聽得見的就只有風吹草低聲。

「這裏人難道都出去放牧了？」談寶兒莫名其妙。他斜倚在柵欄邊，正不知如何是好，迎面忽有一道疾風猛撲過來，他不及反應，那道疾風呼嘯著從頭頂掠了過去，只刮得頭皮陣陣發疼。談寶兒愣了一下，隨即摸著頭頂哇哇亂叫。

「呵呵，你們這些夏國人中的讀書人果然沒用，箭從頭頂過就嚇成這樣！」一個銀鈴般的笑聲響起，緊隨其後，一名手持彎弓的紅衣胡族少女從最近的帳篷裏掀簾走了出來。

少女站定之後，向著連營深處叫道：

「各位阿嬸阿姨，大家都出來吧，來的是個漢族相公，不是馬賊！」

她似怕談寶兒誤會，用的是夏語，隨即立時又用胡語叫了一遍。她話音剛落，各個帳篷裏探出一個個人頭，每人朝談寶兒看了一眼，才陸陸續續地走了出來，臉上都是一副如釋重負的神色。

談寶兒恍然。之前他曾聽牧民說，葛爾草原上有一股很強悍的馬賊，首領就叫黃天鷹，只是這一路行來，卻連馬賊的毛都沒有見到一根，反是自己憑藉談容這張人畜無害的臉很是受了些優待，沒想到了這裏卻被人誤會成了馬賊的探子，真是啼笑皆非。

他正想措辭解釋，卻忽然發現這些人雖然人人手持弓刀，但卻不是老人婦女就是小孩，並沒有一個壯丁，正莫名其妙，只見紅衣少女跟眾人低語幾句胡語，笑著朝他問道：「喂，那夏國人，你真不是黃天鷹的探子嗎？」

談寶兒哭笑不得，心道：「你這樣問，我真是馬賊的探子也不會告訴你啊！」口中卻忙道：「不是，不是，千真萬確的不是！我剛從邊關過來，要回南方去，本來打算在各位這裏借宿一晚，看大家這個樣子似乎不太方便，那就不打擾了。」說完翻身上馬，就要離開。

草原人多數好客，眾人看他長得斯斯文文，又聽紅衣少女說他剛剛被箭射得哇哇亂叫，一時敵意盡消。

紅衣少女笑道：「既然來了，還走什麼走？莫非你要我們胡戎人被整個草原恥笑連一個好朋友也留不住嗎？」

談寶兒正求之不得，哪裡還會客氣，忙道：「謝謝！謝謝！」

那少女回頭用胡語嘰哩咕嚕地說了一陣，胡戎族人各自散去。

少女回頭對談寶兒道：「兄弟請跟我來！」

進了柵欄向裏走不過二十丈，便看見一頂巨大的帳篷。經過這些日子的歷練，談寶兒見識已頗有長進，見這帳篷的布料雖然只是最普通的帆布，但帳篷的位置卻在連營的中央，聯想起剛才她指揮婦孺的氣概，顯然這少女在族中地位頗高。

談寶兒不敢多問，將黑墨拴在帳外的拴馬樁上，進門一看，見帳篷裏陳設雖然不多，但卻件件精緻，更難得的是一塵不染，非但沒有草原上常見的羶味，更隱隱有一股不知名的清香，心中更加肯定自己的想法。

紅衣少女替談寶兒倒了一杯奶茶遞了過去，笑道：

「這是我的房間，你放心安睡。晚上我去阿媽那邊就是。」

談寶兒嚇了一跳：「姑娘，這個不怎麼好吧？」

「沒什麼，我們胡戎人可不像你們夏國人那樣講究。」紅衣少女豪爽地一擺手，「我叫桃花，胡戎族當今族長是我阿爸。你有什麼要求儘管跟我說就是，我就住在隔壁的帳篷。哦，對了，我還不知道你叫什麼呢？」

談寶兒想了想，道：「我叫談容！」

也許是邊關戰況尚未傳到草原，桃花卻似沒有聽過這個威震邊關的名字，聞言笑道：

「你們夏國人有句話叫『海納百川，有容乃大』，談兄弟，你這名字不錯啊！」

談寶兒大字認不到一籮筐，自不明白這句話的意思，但口中卻道：

「一般一般！你的名字更好。桃花，桃花，不過，我看你本人卻比真的桃花還漂亮！」

桃花臉頰微紅，嗔道：「你們夏國人果然是油嘴滑舌！」說完之後她才發現有些失禮，掩飾道：「我先出去了，你好好休息。一會兒吃晚飯的時候我再來叫你！」

談寶兒忙道：「等一下！桃花，我想問一下，你們這的男人都哪裡去了？你們剛剛說的馬賊又是怎麼回事？」

桃花神情微微有些緊張道：

「男人們都和我爹出去殺馬賊去了。這些年，黃天鷹的勢力是越來越大，攪得大草原不得安寧，我們四大部族都被他劫掠過。這次莫克族偵察到了黃天鷹今晚要夜襲我們的消息，兩族就聯合起來去路上埋伏。希望長生天神保佑，這次能將馬賊全殲！以後我們的日子就好過了。」

談寶兒嚇了一跳，自己今天晚上若是繼續向前走，多半能遇到他們，到時候，堂堂抗魔大英雄談容被流箭射死，那可對不住老大臨終託付。一念至此，對桃花暗暗感激不已。

卻聽桃花又道：

「聽說那黃天鷹的妖術厲害得很，等閒百來個勇士都近不了身。好在這次我們兩族去的都是族裏最好的勇士，希望能制住他吧。唉，要是我們還有神使在就好了，歷任神使都是有大神通的人物，有他們在……哎喲，真不好意思，竟然跟你說這些。好了，談兄弟，你要再沒有別的事，我先出去了。」

談寶兒看她雙眉輕鎖，顯然是擔心她爹和族人，笑道：「桃花姐你放心，你爹他們明早一定會凱旋而歸的！」

桃花奇道：「你怎麼知道？」

談寶兒嘿嘿笑道：「因爲小弟我，人送綽號『無敵幸運星』，我走到哪裡就會給那裏帶來超級好的運氣！你看我都住進你的香閨了，你們家運氣能不好嗎？」

「沒想到你這傢伙除開油嘴滑舌，還挺會安慰人的！謝謝你了！」桃花展顏歡笑，徑直掀簾出去了。

桃花既走，談寶兒百無聊賴，打開談容的兵書翻了一陣又扔進包裹裏。想了想，他將乾坤寶盒拿出，念動咒語取出羿神筆來。

這一路之上，他已多次研究這枝筆，只是這筆除開體積比尋常毛筆大了幾倍，筆毛與眾不同外，並無任何奇異之處。有時候，談寶兒甚至懷疑這枝筆根本不是什麼神筆，只是之前他親自見過談容利用這筆克敵，這個念頭轉了一轉才又被拋之腦外。

躺在床上研究一陣，卻依舊毫無頭緒，這些日子來奔波勞累，日日緊張，此時一沾軟枕，竟然沉沉睡去。

迷迷糊糊中，身體忽然飄了起來，睜眼看去，身周白雲繚繞，仙鶴成群，四處高峰林立，自己竟是在天上飛！

談寶兒愣了一下，低頭看去，腳下竟是踩著一枝巨大的筆，依稀正是羿神筆模樣！怎麼會這樣？他正百思不得其解，耳邊忽有人道：「談兄弟，開飯了！」睜開眼來，桃花正笑盈盈地看著自己。

原來方才竟是做夢啊！談寶兒搖搖頭。老胡說過，日有所思夜有所夢，看來自己是想神筆想得厲害，才會做這樣的怪夢吧。

桃花見他睜眼，神情呆滯，只道他沒有睡醒，便又笑道：「談兄弟，可以吃飯了。吃完再睡吧！」

「好！」談寶兒答應，伸伸懶腰起身站起，一件東西卻掉了下來。

桃花幫忙拾起，一邊遞過去，一邊奇道：「這筆怎麼這麼奇怪？」

談寶兒接過，笑嘻嘻道：「這枝可是神筆！只要我蘸些胭脂輕輕在你臉上一畫，嘖嘖，包管你從胡戎族第一美女變成草原第一美女！」

「少騙人了你！」桃花不信，卻又不敢把話說死了，「如果真有那麼神奇，你先把自己變成天下第一美男子再說！」

「我早已是天下第一帥哥了，還用得著變嗎？」談寶兒哈哈大笑，掉頭出門而去。

帳篷裏，桃花撇撇嘴，心中卻想：「他真的挺俊的！說不定真是天下第一美男子呢！」隨即她輕輕打了自己兩個耳光，「哎喲桃花，你不是見了英俊的小夥子，動了春心吧？」耳光打完，一張臉卻比平日更多了幾分桃紅，只不知是被打的還是害羞害的。

晚飯吃的是烤全羊。談寶兒已經好幾日沒有看見熟食，吃得完全沒有風度，左手羊腿，右手大碗的烈酒，絲毫不見客氣。胡戎族人對此是大加讚賞，覺得這少年長得雖然文弱，但吃東西卻大有豪氣，有草原男兒的風采，對他好感大增，紛紛上前敬酒。

談寶兒吃得高興，酒來碗乾，來者不拒。好在他自小偷談松的酒喝，很是練就了一副好酒量，飲了十來碗，竟絲毫不見醉意。桃花看他酒量甚豪，也過來向他敬酒。

不想草原上的烈酒後勁十足，喝了一陣，談寶兒漸漸支撐不住，忙向眾人說要休息，胡戎人自然不允，他脫身不得，只能一碗一碗地乾了。

也不知喝了多少碗，談寶兒再看不清楚眼前人影，最後像一灘泥一樣醉倒在了座位上。迷迷糊糊中聽見有人叫自己，聲音頗熟，卻想不起是誰。

過了一陣，身體卻忽然飄了起來。迷迷糊糊中睜眼一看，眼前竟又是白雲縹緲，足下所踏正是羿神筆。他不明所以，極目四顧，只見遠方諸峰林立，若隱若現，眼前群山染翠，鶴過虹橋，人如在畫中遊。

看得正高興，眼前光線陡然一暗，抬頭看去，前方忽然出現兩座大小一樣的高峰，而自己正一頭朝兩峰間的石壁衝下去。

他大驚失色，放聲大叫，叫聲未落，頭已重重撞到石壁之上，奇的是那石壁非但不硬，反而綿軟有彈性，但下一刻全身陡然一陣劇痛，整個人再次昏死過去。

也不知過了多久，談寶兒悠悠醒來。入目所在，卻是一個小小的山洞。愣了片刻，談寶兒站了起來，仔細打量起這個山洞。

這是一個相當奇怪的山洞，山洞的四壁、天花板和地板全都是白玉，上面無字無畫，潔白無瑕。最奇怪的是，山洞的四周都是封閉的，也就是說，這個山洞沒有洞口。

那自己是怎麼進來的？

正莫名其妙，背上忽然一顫，羿神筆從乾坤寶盒裏飛了出來，落到他面前的地板上，隨即跳了起來，接著飛過三尺距離再次落下，隨即跳了起來，再次落下，如此反覆，而隨著神筆的跳動，白玉地面上出來了一個個金色的足印。

最後神筆凌空舞出一團金芒，回到盒中。地面上留下了一百多個足印，在談寶兒的身周組成了一個巨大的圓圈。

雖然所有的足印都集中在圓上，但這些足印本身卻是雜亂無章，腳尖所朝的方向各不相同，並且每兩個足印之間的距離也完全不一樣，比如這兩個足印間隔了三步，下一次的兩個之間就隔了七步。但最奇怪的是，這些看似散亂的足印之間，似乎有某種若斷若續的聯繫。

談寶兒覺得這些足印的軌跡很有些眼熟，但一時卻又想不起在哪裡見過。他呆了半晌，試著將左腳踩進其中一個足印，右腳踏到附近一個足印。兩個足印竟然剛剛將他一雙腳掌包住，絲毫不差。

正自驚喜，一股灼熱至極的熱氣卻從雙足裏躥了上來，透過腳心，通過雙腿，直沖腦門。

談寶兒大吃一驚，慌忙抬起左腳離開，這腳落下時，腳底卻無巧不巧地落在了旁邊的足印裏，腳心卻再沒有那麼熱了，大喜下慌忙再抬右腳，不想落下來時，卻又到了左腳旁邊的足印裏，身體也隨之轉過了一百八十度，變成了背向。

雙腳立足未穩，兩道熱氣卻再次從足心衝了上來，全身說不出的難受，談寶兒大駭，慌忙再次挪動腳步，只是不知為何他明明想向圓外跑，每一次腳步落下時，雙足仍依然落在圓上的足印裏。每一次雙腳尚未站穩，那股熱氣便直衝上來，全身如火烤一般的疼。他只有不斷地挪動腳步，才能防止自己變成烤全人。

他不斷地在這個圓形的腳印上奔跑，無休無止地用身體畫圓。

慢慢地，從地下傳來的熱氣似乎沒有那麼難受了，但談寶兒的速度卻是越來越快，他心中的奇怪越來越甚。地上很多腳印之間明明相距很遠，但自己隨隨便便一步跨出，偏偏能越過十步的距離落進去，而自己另一隻腳卻依舊在十步之外，整個人卻完全沒有任何的不諧調。

過了一陣，那些熱氣繼續向腦門衝，卻漸漸不再灼人，一腳踏進足印裏，全身暖洋洋的，說不出的舒服。只是他的身體卻再也停不下來，一股無形的力道，牽引著他在地面上快速地挪動，在這個大圓上奔跑。

也不知過了多久，腦中「轟」的一聲巨響。那些熱氣終於衝到了腦門，隨即便似瀑布一樣順勢下流，流遍全身每一個毛孔，全身飄飄然地說不出的舒服。

下一刻，他的身體卻真的飄了起來。沿著那個大圓，輕盈而優美。隨後他落了下來，不過這次腳尖只是到了前方腳印上，輕輕一觸地面，便再次飄了起來。起落之間，只如行雲流水，沒有任何的斷續或不自然。

啊！談寶兒恍然大悟！這暖洋洋的感覺，這一沾即走的步法，可不正是當日老大帶著自己所踏出的蹁躚凌波術嗎？

老大在天有靈，終於教我學會了這蹁躚凌波術！

想起談容，一時間，談寶兒又是歡喜又是哀傷。

他不斷地飄，不斷地踏圓。

他越來越快，到後來，他漸漸看不清地上的腳印，他閉上了眼睛。只是此時他每一步跨出，卻已知道自己下一步的落點，毫釐不差。

時間慢慢流逝……

忽然之間，背後忽然吹來一陣勁急的冷風，像極了當夜崑崙山下加身的雨，像極了當日魔狼人在身後射來那一箭所帶起的勁風，也像極了剛才桃花穿過他頭頂的箭風。

談寶兒驚了一驚，慌忙朝左側跨出一步，身體頓時側移了三步之遠。身後勁風再響，惶急間再次飄開，回過頭去，身後一隻兩人高的大黑熊卻已張牙舞爪地當頭撲來。

談寶兒大驚失色，眼見大黑熊已是近在咫尺，不及細想，剛剛抬起的左腿狠狠朝黑熊的胸口踹了過去。

這一腳是如此的快！談寶兒意念才動，靴子已重重落到黑熊的胸口上。

「啊！」談寶兒只覺左腳如踹在鋼板上，一陣劇痛，當即便要大叫，但他尚未開口，耳邊卻先有了一聲淒慘至極的叫聲。

他睜開眼睛，一個鯉魚打挺站了起來。

入目星光燦爛，四圍帳篷林立，朵朵如菇，自己竟然露天站在草原上，奇怪的是，四周卻擺著各種各樣的物品，一一看去，似曾相識，細細一想，竟然是桃花帳裏物品。

自己剛剛明明在和人喝酒，怎麼又到了這裏？咦！帳篷頂去哪裡了？他摸摸背上，神筆卻依舊好好待在乾坤寶盒裏。偏過頭去，黑墨在馬樁邊，正怔怔地望著自己。

自己現在究竟是夢是醒？

「咕嚕嘎機（胡語：這邊有人）！」有人大聲叫道。緊隨其後，四周亮起了火把，手持弓刀的胡戎族人紛紛從自己的帳篷趕了過來。但大家看見談寶兒似乎夢遊一樣地站在地上，都是目瞪口呆。

「談兄弟，發生什麼事了？」桃花從人群裏衝了出來，站到了談寶兒身邊。

「我……」談寶兒正要說話，人群裏忽然有人嘰哩咕嚕地叫了起來，眾人不知發生什麼事，紛紛擁了過去。

談寶兒和桃花對望一眼，也是急急趕了過去。

第三章　蓋世神功

人群最後聚集在了十丈之外，兩人尚未趕到，便看見一片繡花的白色帆布和一堆折斷的細木柱，依稀正是桃花的帳篷。

最神奇的還是這個被破壞的帳篷上，竟然躺著一個九尺多高的黑臉巨漢，身邊還躺著一把九尺長的巨刀！

眾人圍著巨漢指指點點，望向談寶兒的神色都是詫異，卻並不帶敵意，顯然這人並非胡戎族人，他們吃驚的是這人怎麼和談寶兒睡的帳篷裏在一起。

桃花看了看那巨漢，臉色大變，嘰哩咕嚕地朝眾人說了幾句，人群騷動起來，當即就有一部分人神色緊張地朝四周散去，各自找了處柵欄，彎弓搭箭如臨大敵地戒備起來，其餘的人則或是疑惑或是滿含敵意地看著談寶兒。

談寶兒滿頭霧水，望向了桃花。

桃花看了他一眼，解釋道：

「這人是個馬賊！你看他頭上拴的這條黃巾，這是黃天鷹手下的獨門標誌。對了，他是你殺死的嗎？咦！他胸口這護心甲上竟然有個腳印……呀！怎麼和你的靴子大小一模一樣？」

「我？」談寶兒愣了一下，快步走了過去，那個精鋼打造的護心甲上果然有個一寸深的腳印，他將腳放在巨漢胸口上，靴底果然和腳印完全吻合。

啊！眾人都是大吃一驚，看談寶兒的眼神卻再沒有了敵意，反而更多了一種敬畏。

談寶兒腦中電光疾閃，剛才自己夢見黑熊偷襲自己，然後自己一腳踹出，如中鋼板，莫非竟是踹在這個護心甲上？只是自己這一腳什麼時候竟有了如此大的威力，竟然能夠在鋼板上踹出如此深的腳印不說，還將這壯漢連人帶帳篷踢出十丈之遠？

「行啊兄弟！」桃花用力地拍了拍談寶兒的肩膀，「昨晚你喝得像一灘泥，還是我扶你進帳篷的，沒想到你醉成那樣，還能將這摸進來的馬賊一腳踢死！」

談寶兒心道：「老子要這樣厲害就好了！」他正要解釋，忽聽遠方馬蹄聲響，月光下，地平線上出現一片黑點。緊接著，那些黑點由小變大，變成成千上萬的騎士。

「嘎嘎拉絲（**大家戒備**）！」桃花立時大叫。剩下的胡戎人紛紛奔向南邊的柵欄邊，一個個彎弓搭箭，神色緊張。

桃花轉過頭來，對談寶兒道：「談兄弟，可能是馬賊來了。你趕快走吧！」

「真的嗎？」談寶兒大驚，便要朝黑墨奔去，隨即卻想起一事，「那你們怎麼辦？」

桃花咬牙道：「這些馬賊既然能殺過來，那我阿爸和族裏的勇士多半已被他們殺死。我們要替他們報仇！」

「就你們？」談寶兒看看那些老弱婦孺，「這又是何必呢，桃花？留得青山在，還怕沒柴燒？趕快帶領族人有多遠跑多遠，等孩子們長大，將來再找馬賊報仇就是嘛！」

「不必了！只有戰死的胡戎人，沒有逃跑的胡戎族！所有的胡戎人都以戰死爲榮！」桃花斷然拒絕。

談寶兒破口大罵道：「什麼狗屁的戰死爲榮，人都死了，再榮耀有個屁用啊？留著性命報仇比什麼都重要！」

「不要多說！你快走！」桃花厲聲喝道，隨即眼中閃過點點淚花，聲音軟了下來，「談兄弟，我知道你神功通玄，卻也不能擋住這麼多的馬賊。你快點離開這吧，希望將來你本事更大了，可以幫我和我的族人報仇！長生天神會保佑你的！」

談寶兒見她真把自己當成深藏不露的高人，語氣中更隱然有責備之意，搖頭苦笑一聲，抬腿便要朝黑墨奔去。

卻在此時，忽聽柵欄邊有人發出了一聲歡呼，緊隨其後，歡呼聲此起彼伏，如打雷一般震耳欲聾。

桃花愣了一愣，隨即也是大聲歡呼，忽然一把將談寶兒抱起，嘴裏嘰哩咕嚕地大叫。

談寶兒不明所以，失聲叫道：「快把我放下來！」

桃花這才醒悟過來，忙將他放下，紅著臉道：

「對不起，我太激動了！我阿爸他們回來了！」

談寶兒愣了一愣：「你是說那些人是你們的人？不是馬賊？」

「對啊！」桃花的臉蛋依舊紅撲撲的，也不知道是激動還是因爲剛才的事不好意思，「走，跟我去迎接我爹！」說著，不由分說拽著談寶兒就朝外面迎了出去。

兩人到達營口的時候，群馬的蹄聲像是從天而降的巨雷一般，轟轟隆隆，只震得腳下的土地都爲之劇烈地顫抖起來。緊隨其後，無數火一樣的騎兵從遠方密密麻麻地席捲過來，月色下的草原在一瞬間變成了火海，而被勁風捲起的塵土則像是烈火帶來的煙塵。

談寶兒一生之中從未見過如此壯觀的景象，只覺呼吸急促，一顆心撲通撲通劇烈地亂動。桃花只覺他掌心一陣濕熱，偷眼望去，只見這少年滿臉紅光，神采奕奕，卻分不清是激動還是緊張。

伴隨著人群震耳欲聾的歡呼，火海的浪潮迅速席捲過來。忽然，浪潮似乎遇到堤岸，猛地向空中一捲，潮聲如雷——卻是奔在前面的數千匹馬忽地立起。緊隨其後的上千匹馬接著也是立起，接著是更後面的千餘匹馬，一波接一波，像是浪潮在向後推進。

桃花興奮地解釋道：「談兄弟，這就是我們胡戎族威震草原的火潮鐵騎了！怎麼樣，威風不？」

談寶兒下意識地點了點頭，喃喃道：

「有朝一日，我談寶兒也有這樣一支軍隊就好了！」

當最後一波浪潮落下來的時候，火潮鐵騎已經全部停在了帳篷外，談寶兒這才發現這些戰馬全數都是火紅色，而戰士的盔甲也是一般血紅，難怪遠遠看去如赤潮洶湧。

留在家裏的胡戎人歡呼著迎了上去。馬上騎士紛紛下馬，和親人們抱在一起，又哭又笑。談寶兒被歡樂的氣氛感動，竟也生出劫後餘生的感覺，鼻子微微有些酸。

歡鬧的氣氛裏，一名五十多歲的大鬍子男人朝著帳篷這邊慢慢走了過來，人群紛紛向他投以滿含敬意的目光，並自動讓開一條道路。

大鬍子走出人群，徑直朝桃花走了過來，桃花甩開談寶兒的手，飛身撲了上去。

大鬍子哈哈大笑，用胡語說道：「爹的乖女兒，你老子答應你活著回來，可不辦到了嗎？」說時，一把將桃花抱住舉了起來，用胡語大聲地說著什麼，旁邊的人都跟著哈哈大笑。

桃花似乎有些羞惱，拿拳頭不斷敲打大鬍子的肩膀，後者卻不以爲意，依舊大笑著說些什麼，並不時拿眼光偷看談寶兒。談寶兒被他看得心裏發毛，猜出這大鬍子多半就是桃花的老爹，只得尷尬著報以微笑。

熱鬧的場面持續了大約一刻多鐘，最後人群才陸續朝帳篷裏走去。

桃花將談寶兒拉到了大鬍子的身邊，一邊繼續向前走，一邊替兩人介紹道：「談兄弟，這是我爹，當今胡戎族的族長蘇坦。爹，這是我今天剛認識的朋友，來自龍州的談容。」

「族長大人好！」談寶兒忙主動問好。他雖然不懂什麼禮儀，但多年的小二生涯卻告訴自己，對於這樣的權貴人物，最好是主動表示尊敬。

「嗯，不錯不錯，一看就是個英雄人物，唯一遺憾的是鼻子不太像我，差了那麼一點，哈哈！」蘇坦大笑道。

談寶兒一陣暈眩，心說：你老人家酒糟鼻紅紅的，老子要像你那就完蛋了。

蘇坦笑了一陣，說道：「我聽桃花說，你剛剛幫忙殺死了一個偷進我們營帳的馬賊探子，這麼說來，你的本事不錯了？」

「這個……」談寶兒愣了一下，隨即眉飛色舞起來，「其實呢，我本來是不打算殺他的，只是那馬賊太囂張了，昨晚我正在睡覺，不想有人摸進帳裏來，竟然二話不說就朝我撲了過來。我當然很生氣了，要知道這本來是桃花的帳篷嘛，這人竟然做如此無恥之事？我一怒之下，當胸便是一腳踹了過去。哪曉得這人膽子挺大本事卻太小，太不經踹，一腳就被踢飛出去。唉，可惜桃花小姐那頂帳篷也因此碎得唏哩嘩啦的！」

他說話一向是牛皮不吹破絕不甘休，這次難得的所說的話除開那個匪夷所思的推測外，並沒有加任何誇張的情節，但蘇坦卻已聽得目瞪口呆，這小子年紀輕輕，一腳之力將人踢飛不說，還連帳篷都被踢碎，這是何等功力，莫非他竟是個懂法術的高人？

卻在此時，一名紅甲戰士走了過來，一臉震驚地對蘇坦說了句胡語。蘇坦驀地定住身形，落到談寶兒臉上的眼神在瞬間變得利如刀鋒：

「那個人真是你殺死的？」

牛皮已吹了出去，談寶兒只得硬著頭皮點了點頭。

蘇坦的眼神在他臉上逗留了五秒鐘，最後道：「你們兩個跟我過來！」

談寶兒莫名其妙，和同樣茫然的桃花對望一眼，快步跟了上去。

跟著蘇坦來到那個殘破的帳篷外的時候，黑臉巨漢屍體旁已經圍了好多人，不同於婦孺們的指指點點，剛剛從戰場上回來的火甲戰士們都是臉色嚴肅至極，望著地上的屍體，眼神竟是又恨又怕。

眾人見到族長，紛紛讓開一條道。

蘇坦一臉嚴肅地仔細檢查了屍體胸口護心甲上的腳印，接著一把解開了護心甲，眾人隨即齊齊發出一聲驚呼，很多人轉過身去開始嘔吐。原來護心甲下面，這人的胸口竟硬生生陷進去了和腳印大小一樣的一塊，通過斷裂的肋骨，依稀可以看見裏面已經是爛成肉泥的內臟。

蘇坦皺皺眉，將屍體翻了過來。屍體的背上卻有一條又長又深的口子，看起來似乎是被利刃所傷。

有紅甲戰士立時叫了起來，緊隨其後，更多的甲士也叫了起來。蘇坦點點頭，朝談寶兒走了過來。

談寶兒見他認出自己撒謊，心道不好，立時便想開溜，但立時想到這麼多人，逃是逃不掉了，心念一轉，暗暗將右手摸向腰間，那裏有他前幾天向草原牧民購買的一把匕首，只待蘇坦說出什麼對自己不利的言行，他就拿出匕首劫持桃花逃走。

蘇坦走到談寶兒七尺之外，忽然單膝跪地，用夏語大聲道：「胡戎族蘇坦代表全族人謝謝恩公！」緊隨其後，紅甲戰士也是紛紛跪下。其餘人雖然不明所以，包括桃花在內，卻也都跟著跪了下來。

談寶兒被嚇了一跳，好半晌才反應過來：「我說那個蘇坦族長，你老人家會不會那個搞錯了什麼事？大家第一次見面，我怎麼是你們的恩公了？」

「不會錯！你現在非但是我們胡戎族的恩公，還是整個大草原的恩公！」蘇坦認真道：「恩公你可知道，你這一腳踢死的人是誰？他就是黃天鷹！」

「啊！」談寶兒驚叫一聲，腳下一軟，幾乎跌坐在地上。自己竟然一腳踢死了馬賊首領？

蘇坦又道：「今夜我們和莫克族人聯手在五丈坡伏擊這幫馬賊，本來是一切順利。不想黃天鷹這廝的妖術實在太過厲害，我和莫克族長哈桑聯手竟也不是他的對手，我們兩個人都負了傷，幸好這時候，偉大的長生天神降下了一位仙女給我們，她用仙術打敗了黃天鷹。只是很可惜，卻還是讓此人逃掉了。你看，黃天鷹背上的這道傷口，就是仙女留下的。」

談寶兒終於明白過來：「你是說這廝受傷逃跑後，賊心不死，竟然跑到桃花帳篷裏來抓你的女兒報復你們，卻被我給幹掉了？」

「對！」蘇坦讚賞地點了點頭，「他抓桃花多半是想威脅報復我，卻沒想到少俠神功蓋世，智慧也是如此了得。黃天鷹栽在你手上，也不算冤枉！」

談寶兒心道：「老子現在都還不知道是怎麼一腳踹死他的，他死得不冤枉才怪呢！」口中卻忙謙遜道：「族長過獎了！對了，大家趕快起來吧！除暴安良，穩定社會秩序，實是我輩俠義中人義不容辭的責任啊！啊哈，小弟只是做了自己該做的，大家千萬別放在心上。這樣我多不好意思！哈哈！」

一想到自己竟然一腳踹死了名震大草原的馬賊首領黃天鷹，他只覺心花怒放，這事傳出去怎麼也算是一段佳話，老子離大英雄之路總算縮小了一步，哦，不，是大大的一步，哈哈！

蘇坦見他說到後來竟得意大笑，也不以爲意，只覺這少年性子直爽，大對脾胃，忙叫族人都站了起來。

桃花聽明白地上這人竟是黃天鷹，暗暗咋舌，心道：「好在我將談兄弟留住，不然後果實在不堪設想！」心中暗暗對談寶兒感激不已。

其餘胡戎族人聽說地上這人竟然是黃天鷹，一個個都是瞠目結舌，隨即看談寶兒眼光便敬如天神。

當下蘇坦族長吩咐大開筵席以慶祝此次輝煌的大勝，席間各人輪流向談寶兒敬酒，後者意氣風發，來者不拒，他酒量雖好，但如何架得住那麼多熱情的胡戎人，不多時便醉得一塌糊塗。聽完兩族是如何剿滅馬賊部隊，也開始吹噓自己是如何神奇地一腳就踹死黃天鷹，眾人都有了酒意，聽他胡吹，也都信以爲真。

當夜談寶兒醉得連話都說不清楚，見桃花走了過來，抱著自己離開酒席，心中唯一一個念頭卻是：不想這丫頭瘦瘦弱弱，卻果然大有力氣。

次日談寶兒酒醒，發現自己所在竟然依舊是桃花的帳篷，想起昨夜種種，只如做了一場大夢。抬頭凝視，卻發現帳篷骨架已然換了新的，這才稍稍定下心來。

他拿出羿神筆，左瞧右瞧，那筆還是筆，並無任何不同之處，倒是全身說不出的舒服，身體竟比往日輕了不少，其餘卻並無異狀。可自己昨夜於夢中一腳踢死黃天鷹，這又怎麼解釋？對了，昨夜夢中得神筆之助，似乎是學會了蹁躚凌波術，出帳去試試便知真假了。

掀簾出來，已是日上三竿，火盔火甲的戰士正忙著整理馬匹武器，見談寶兒過來，都是肅然敬禮，嘰哩咕嚕地說個不停。

談寶兒雖然聽不懂他們說什麼，卻發現這些人看自己的眼神中透著尊敬和崇拜，這才確定自己殺死黃天鷹之事果然屬實，心中一塊石頭落地，行動間便有些飄飄然了。

這時候，桃花正巧從隔壁的帳篷裏走了出來，見他神氣活現的樣子，笑著走過來道：「我們的大英雄，什麼事這麼高興呢？」

談寶兒笑道：「哦，沒什麼！我只是在想，怎麼一晚上沒有看到，你又變漂亮了好多？乖乖，再這樣下去，你還不把草原上的女孩兒都羞得自殺了！」

「貧嘴！」桃花似羞還惱，眼中卻滿是笑意，「對了，你餓了沒有？我帶你去吃點點心，然後去見我爹吧！」

「我不餓！你爹找我有什麼事？」

「去了不就知道了嗎？」桃花不由分說，挽起談寶兒的胳膊就走。

蘇坦的帳篷就在旁邊不遠，比尋常的帳篷大了不少，但裝飾卻很是普通，只是因爲營帳內外皆有兵士把守，顯得氣勢恢弘。

蘇坦正在看兵書，見兩人進來，笑道：「恩公昨夜睡得可好？」

談寶兒道：「很好很好！不過族長，你千萬別再叫我恩公，直呼我名字就是！」

「呵呵，那好，按你們夏國人的習慣，我叫你賢侄吧，你也別叫我族長，要是願意，叫我一聲伯父，不行直呼我名字也可以。」

「好的，伯父！」談寶兒乖巧地答應，「對了伯父，這麼早你叫小侄來，不知有什麼事嗎？」

「是這樣的！你知道了，我們草原上一共有四大部族，分別是莫克、龍血、天池和我們胡戎。之前我們四族一直受馬賊的騷擾，大家都是苦不堪言，於是就提出重金招募勇士的辦法，只要有人能殺死黃天鷹，我們就賞他萬兩黃金，另外再加一把四族共有的神器落日弓。這兩件東西一直都由我保管，現在我就將它們給你。」蘇坦說著話，轉身從背後箱子裏拿出來一疊厚厚的金票和一張弓。

談寶兒只覺得嗓子眼一陣發乾，眼睛在一瞬間直了。什麼鳥神弓就罷了，那一萬兩黃金，乖乖！談松待他雖然不薄，一月工錢加上客商的賞錢收入也最多十兩，之前談容的包裹裏留下了大約三百兩銀子，談寶兒看著已是陣陣狂喜，此刻陡然之間聽說有一萬兩黃金給自己……乖乖，一兩金子等於十兩銀子，那麼一萬金就是十萬銀，老子要幹多少年？一時間，他只覺得一個重達萬兩的金元寶從天而降，將他砸了個頭暈眼花，再說不出半個字來。

蘇坦見他發愣，忙道：「賢侄你切莫推辭！」說時，硬將那疊金票和神弓塞到談寶兒手裏。

談寶兒抱著金票和神弓，舔舔嘴唇道：

「伯父，這個，我們俠義中人行事，那是路見不平，拔刀相助，你們這樣我怎麼好意思呢？不過，這既然是大草原上四族人共同的心意，晚輩卻之不恭，就勉爲其難地收下了。以後大家有什麼事儘管開口，再有什麼張天鷹李天鷹什麼的，晚輩是義不容辭，義氣當頭，一定幫你們將他踢死！」

金票的印鑑屬於大夏錢莊，在全國三十六州都可以兌現。談寶兒握著金票，全身酥軟，幾乎沒了力氣，也聽不見蘇坦和桃花說什麼了。他直勾勾地看了半天金票，才覺出這樣實在是有損自己大俠客大英雄的光輝形象，忙將眼光落到神弓之上。

至於那張落日弓，則與尋常的弓大大不同，入手極沉，但那弓胎卻非金非鐵，黑漆漆的，也不知是何物造成。弓弦呈紅色，談寶兒拿手輕輕一撫，一股若有若無的熱氣立時游進手心來，全身暖洋洋的說不出的舒服。

他用力拉弦，卻只拉開了一半，試試力氣卻是再無進展，自嘲道：「這弓果是神物，看來我得過幾年才能用上！」抬眼望去，卻見蘇坦和桃花望著自己目瞪口呆，一時莫名其妙，隨即暗叫不好：「老子一腳踢死黃天鷹，卻連一張弓都拉不開，未免太也說不過去了！卻要怎麼圓謊？」

只見蘇坦愣了半晌之後終於回過神來，眼中滿是熱熱的光：

「賢侄，你果然是蓋世英雄！這落日弓我草原部落故老相傳，據說是長生天神的隨身之物，只是傳到最近幾百年，卻沒有一人能夠拉動此弦半分，你卻能拉開半圓，看來黃天鷹死於你手，可算得是他的福氣了！」

「真的從來沒有人拉開過？」談寶兒又驚又奇。

「對！」一邊的桃花重重地點頭，「這張弓也叫英雄之弓，一直是神使掌管的，只是歷任神使卻沒有一人能將其拉開。據說曾經有位偉大的神使莫邪預言說，如果有人能拉開這張弓，他一定會成爲大英雄，並帶領我們草原各族走向前所未有的輝煌。」

昨天晚上談寶兒就聽她說過神使，這會兒更是好奇道：

「神使？是長生天神的神使嗎？」

在神州大陸上，人們除信奉最大的神——羿神之外，還信奉其他層次稍微低一些的神仙，譬如掌管生死的閻神，掌管戰爭的戰神，掌管人間煙火的祝神，掌管詩書的孔神等，因此很多咒語也和他們聯繫在一起。而據談寶兒所知，草原上的牧民對這些神其實都不是很在意，他們信奉的是草原之神長生天神。

果然桃花點頭道：

「我們草原上最接近長生天神的人被稱爲神使，每一代的神使都是由上代神使指定。只是在五十年之前，上代神使還沒有來得及指定繼承人就忽然去世，四大部族紛紛推出自己的神使繼承人，但因爲沒有辦法顯露出神跡，誰也不能服眾，這神使一職就一直空到今天，而每隔十年就召開一次的部族聯盟大會也因此被停止了五屆。」

「哦！」談寶兒明白過來，心裏卻是一陣奇怪，別人拉不開，爲什麼偏偏自己能拉開？難道是因爲我真變成了大英雄談容就能拉開英雄弓？

三人又說了一陣話，只是桃花和蘇坦都說不出這張弓究竟有何神奇之處。談寶兒想了想，道：

「伯父，你能不能借我幾支箭，我去外面試試這弓的威力。」

蘇坦從身邊拿出一盒雕翎箭，遞給談寶兒道：

「傳說這張落日弓本來是有專門的神箭與之匹配的，只是誰也沒見過。我這盒箭也許根本不能發揮神箭的威力，你自己多試試吧。」

談寶兒道謝接過，和弓一起背在背上。桃花道：

「出了這裏向東十里，有一座山，叫阿斯貝爾山，那裏野獸較多，你可以上那裏去試試。我要幫我爹處理雜務，不能陪你去了。我叫一個衛士給你帶路吧？」

談寶兒想起自己正好一個人去研究一下蹁躚凌波術，忙道：「不用，我自己去就可以了。」

蘇坦和桃花想起他「神功蓋世」，也並沒有什麼好擔心的，便都應允。

談寶兒向兩人告別出了蘇坦的帳篷，找到黑墨，餵足清水青草後，他翻身上馬，黑墨化作一道黑色的旋風，迅疾衝出連營。

胡戎族人見黑墨速度快疾如此，都是驚奇不已，暗想：「能殺死馬賊首領的英雄果然非同凡響，連馬都如此神駿！」

出了帳篷一直向東，奔行五里，已經完全看不見胡戎部落的時候，談寶兒便讓黑墨停了下來。爲什麼不上山？開玩笑，自己有多少斤兩自己還不清楚，非要去找山上的老虎豹子什麼的稱量稱量才甘休？

進入草原已有七八天了，談寶兒卻還從來沒有停下來放鬆心情欣賞草原的美景，現在終於有了閒暇，一眼望去，入目盡是翠綠，偶爾夾雜一片嫩黃，卻是成片怒放的野菜花。抬頭向天，碧空藍得動人心魄，而白雲則又白得讓人俗念盡消。在這樣一個陽光燦爛的時候，微風暖暖，談寶兒躺在草地上，俗念盡消，身心沉浸在一個舒暢至極的狀態裏。

休息了一陣，談寶兒從懷裏掏出那一疊金票，一時間只疑猶在夢中，他使勁掐了自己胳膊一下，只疼得他哇哇亂叫，這才算是徹底信了。

抱著金票，談寶兒覺得自己快飄起來了。嘿嘿，如歸樓的烏龜王八們，過去你們看不起老子，老子這就回去將如歸樓買下來。以後但凡到老子這來聽書的，都得叫老子一聲「大英雄」，哈哈！

飄飄然中，談寶兒幾乎立時便要起身趕回臥龍鎭。但他站起身來，眼光落到黑墨身上時，全身卻是一震。老大所托的事還沒辦好，自己怎好回去?江湖好漢義氣爲重啊。

他搖搖頭，從盒子裏拿出羿神筆。他的手剛剛觸到筆身，昨夜夢中所見的情形便一一浮上眼前。四周的草地上，彷彿立時多了一圈淡淡的金色腳印。談寶兒大喜，雙足一動，沿著那金色腳印開始踏圓。

這一次，他雙足才一動起來，立時便感到丹田中陡然多了兩道熱流，沿著雙腿下延，從足心射了出去。靴子正好踏到嫩嫩的青草上，身體的重量都壓了下去，但地上的青草在向下半彎之後便不再下壓。

談寶兒又驚又喜，心道：「難道老子真的一夜之間成神仙了?」他正得意，腳下卻是一沉，靴子將腳下嫩草踏成了平地，身體自然也落了下去。

談寶兒詫異地思索了一下，忙向左側再次跨出一步，這一步踏出，熱氣下流，靴子落下時，腳下嫩草果然是彎而不折，這次他有了經驗，不待身體下沉，迅疾按照腳印規律又向旁邊跨出一步，丹田熱氣下流，雙足果然沒有下落。

談寶兒欣喜若狂，不斷跨動腳步踏圓，身體便一直保持在嫩草之上。而隨著他腳步的不斷跨出，從丹田流向雙足的熱氣便越來越多。到一圈踏完，最後一步落下時，地下陡然生出一股大風，同時無數的熱氣從地上竄進足心，直衝頭頂，隨即流遍全身。到下一個圓踏開時，這些熱氣卻又重新歸於丹田，並迅速沉入腳底。只是當一圈踏完時，丹田卻有了多餘的熱氣集聚起來，到下一圈踏完，這些熱氣便又多了許多。

談寶兒不知道丹田那些熱氣是什麼來歷，但他見腳下的草越來越直，知道自己的練習有了效果，一時欣喜若狂，繼續不斷地踏圓，而丹田的熱氣便越積越多。往往是一圈踏完，丹田的熱氣便比剛才多了一倍，腳下青草便又直了一些。

他沉浸在這個遊戲裏，身法越來越快。黑墨初時見他似談容一樣飄舞了起來，歡喜地長嘶，但牠隨即卻發現無數個談容在面前移動，眼裏露出茫然神色，緊隨其後，人影消失，眼前只有一道白色的旋風，那旋風是如此的激烈，以牠天生的神力，也不敢與之相抗，嘶鳴一聲，倒退開去。

也不知過了多久，談寶兒忽然覺得小腹的熱氣脹得難受，他一聲大喝，從地上跳了起來，這一蹦，卻足足有十丈高！

他何曾有過這樣的經驗，立時鬧了個手忙腳亂，慘叫一聲掉在地上。只是從這麼高掉下來身體竟然不甚疼痛，他拍拍屁股站了起來。

隨著他的停下，身體所帶起的旋風也就隨之停了下來，四周一片安靜，在他剛才雙足踏過的地方，多了一個看不見的圓圈。這是一種相當奇怪的感覺，那裏看起來什麼都沒有，但談寶兒的感覺卻告訴他，那裏已經有了一個由體內熱氣圍成的圓圈。

談寶兒正又驚又奇，忽有一陣長風從遠方吹了過來，拂過臉和手，說不出的舒服。他放鬆心情，便要伸手去背上取弓，但他的手剛剛抬起來，卻沒有了動作，因爲他的眼睛被一幅奇異至極的景象所吸引，再也離不開了。

草原上本來一平如鏡，風吹來就像海潮一樣層層疊疊地遞進，但當浪潮推進到那個圓圈周圍的時候，卻像是遇到了一面無形的圓牆，再也推不過去。這個詭異情形的直接表現就是，四周的草都是迎風而倒，偏偏那個圓圈裏的草則是直直向上，完全沒有受到任何影響。

愣了好久，談寶兒終於回過神來。他忽然想起當日談容面對謝輕眉的千山浮波大陣時，也是使出了踹躚凌波步，同時卻布下了太極禁神大陣逼得謝輕眉現身，莫非我夢中學會的這個圓圈就是這套陣法，所以禁錮了圓中的草？

他想起談容曾有八八六十四卦之語，細細一算，剛才自己所踏步子不多不少正好就是六十四步，心頭更加篤定自己無意之中竟然學會了太極禁神大陣。

過了一陣，圓裏的草開始隨風搖晃起來，談寶兒的直覺告訴他，那些熱氣已經融入大地了。看起來自己留在地上的熱氣似乎並不足以支撐太長的時間。

談寶兒這時候才發現丹田的熱氣已經平靜了下來，正以一個緩慢的速度不斷地在向全身各處散發，全身每一個角落都說不出的舒服。想起當日談容灌注進全身的熱氣和現在丹田的熱氣一般模樣，莫非這熱氣竟然就是真氣？哈哈，原來這踏圓的過程竟然還是練功的過程，難道昨夜踏了一夜的圓，老子已經成爲老大一樣的絕世高手，不然怎麼能一腳踢死黃天鷹？

想起談容，談寶兒得意之餘很有些黯然。隨即記起那件婚事，看來自己今天就得起程，不然可是難以及時趕到京城去阻止那個荒謬的老頭，那可對不起老大臨終託付。只希望前方千萬別有魔人再埋伏就好了。

想起魔人，談寶兒隨即想起一個問題，魔人明明都在龍州外，怎麼卻有人能進入我神州境內？

等等，如果他們能成群結隊地進入神州，這仗早就不用打了。看來，進入神州境內的魔人都是魔人中的高手。聽老大說，魔人中有個魔教，教裏人除開他們的教主魔宗厲九齡深不可測外，人人都是精通魔法的高手，這次來追殺他的，多半就是魔教中人吧！

唉！想了一陣，談寶兒重重嘆了口氣。老大是國之英雄，臨終相托，義氣深重不說，若神州百姓知曉老大已死，對邊關士氣的打擊那絕對是致命的。想到這裏，他才發覺此事自己根本退縮不得。只希望羿神保佑，所有潛入神州的魔人都還在後方苦苦趕路，不然老子這次多半要將一條小命送在這八千里上京路上了。

一念至此，陡覺四周和風驟冷，滿原綠草盡皆染血，說不出的悲壯。

默默向羿神祈禱一陣，談寶兒伸手從背上摘下落日弓，接著從箭壺裏拿出一支箭。之前他雖然沒有射過箭，但別人射箭他卻是見過的。手握著弓柄的時候，一道淡淡的熱氣又從弓身傳進了手心，隨即進入丹田。

彷彿是一塊巨石投進湖心，丹田本身的熱氣在一瞬間爆發出來，衝進全身每一個角落，談寶兒覺得全身在一瞬間充滿了力量，他拿出一支箭，學著胡戎人射箭的樣子將弓彎開。「吱」的一聲，之前只能拉開一半的落日弓，在這一瞬間被他拉得如滿月一般。

談寶兒又驚又奇，心中充滿了興奮，看起來自己踏圓果然是有效果的，至少力氣大了不少。只是大草原上和風拂草，一派的平靜，四周並無野獸出沒。

他張滿弓，一時卻沒有目標。正自煩惱，空中忽有一群雪雁從北邊飛了過來。談寶兒嘴角露出一絲邪笑：「看來今晚有烤雁吃了！」

「嗡！」一聲弦響，雕翎箭離弦而出，直沖九霄。

談寶兒一箭射出，只覺得全身再無半分力氣，立時軟倒在地。但那箭一離弦，平地忽然生出一陣龍捲風，隨著箭呼嘯朝空中捲去。

談寶兒和黑墨被風力直拋出三丈之外，摔得頭昏腦脹。黑墨很快站了起來，神色慌張地拿頭去蹭談寶兒，後者又驚又恐，偏偏身上沒有半分的力氣，怎麼也站不起來。

好在龍捲風在一瞬間已消失不見，談寶兒抬眼上望，天空早已沒有了雕翎箭的影子。只是下一刻，天空忽然像下雪似的飄下了無數的羽毛。

雪雁們這才紛紛叫了起來，驚恐地朝四面八方亂飛，只是身上的羽毛卻在一瞬間被箭風撥光，飛了不出三丈，紛紛從空中掉了下來，落在談寶兒和黑墨四周，一命嗚呼。

談寶兒望著滿地的羽毛和禿毛雁目瞪口呆，好半晌才回過神來，喃喃道：

「這到底是落日弓還是落羽弓？」

得意一陣，談寶兒過去撿起那些雪雁，卻發現所有的雪雁都是被摔死的，身上都沒有箭，看來那一箭不過是從鳥群中間穿過，雪雁全都是被那一箭的勁風掃掉羽毛而喪命，由此想來這一箭之威，足以驚天動地了！

他咋舌一陣，拿出雕翎箭本想再試一次，卻發現自己無論如何再也拉不開落日弓，暗叫乖乖，看來這一箭竟是耗掉了全身真氣，難怪有那樣大的威力，看來以後用這落日弓可得小心。

當下談寶兒找了兩支箭從雪雁的脖子穿過，翻身上了黑墨，提著兩串無毛的死雁，得意洋洋地回到胡戎族的營地。胡戎族人人見之愕然，心說這位大英雄睡覺時能一腳踢死馬賊首領，射下來的大雁也全都是無毛之鳥，高人行事果然與眾不同。

桃花父女見此更是驚訝不已，心道：那落日神弓據說能射下天上紅日，談寶兒能拉開一半射下雪雁毫不稀奇，但這弓怎麼竟還兼有拔毛的神效？談寶兒見此哈哈大笑，少不得要將自己的箭術狠狠吹噓一番，直弄得整個胡戎族看他的眼神都直了才算甘休。

隨後有最好的廚師將雁肉烤好，並著牛羊肉組成豐盛的酒席，胡戎族人再次慶賀昨夜的大捷。談寶兒有了昨晚的經驗，再不敢多喝，好在大家見他種種神異，都不敢強行勸酒，這才逃過了一場大醉。

喝了一陣酒，談寶兒向蘇坦提出辭行：「伯父，小侄雖然很想在貴部多留幾日，奈何有要事在身，飯後就動身趕路。」

蘇坦大訝：「要這麼急嗎？」

「就是，多留幾天不好嗎？我還等你教我武術呢！」桃花也道。

談寶兒搖搖頭：「我也想留下來多玩幾天，陪族裏的兄弟們賭賭錢喝喝酒什麼的，只是我答應別人在這月月底前要趕到京城。再不能耽擱了！」

「哦！男子漢答應別人的事一定要做到！」蘇坦點點頭，輕輕嘆了口氣。

桃花神色黯然，勉強笑道：「那祝你一路順風！」

談寶兒點點頭，飲盡碗中酒。

送別的場面很感人。太陽高高掛在天上，一直就沒有停過的春風席捲著整個草原，吹得人說不出的舒服，讓遠方的遊子都不忍出門。這樣的時候，談寶兒其實並不想走的，剛剛在這裏得到英雄似的招待，那種感覺比起在如歸樓裏做小二來，實在是爽了無數倍。

蘇坦雙手端過兩碗酒，遞了一碗給談寶兒，兩人對撞一下，一飲而盡。

蘇坦一抹嘴角大鬍子，豪爽笑道：

「賢侄，你既然有要事在身，伯父也不留你。我今早已將你的容貌通知了整個草原，四族的人都知道了你是我們大草原的恩人，大家見了你必然會熱情相待，你此去大可放心。記住不論走到哪裡，我們大草原的人都是你的朋友！」

「謝謝伯父！」談寶兒道過謝，就要上馬，卻被桃花叫住：「你跟我過來一下！」蘇坦抹著鬍子，一臉笑意地看著兩人朝一邊走去，桃花的臉立刻變得像朵真的桃花，拉著談寶兒走得更加快了。

兩人背對人群走出約莫十丈才停了下來。桃花從懷裏摸出一個羊皮的口袋，塞到談寶兒懷裏：「這個給你！」

「是裝酒的嗎？」談寶兒接過，見這口袋扁扁平平，品質甚輕，裝的酒只怕不多。他打開壺蓋聞了聞，隨即滿臉都是詫異神色：「這裏除開酒香怎麼還有烤羊肉的味道？哦！我明白了，嘿嘿，一定是你剛才吃飯的時候喝過對不對？就算想親我也不用這樣啊！」

「你少臭美了！」桃花笑罵著，作勢欲打，只是那手揚起來卻終於只是輕輕落下，「這是我們胡戎族的寶貝，名字用你們夏國話說就叫『酒囊飯袋』。呵呵，就和你一樣了，無論裝下多少的酒和肉，肚子都不會鼓起來，也不會有重量。」

「真的嗎？」談寶兒大喜，隨即搔搔頭道：「桃花，這東西我可不能收。既然是你們族裏的寶貝，你隨便送給我肯定不太好的，你爹知道了多半要罵你。」

桃花嗔道：「這東西我爹早給我了，我高興送給誰就給誰！你不收是不是看不起我，不願和我做朋友？」

「沒有，沒有！我這就收下還不成嗎？」談寶兒拒絕的話一說出口便已後悔，見桃花發怒，立時便改了口。

「這還差不多！」桃花滿意地點點頭，「因爲時間倉促，我只在裏面裝了三隻烤全羊，還有十罈酒，你要喝酒的時候就拿著它念咒語『嘎嘎拉西』，要吃肉的時候就念『多多兀個』，以後你向裏面裝東西的時候就將酒飯湊近袋口，念相同的咒語就可以了！飯在袋子裏可以保存十天不變壞，記得！過了十天如果沒有吃完也一定要扔掉。」

「嗯！」談寶兒滿心歡喜，將酒囊飯袋貼身收好，剛想對桃花說話，卻忽然覺得右邊臉頰上多了一點溫潤，全身陡然一麻。他轉過頭去，桃花已經轉身朝帳篷的方向跑了回去，而身後的胡戎族人則指著自己，一個個臉上滿是笑意。

他不明所以，望向蘇坦，後者微笑著朝他擺擺手：「孩子，上路吧！」

「哦！」談寶兒莫名其妙地看看桃花，朝眾人拱拱手，翻身上了馬，輕輕一拍馬屁，黑墨撒開四蹄，如一道黑色的疾風朝南疾馳而去。

談寶兒和黑墨的身影快消失在天邊的時候，眾人慢慢散去，蘇坦正要回營，卻看見桃花紅著眼從柵欄裏走了出來。蘇坦嘆了口氣，迎了上去。桃花什麼也沒說，徑直撲到他懷裏，輕聲哭了起來。

蘇坦看著天地相接處那個黑點慢慢變淡，輕輕嘆了口氣道：「乖女兒，要走的人始終要走的，留也留不住的。」

桃花抹去眼淚，半是哀求半是疑惑地問道：「可是阿爸，莫邪神使的預言說，他不是將帶領草原走向輝煌嗎？我們真的沒有機會在一起嗎？」

春日的陽光下，胡戎族的大鬍子族長再次嘆了口氣：「預言或者不會錯，只是像他這樣的人物，注定是要呼風喚雨的，你自認配得上他嗎？如果你不能愛他，最好還是將他忘掉吧。」

桃花黯然不語，想起這少年昨夜曾說自己是無敵幸運星，他的到來果然給部落帶來了好運，殺死了馬賊首領救了自己一命，只是於自己而言，卻只有幸運嗎？

第四章　毛驢一派

清晨，太陽高高掛在天上，陽光落在談寶兒的身上，那種懶洋洋的感覺讓他舒服地躺在黑墨背上，那種晃晃悠悠的感覺竟讓他立時又有了一種想要大睡一場的渴望。

想起昨夜才在馬背上舒舒服服地睡了一夜，談寶兒覺得自己開始有些不正常了。自從學成了蹁躚凌波術之後，離開胡戎部落的這三天裏，每天十二個時辰，他至少有七個時辰是在睡夢中度過的，而每每一入夢，立時便進入了那無名的玉洞，自動陷入了那無休止的踏圓過程中。

每次夢醒後，丹田的真氣便多了很多，現在的他雖然不能像談容一樣踏著落花也能飛起來，但已經可以在草上狂跑百丈的距離而不壓彎一根嫩草了，這聽起來似乎是個好事，但如果當你尿著尿也能睡著的時候，你就不會這樣想了。

「看來得想個辦法控制一下了！」談寶兒倒躺在黑墨背上自言自語，但他的聲音才落下不久，便響起了均勻的鼾聲。

毫無意外地，這次他又到了無名玉洞，開始不斷踏圓，不斷重複著這一枯燥但卓有成效的事業。

再次醒來的時候，卻已經是黃昏的時候。這一覺竟又睡了五個時辰！

他搖搖頭，讓黑墨停下來休息，自己翻身下了馬，從酒囊飯袋裏掏出一隻冒著熱氣的羊腿和一罈燒酒吃了起來。

黑墨吃了幾口青草，便將頭伸了過來，不斷蹭他的肩膀。

談寶兒笑罵道：「你這臭小子，就知道和老子搶酒喝！」說著，他從袋子裏拿出一只大碗，倒了一碗，遞到黑墨嘴前，後者原地跳了跳，咕嚕咕嚕地喝了個乾淨，隨即又去蹭談寶兒。

「算老子怕你了！」談寶兒苦笑，隨即便又繼續倒酒。

這一繼續就繼續倒了八碗。黑墨喝了這麼多的酒，卻是一點也不暈，反而神采奕奕，全身似乎有了使不完的力氣。

發現黑墨喜歡喝酒這個秘密是在前天晚上，當時談寶兒正開始試驗如何從酒囊飯袋裏取出酒，只是他對此完全沒有經驗，咒語剛剛念完，一罈罈好酒就從袋子裏不斷躥了出來，談寶兒鬧了個手忙腳亂，其中便有兩個酒罈摔破，酒流了一地。談寶兒正叫可惜，黑墨卻興奮地一撩蹄子，衝上去將酒舔了個乾淨。

喝光這罈酒，談寶兒拍拍屁股，站起身來就要繼續上路，腦子裏卻又有了朦朧的睡意，他大叫不好，卻已不及，身子一軟，已倒在地上，沉沉睡去。

睡夢裏，不斷地踏圓，無休無止。

正踏得高興，談寶兒忽然覺得臉頰濕濕的，他遽然從夢中驚醒，睜開眼卻看見黑墨正在舔自己的臉。舉頭望明月，一天星光璀璨。

談寶兒搖搖頭，這一覺不知道又睡了多久。看來這一路上還是別再喝酒了，不然這隨時睡覺的習慣可會要了自己的命。

他正要翻身上馬，卻陡然聽見後方一陣急促的細微聲響傳來，那種聲音，和自己的腳踏在草上疾奔的時候並無兩樣。談寶兒愣了愣，這聲音分明是從很遠的地方傳來的，自己什麼時候耳力變得這麼好了？

就是這一愣的時間，那聲音卻已向前進了極長的距離。談寶兒抬眼望去，淡淡的月光下，一道有如鬼魅的身影正從天邊疾馳而來。他大吃一驚，這才如夢初醒，腳步一動，飄到了馬上。這些日子他習慣了倒著騎馬，這一次也不例外。

他正要去拍馬屁，那淡淡的鬼影卻已停在了五丈之外。這是一個鐵塔般高的壯漢，上身著一灰布坎肩，露出虯起的胸臂肌肉，下身是一條很古怪的裙子，背上背著一把九尺長的巨型開山長刀。

談寶兒一見此人，只覺得寒毛倒豎，不及細想，伸手去打馬屁，卻聽黑墨長嘶一聲，四蹄奮進，但整個馬身似乎被一根無形的繩子所牽住，任牠將地下濕潤的泥沙刨得亂飛，卻難以向前動彈分毫。

定睛看去，只見壯漢的手抓住馬尾，一臉的冷酷。談寶兒大驚失色。

壯漢咧嘴一笑，露出一口森冷的鋼牙：「魔宗門下第三弟子天狼見過談公子！」

「嘿，你好你好！原來是天狼兄，久仰久仰！」談寶兒乾笑著，心裏發毛，一時卻想不出脫身之法，只得不斷廢話，「久聞天狼兄乃魔族第一美男子，今日一見那個果然是名不虛傳，啊哈，見面那個更勝聞名，哈哈！」

「真的？你們人族都說俺是魔族第一美男子？」天狼一臉不可思議地問道。他這一問，神態頗有些癡傻，立時破壞了他剛剛苦心營造起來的冷酷形象。

「莫非這傢伙頭腦簡單，四肢發達？」談寶兒心頭一動，用力拍拍胸口，「我談容以我的名義保證，我說的話都是真的。不然五雷轟頂，不得好死！」反正老大已經死了，自己又不是他，發過的誓自然作不得數。

「哈哈！了不起，了不起！俺就說嘛，整個人族，就你算是個英雄，不然厲老四也不會死在你手裏了！」天狼咧嘴放肆地傻笑。

「過獎，過獎！」談寶兒打著哈哈，心頭恍然，原來被老大一刀斬下首級的魔人主帥厲天，竟然是厲九齡的第四弟子。難怪這次魔教的人傾巢而出，欲殺他而後快。那謝輕眉多半也是厲九齡的徒弟了。

「等等，不對！」天狼一拍腦袋，停止傻笑，臉色又變得冷酷無比，「謝丫頭說，你們人族狡猾至極，叫我千萬不要和你多說話的！你這就拿命來吧！」說著話，他將一直虛引著馬尾的手一鬆，「鏘」地一聲抽出背上開山刀，雙手握刀舉過頭頂，就要朝談寶兒劈過來。

「且慢！你不聽我說話你一定後悔莫及！」談寶兒慌忙大叫。

「爲什麼？」天狼一呆。

「爲什麼？哈哈哈哈！」談寶兒仰天大笑，只笑得天狼陣陣發毛，才又神秘兮兮道：「你以爲謝輕眉爲什麼不親自來找我，偏偏要讓你來？」

天狼愣了愣：「她說她和你動手受了重傷，不能來！不過，你也中了她的碧蟾冰毒，即便不死，功力也一定退步了最少九成，所以叫俺來取你性命！這有什麼不對的？」

「有什麼不對？」談寶兒再次大笑，「簡直是再對不過了，大大的對，對得哇哇叫，對得乖乖跳！」

「等等，謝丫頭說你們人族狡猾！你說對，一定是不對！你別騙俺，我很聰明的！」天狼立時「醒悟」過來，「快說她爲什麼叫俺來？」

「你這都不明白？」談寶兒一副很好笑的神色，「你自己好好想想，你最近有沒有得罪她？」

「得罪她？好像沒有啊！」天狼搔搔頭，「她是我們小師妹，誰都疼著她，有好東西都給她，哪裡會得罪她？就像這次的差事，師父明明是叫老大來的，她要搶著來出手，老大都沒有和她爭啊！古怪，古怪！不猜了，你告訴俺！」

談寶兒嘆了口氣：「你看看我臉色，像是中了碧蟾冰毒的樣子嗎？」

「不像！」天狼搖搖頭。

「那你還不明白嗎？你們來殺我，本來是你們大師兄的差事，她搶了來卻沒有成功，自然要找替死鬼了！她叫你來送死，然後回去就對你師父說，就是因爲天狼自作主張，自己先死了，才導致我們功敗垂成。她將責任推得乾乾淨淨，你死了還要你背黑鍋。」

「啊！」天狼大驚，一臉的半信半疑。畢竟他和謝輕眉的感情是所有師兄弟裏最好的，按說謝輕眉不會騙自己，但談寶兒說的卻又句句在理，以他的智慧，一時間自然搞不清楚真相。

談寶兒從背上取下落日弓，嘆道：「就知道你不信！不過現在不是戰場，我看你是條好漢子，也不忍心殺你！這樣吧，你站遠些，我射你一箭！你看看我功力還在沒有！」

「好辦法！」天狼點點頭，向後倒退了三百步。一般弓箭的距離就是百步左右，天狼想起眼前這人曾於百萬軍中取了四師弟的首級，不敢大意，便多留了兩百步的距離。

「不夠，不夠！你再退遠些，我這箭威力大了，傷了你我可不好意思！再退百步！」談寶兒擺擺手，將箭搭在了弓上。

天狼覺得人家一片好心，便又向後退了百步。

「哎喲，難道你們魔族男人的腳都小得像我們人族的女人一樣嗎，一百步就這麼點距離？」談寶兒冷笑。

天狼臉脹得通紅，卻無法反駁，又向後退了兩百步。

談寶兒看距離已經夠遠，月光下剛剛夠看到人影，心想：「是生是死就看這一把牌了！」大聲叫道：「我們人族尊重好漢，所以我這一箭就只用一成功力就好！」說完他手一鬆，雕翎箭離弦，帶著他全身功力，呼嘯著朝天狼疾衝而去。

同一時間，談寶兒拚盡全身最後一點力氣狠狠一拍黑墨的屁股，後者長嘶一聲，如一道旋風疾奔起來。

天狼見黑馬奔起，大叫不好，便要動身去追，但見那支雕翎箭離弦之後，箭身卻似有一種巨大的旋轉著的吸力，沿途經過的地方立時捲起了一股旋風，地上的草皮都被刮出了一個個巨大的凹道。

他又驚又喜，被這一箭激起凶性，開山刀挾帶著全身功力，朝著箭頭猛劈下去。

「轟！」一聲巨響，雕翎箭和開山刀撞個正著，天狼整個人被撞得倒飛出去三步之遠才險險定下身形，雙手一陣發軟，開山刀幾乎拿捏不穩，低頭看時，上身的衣服已經碎成一塊一塊，隨風飄散。

看著自己半裸的身體，天狼傻傻地在原地站了良久，好半晌才大聲叫道：「談公子，你這是什麼箭啊，怎麼把我衣服都射得沒有了？」

無人回答。

天狼抬頭看時，四處早已不見談寶兒和黑墨的蹤跡。

「這叫脫毛箭法，哈哈！」在天狼視線不及的遠方，談寶兒放聲大笑。

黑墨的速度實在可以用快如風來形容，不過眨眼間的工夫，牠已奔出了天狼的視線。當然，這也和牠通體和黑夜一樣的顏色保護不無關係。

談寶兒笑聲剛落，一股睏乏感便又席捲心頭，他知道這是功力耗盡後的必然反應，拍拍黑墨的屁股，倒躺在馬背上，眼皮一重，便又沉沉睡了過去。

再次睡醒的時候已經是正午時分，這一覺竟又睡了七個時辰之多。談寶兒在夢裏踏了最少十萬圈的圓後，說不出的神清氣爽。只是這樣下去，早晚有一天自己會睡足一天十二個時辰才會甘休，不過他對此一方面是毫無辦法，另一方面卻實實在在地感覺到每次在夢裏踏圓，睡醒後真氣便又增加了很多，自己能在草上奔跑的時間也就越來越長，對於今後遇到敵人逃命是大大有好處的。難怪胡老頭常說禍福相間，倒也有幾分道理。

就這樣又走了兩日，天狼卻再沒有追上來，談寶兒不知道是因爲這廝被自己那一箭嚇怕了，回去找謝輕眉算賬了，還是因爲他功力雖然高明，卻終究追不上黑墨。不過不管怎樣，他不追來總是好事一件！

談寶兒懶得再想，每日裏抱著酒罈繼續醉生夢死。

進入暮春，草原上陽光普照，草長鶯飛，這一切的一切都太適合睡覺了。

這日黃昏，他正倒躺在馬背上閉目養神，已有些迷迷糊糊，忽聽身後馬蹄聲響，隨即一個清脆的女聲順風傳了過來：

「哇！這位高人你好厲害，竟然能倒著騎馬！」

談寶兒知道是草原上的牧民，頭也不回道：「小丫頭好見識，倒著騎馬正是本高人的獨門絕技！」

「好好玩，高人你能不能教教我？」那女聲再次響起的時候，兩匹馬已是擦肩而過。

這是一匹棗紅馬，馬上的少女約莫十六七歲，一身火紅內袍外套金甲，頭頂沖天花冠，手持一杆紅纓槍，腳下長靴，如墨雲似的長髮間襯著一張白淨如玉的瓜子臉，明眸皓齒，說不出的英姿颯爽。

兩馬交錯，棗紅馬一聲長嘶，人立而起，迅疾掉過頭，朝談寶兒追了過來。

談寶兒見這少女美貌絕倫清麗脫俗，身體立時軟了幾分，但隨即想起傳說中，魔族女人一個比一個美貌，這丫頭該不會是魔人吧？

他心頭害怕，面上卻嘻嘻笑道：「只要你能追上我，我就教你。」

少女看見馬上少年的樣子似乎呆了一呆，隨即歡呼道：「好哦！阿紅，加油！」長槍一拍馬臀，棗紅馬歡快地一甩蹄，如火雲似的朝黑墨追了過來。

談寶兒見她天真，頓時放下心來，輕輕拍拍黑墨的屁股，叫道：「小黑，看你的了！」

黑墨聞言一聲長嘶，全力狂奔起來。

這一全力奔行，馬飛如箭，只是兩馬竟然速度相若，奔了約莫盞茶時間，居然還是保持著初時的一丈距離，黑墨甩不下阿紅，阿紅卻也追不上黑墨。

那少女自得了這匹棗紅馬以來，一直沒有遇到對手，見此只歡喜得手舞足蹈，哇哇亂叫。

談寶兒看得有趣，敵意盡去，笑問道：「美女，你叫什麼名字？」

「我叫若兒……呀，前面怎麼有那麼多綠皮的狼？」少女說著話忽然叫了起來。只見前方忽然出現一群綠色皮毛的狼朝這邊衝了過來，看輪廓正是魔狼的形狀。

「媽媽呀！是魔人！辣快媽媽不開花，老胡說紅顏禍水，果然沒錯，這回完蛋了！」談寶兒大驚失色。

魔族的狼人只是談容死的那天他見過一次，這些日子銷聲匿跡，談寶兒以為是狼速太慢遠遠追不上黑墨，完全料不到這些傢伙居然會在前面截擊自己。當下他胯下一用力，黑墨心領神會，向前衝的路線上便有了個斜角。

「這就是傳說中的魔狼嗎？太好了！」若兒卻是歡呼一聲，縱馬撲了上去。

談寶兒大驚，忙大聲叫她回來，卻已然不及，三十多頭狼已經將她圍住，隨即群狼變身成狼人，手持著狼牙棒，惡狠狠地衝了上來。

「用狼牙棒的？」談寶兒暗自鬆了口氣，原來這些狼人和上次那批用弓箭的並不是一批，不然這些傢伙居然跑得過黑墨，問題可就大了。

「抓住談容，聖女和天狼大人重重有賞！」人馬不同，選擇相同。這次狼人的首領喊出了和半個月前那批狼人一樣的口號。

若兒長槍抖出一團火焰，左擋右挑，圍上來的狼人立時東倒西歪，齊刷刷倒下一大片。

談寶兒又驚又喜，忙叫黑墨停住，彎弓搭箭在一旁觀戰。

談寶兒初時還以爲若兒槍尖的火焰只是紅纓飄飛帶來的幻象，看了一陣才發現那竟然是真的火焰，但凡碰到烈火的狼人立時皮焦肉綻，空氣中瀰漫著烤肉的誘人香味。

狼人雖然不畏死，但幾個回合下來，卻也是心膽俱寒，下意識地向後退，包圍圈立時變大了不少。

若兒殺得興起，拍馬追上，一杆長槍縱橫捭闔，一槍下去，便有一名狼人被挑上天去，隨即變成火球掉下地來。片刻工夫，這片草原就變成了火海。群狼再也堅持不住，紛紛落荒而逃。

「以祝神之名，收！」若兒長槍一指地面，正熊熊燃燒的烈火立時化作道道紅光，百川歸海似的被吸進了槍尖。

剛剛還是燎原之勢的烈火，立刻便連火星也看不到一點，唯有長槍紅纓隨風飄舞，如少女臉頰一般神氣。如果不是地上躺著的二十多具燒焦的狼屍，談寶兒幾乎要懷疑自己剛剛是做了場夢。

「女俠，英雄！了不起，哈哈，了不起！我看你的功力還在我之上啊！」談寶兒將弓箭收好，鼓著掌，下了馬，一臉狗腿地牽馬朝若兒走了過來。

「我可不敢和你比，只要高人你別再罵我紅顏禍水就好！」若兒嘻嘻笑道。

談寶兒乾笑兩聲，裝著低頭去看地上死狼屍體。

若兒大眼睛忽然滴溜溜一轉，指著棗紅馬道：「高人兄，現在我的馬可是超過你的一丈，你是不是可以教我倒著騎馬的本事了？」

「這些狼肉烤得剛剛好，肥嫩適宜，今天晚上可以加餐了……啊你說什麼？啊，這個啊，當然，當然要，大丈夫一言既出，死馬難追，嗯，死狼也追不上！不過我這倒著騎馬的本事，可是相當厲害，要獨門的內家心法配合，大大的秘密。你要學，那就得拜我爲師，加入我毛驢派！」

「什麼死馬死狼的？」若兒直接被談寶兒亂用的成語攪得暈頭轉向，到後來更是撲閃著大眼睛，一臉茫然，「等等！毛驢派？我神州有禪林派、蓬萊派、天師派，也有快刀門、豆腐幫……怎麼從來沒聽過有什麼毛驢派？貴派弟子都專以養毛驢為生的嗎？」

談寶兒一本正經道：「對，就是毛驢派，不過我們不養毛驢！張果老你知道嗎，就是倒騎毛驢的那位仙人？對了！那就是我毛驢派的祖師爺了！我這門倒著騎馬的心法就是他所創，傳到我這一代已經有三十六代。我跟你說，我這門心法練到至高處，就算遇到天魔，你也能把他當毛驢倒著騎，你讓他去跳懸崖，他絕對不敢跳火坑！」

「這麼厲害？」若兒目瞪口呆！

「這是當然！」談寶兒的語氣斬釘截鐵，不容懷疑，「白笑天知道不？就是當日以一人之力死守鎖龍關，力阻魔族十萬大軍七日之久，最後掛掉的那個？」

「戰神轉世的白笑天誰不知道？怎麼了？」

「那是我大弟子！唉，可惜我這騎驢心法他只學了點皮毛，不然最後一定能全身而退。」

「啊？」若兒大驚，「我聽說白戰神死的時候已經五十六歲，高人你你……你會返老還童之術？」

「聰明！我這『倒騎毛驢心法』的一個重點就在這『倒』字上。什麼是倒？『倒』就是什麼都反著來，所以這『返老還童，青春永駐』之功效，是本門心法一個重要表現方式！張十三知道吧？就大前年以一碗豆腐腦騙出魔族軍事情報的那小子？我跟你說，那傢伙其實年紀比我還大，那是我師叔，功力比我深多了，所以看起來比我更小些。再說那秦半仙……」反正吹牛不上稅，談寶兒絲毫不客氣地將古今名人都和自己或多或少地拉上了關係，最後只差說羿神是自己小舅子，天魔是自己徒孫了。

「原來毛驢派這麼源遠流長啊！」若兒聽得激動不已，忽然翻身朝談寶兒跪下，「師父在上，毛驢派第三十七代弟子李若兒拜見！」

談寶兒見若兒真的拜下去，暗自只差沒有將肚皮笑破，表面卻是異常嚴肅地點了點頭：「從今日起，你就是我的弟子，師父我乃是毛驢派當代掌門，姓談名容，不過這名字太威風，你沒事不要洩露出去。本門門規只有一條，那就是聽師父的話，行俠仗義，愛國愛民。你做得到嗎？」

若兒卻似對談容這名字沒有任何感覺，眨眨秋水似的大眼睛：「聽你話可以，不過你可不能老拿師父的身分來壓我！」

「成交！」兩人擊掌。

談寶兒看看天色，道：「你先起來吧！我們得上馬離開這裏，魔人隨時會回來，為師肩負國家興亡的責任，實在沒時間和這些小角色糾纏。」

「等一下，師父。」若兒叫住談寶兒，從腰上解下一個香囊遞了過去，「師父，這是徒兒孝敬師父的拜師禮！」

「豆子？能吃不？」談寶兒打開香囊，裏面是三十來顆黃燦燦的小圓豆。他拿出一顆來，聞了聞，只覺幽香撲鼻，立時就要朝嘴裏扔。

「饞嘴鬼，不能吃的！」若兒慌忙阻止，「這是我爹給的仙豆。遇到敵人的時候，朝地上扔一顆，他就能幫你打跑敵人，最適合你這樣不想自己動手的懶鬼高人了！」

談寶兒大喜，有了這黃豆，以後遇到魔人應該可以撐撐場面了，不用每次都是一箭射出去自己就變成待宰羔羊。只是不知道女孩家的玩意究竟管不管用，千萬別是她老爹用黃泥巴給她做的玩具就好。

想到這裏，他抬起手就要扔出一粒，若兒慌忙阻道：「這東西很珍貴的，用掉一粒就少一粒。除非遇到危險，否則不可輕用。」

「有多貴？百兩金子一顆有沒有？」談寶兒懷疑小丫頭有向自己收費的嫌疑。

若兒傲然道：「你有錢也買不到的，天下只有我爹有。不要就還給我。」

「嘿，爲師就隨便問問，別生氣！」不要錢的東西不要白不要，談寶兒忙將香囊拴到腰間，「雖然馬馬虎虎，但難得我徒兒一片心意，師父我就不客氣了。」

想了想，他又伸手從皮靴裏拿出一把當日用一錢銀子從牧民那兒買的那把匕首，連鞘丟了過去，「這把匕首乃是我在崑崙山偶得的上古異寶，只是沒有開封的咒語，你自己拿去慢慢研究吧！」

若兒看那匕首鋒芒尋常，漆色猶新，將信將疑地接了過來。

談寶兒怕她看出破綻，忙道：「我們現在趕路，你先收起來，以後再研究！」說時翻身倒騎上黑墨。

經過這半個多月和黑墨朝夕不離的磨煉，他騎術已臻至宗師級，再加上此時體內真氣頗有火候，這一跨步上馬動作固然乾淨，姿勢也很是優美。

「好！」若兒大聲喝彩，隨即依樣畫葫蘆，倒著上了阿紅的背，眼見談寶兒向馬屁股一拍，黑墨如電般躥了出去，她也一槍桿拍向阿紅的臀，但覺下半身立時一晃，人已離馬飛了出去，好在她功力頗高，忙凌空一翻，穩穩落到地上，回頭過去，阿紅停在了三丈之外，正一臉疑惑地看著自己。

談寶兒哈哈大笑，放緩黑墨的速度，叫道：「好了徒弟，等回頭找到幾頭驢子，師父再教你倒騎心法。你先上馬，咱們趕快離開這是正經。」

小丫頭眨眨眼睛，答應一聲，飛身上馬，很快趕上黑墨。

兩騎並肩疾馳，馬上之人一個臉向前，一個臉向後，有一搭沒一搭地聊了起來。兩人本是一般的少年心性，很快熟絡起來。

聊了一陣，若兒問道：「師父，你這是要上哪裡去啊？」

「京師，大風城。」

「京城！」若兒驚叫起來。

「怎麼？有問題啊？」談寶兒很奇怪。

若兒吐吐舌頭：「我家就在京城。嘿嘿，我偷偷跑出來的。」

「跑出來的？」談寶兒吃了一驚，「為什麼啊？不是你爹要給你找婆家，你不滿意吧？」

「你真聰明，連這個都看出來了！」若兒直直的眼神充分說明她對談寶兒是多麼的崇拜。

「嘿，誰叫我是高人呢？」談寶兒一點不謙虛，心中暗想：原來老胡的書也未必全是胡扯——像若兒這樣年紀的小女孩離家出走，老胡最多的解釋就是逃婚。

若兒似乎不願多談這事，岔開話題道：「師父，你去京城，會不會逗留很久？」

談寶兒想了想，道：「應該待不了幾天吧。我家在邊關，去那邊辦了事，我終究還是要回來的。」

經過這些天的流亡，他忽然覺得還是待在如歸樓舒服些。如果大英雄的義務就是每天被人追殺，風餐露宿的話，那這英雄讓別人去當也沒什麼可惜的。

「那就好！」若兒拍拍胸口，似乎鬆了口氣，「我這次出來，本來是要去邊關，龍州啊牛角關什麼地方去轉轉的。師父你要進京，我先陪你過去，回頭再一起去邊關就是。不過到了那邊，我可不進城，就在城外等你出來。」

「好！」談寶兒歡喜答應。有若兒這樣可愛並且武藝高強的少女千里同行，這一路上的安全指數猛漲了好幾百倍不說，旅途也絕對不會寂寞。

不會寂寞的還有黑墨。這一路行來，牠都是一騎絕塵，無論是草原上的野馬還是牧民的良駒，沒有一匹能追得上牠的，此時見阿紅腳力之強竟然和自己不相上下，頓時動了好勝之心，全速飛奔起來，阿紅自然不甘落後，也是賣力狂追。馬上兩人聊得高興，兩馬也是鬥得開心，一路行來，說不出的熱鬧。

兩人說說笑笑，天色卻很快暗了下來，不時金烏西墜，玉兔初升，天幕如在頭頂，星斗仿似伸手可摘。兩個人奔馳在遼闊蒼茫的草原上，放聲大叫，一時只覺天地空曠，一切的凡情俗念都在這一瞬間沉入大地，再不記得今夕是何年。

若兒忽然興奮地站到馬背上，將花冠摘下，一甩頭，春夜的長風迎面襲來，捲起她一頭青絲飄散，使得這臨風獨立的可人兒在這一瞬間恍如仙子。

她迎著風，放聲大叫。

談寶兒看得眼珠發直，暗自咽了一口口水，心頭發狠：「老子早晚得將這便宜徒弟變成便宜老婆。」

若兒叫了一陣，忽道：「師父，再向前十里，有一個部落在那裏聚居，我們今夜去那借宿如何？」

「十里之外？你怎麼知道的？莫非你有千里眼？」談寶兒回過神來。

「笨蛋師父！我今早才從那裏過來的嘛！」若兒嘻嘻笑著，坐了下來，甩槍一拍馬臀，阿紅如箭一般躥了出去。談寶兒一拍腦袋，拍馬追上。

疾馳一陣，前方果然隱隱有了火光，再向前奔一陣，便聽見陣陣嘹亮歌聲伴隨著一種粗獷的樂器聲飄了過來。

「東鼓聲！這是莫克族的人嗎？」談寶兒叫道。

前幾天胡戎族和莫克族聯手滅了馬賊，事後談寶兒曾找桃花特意問過這個民族，知道他們的東鼓以別具一格的音色馳名草原。

「對了！就是莫克族！」若兒笑著回答，打馬更急。

再向前一陣，火光更盛，鼓聲更急。遠遠便看見一大片帳篷連綿起伏，其中燈火最盛處散布著十來面巨鼓，一大群人圍在一堆篝火邊載歌載舞，似乎在慶祝什麼盛大的節日。

兩人再近些，柵欄外的守衛看見兩馬奔進，通知裏面，所有人紛紛停止歌舞，朝這邊看來。一時間偌大的場面裏，安靜至極，唯一能聽見的，只有「畢剝畢剝」的篝火聲。

人群裏，有一人用胡語叫了一聲，見來人沒有反應，便迅速又用夏語高聲叫道：「什麼人？再靠近我們可要放箭了！」

若兒大聲道：「哈桑大叔不要！是我！」

「啊，是小仙女回來了！」那人歡喜地高叫一聲。隨即人群發出了山呼海嘯一般的歡呼聲，一大堆人從篝火邊迎了上來。將兩人團團圍住。

哈桑是個約莫七十多歲的老頭，率先擠了上來，熱情地將若兒扶下馬來，就朝人群裏迎。其他人立即圍了上來，一個個七嘴八舌地問長問短，若兒笑著一一回答。

談寶兒聽著哈桑的稱呼，忽然明白過來，指著若兒道：「原來……原來你就是他們說的那個仙女！」

當日胡戎和莫克兩族聯手對付馬賊，但馬賊頭領黃天鷹妖術厲害，幾乎將兩族的首領打得落荒而逃，這個時候，卻忽然出現了一名少女出手相助，將黃天鷹打敗，殺得馬賊狼狽逃竄。兩族人對她感激非常，把她比作長生天神賜下的仙女而不直呼其名。

沒有想到竟然就是若兒！

若兒嘻嘻笑道：「我叫若兒，可不是什麼仙女！」說著，她將談寶兒拉到哈桑面前，「師父，這是莫克族的族長哈桑大叔！大叔，我給你帶了個人來，嘻嘻，你看看他是誰？」

「你是……你是……」哈桑看著談寶兒的臉覺得非常臉熟，一時卻想不起在哪裡見過。

「啊！這不是談恩公嗎？」一名少女忽然叫了起來，「族長你忘了，今天早上胡戎的蘇坦族長派人送來的畫像，還有他背上那張神弓！」

「啊！落日弓，對了，你就是一腳踢死黃天鷹的談英雄談恩公啊！」哈桑恍然，隨即翻身拜了下去，「莫克族哈桑參見恩公。」

隨著他跪下，所有在場的莫克人都翻身跪了下去。

談寶兒沒有想到自己的名聲竟然這麼的響，一時頗有些飄飄然，隨即想起老胡說書的時候說到這種場面，自己應該很有風度地叫眾人起來，忙道：「在下不過僥倖殺了黃天鷹，大家切莫如此，快快起來吧！」

莫克族人都磕了個頭，才在哈桑的命令下站了起來。

一行人簇擁著談寶兒和若兒到篝火堆邊，在哈桑身邊坐下。靠得近了，談寶兒這才發現這裏的人一堆堆的成千上萬，也不知有多少。莫克族人通夏語者甚多，聽到族長的介紹，都來向談寶兒問好，一個個千恩萬謝，臉上都洋溢著感激之情。

談寶兒這才搞明白，今天早上蘇坦的信使帶著自己的畫像和黃天鷹的人頭到達莫克族。莫克族人見黃天鷹被殺，一個個喜極而泣，便在今晚舉辦篝火晚會慶祝。

搞明白這個情況，他忽然明白若兒一定是一見面就認出了自己，知道自己殺死了她沒有殺死的人，認定自己是深藏不露的高人，這才心甘情願拜自己爲師。小丫頭鬼靈精，只是她可不知道，自己這個高人是瞎貓碰到死老鼠，矇出來的。

他想明此節，狠狠瞪了若兒一眼。後者嘻嘻一笑，遞過一隻羊腿，低聲道：「大英雄有大氣量，莫怪我之前沒有告訴你！」

談寶兒嘆了口氣，他正是餓的時候，也不客氣，接過烤羊腿，另一手端起酒碗，歡快地吃喝起來。

哈桑見此哈哈大笑，對若兒道：「小仙女，今天早上我們怎麼都留你不住，原來你是會你情郎去了啊！不錯不錯，談英雄如何殺死黃天鷹我是沒有親見，不過他酒量好，吃肉爽快，絕對是條好漢，配得上你！」

若兒臉頰飛起一抹紅霞，解釋道：「哈桑大叔，你別亂說！這是我師父。你別看他看起來年輕，年齡比你還大呢！」

哈桑嚇了一跳：「真的？哎喲，對不住，對不住！是小老兒失言了，前輩你千萬別放在心上。晚輩自罰一碗！」說著端起面前酒碗，一飲而盡。

談寶兒聽他自稱晚輩，暗自好笑不已，很是大度道：「不知者不罪，哈桑兄弟你別放在心上。」

哈桑激動地點點頭，雖然沒有再說什麼，看談寶兒的眼神卻透著敬畏和尊敬。旁邊的莫克族人見了，都是大吃一驚，三三兩兩的竊竊私語，片刻工夫，整個莫克族的人都知道了談寶兒的另一個「真實」身分，來向他敬酒的人更是絡繹不絕。

談寶兒叫苦不迭，知道這些草原民族最是性直，如果不喝，他們就認爲你是看不起他們，無奈之下，只得一碗接一碗地喝。儘管他在如歸樓練出了一個虛懷若谷的酒肚，但十幾碗烈酒下肚，已經是頭昏腦脹，只得求助似的看向了若兒，後者嘻嘻一笑，掉頭故意裝著沒看見。

談寶兒恨得牙癢癢，忽然眼珠一轉，站起來大聲笑道：「各位莫克的好朋友，大家再這樣一碗一碗地敬下去，太麻煩。這樣吧，我一起敬大家一碗，大家可別再勸我，讓我隨意喝！不然在下就算有天河一樣大的肚子，也裝不下這麼多莫克的美酒啊！」

眾人聞言都是齊聲大笑，覺得這個法子果然是兩全其美。

喝完這最後一碗酒，談寶兒暗自鬆了口氣，抬眼望向若兒，後者朝他扮個鬼臉，吐吐舌頭，自和哈桑閒聊去了。談寶兒拿她無法，只得一笑了事。

這之後，果然再沒有人來向談寶兒敬酒，各自隨著東鼓聲，載歌載舞去了。談寶兒樂得清閒，一面自斟自飲，一面與若兒和哈桑聊天，漸漸將昨夜若兒以一己之力衝入五千多名馬賊堆裏擊敗黃天鷹的始末慢慢瞭解清楚。

越清楚細節，他越是心驚：「老子這高人可是裝的，我這徒弟才真的是高人呢。」

正聽到高興處，忽見先前最先認出他的那位莫克族姑娘從人群中徑直走到自己面前，伸出一隻白玉般的手，羞答答道：「莫克族新月，想請遠方而來的英雄跳一支舞，不知道可以嗎？」

談寶兒愕然。他最近的一次跳舞經歷已經要追溯到十年之前，當時陪著他舞遍全鎮的還有一隻不知從哪裡跑來的瘋狗。

新月見他不答，伸出去的手收回來也不是，不收回來也不是，說不出的尷尬。所有的人見到這個情況，都是愣住，有的人臉上隱隱露出不滿之色。

忽聽一人大笑道：

「新月妹子，談前輩乃是當世高人，怎麼能和你一個小女孩跳舞？」

如果說話的不是一名粗獷的壯漢，談寶兒幾乎要衝上去抱住這妙人一陣猛親。但隨即，他卻想一腳將這廝踹出草原去，因為那壯漢隨即又說了一番話，「像這樣的熱鬧場面，應該舞刀助興才是。談前輩，晚輩木桑不才，想向您老人家學幾招，開開眼界。請！」

說完這話，他抽出腰間的彎刀，大踏步走到了場子中央。草原上的民族最好弓刀，正在跳舞的男男女女都是齊聲歡呼，自動退出場去，只留下木桑一人。

哈桑抹抹花白的鬍鬚，對談寶兒道：「前輩，這木桑是我莫克族第一勇士，不過本事遠遠比不上閣下的高徒。您千萬別藏私，還請下場指導，讓兒郎們開開眼。」

談寶兒頭皮發麻，乾咳道：「這個，那個，指教一下晚輩幾招也不是不可以。不過，這個，老夫前幾天在邊關與魔人廝殺，那個，不小心受了點內傷，實在是不太適合動手……這個若兒也是知道的。」說時朝若兒遞了一個眼神。

場中響起噓聲一片。莫克人最重英雄，就算刀劍加身也不能皺一下眉頭，談寶兒這番示弱的話，只道他看不起木桑，立時引來他們的不滿。

「不好意思！讓我和師父說說。」若兒朝眾人歉意地笑笑，將臉湊到談寶兒耳邊道：「笨蛋師父，他們是懷疑我的話，以爲你是我……是我情郎呢！你也不想這樣的吧？」

談寶兒心頭嘀咕道：「我很想！」

若兒又道：「我知道你受了內傷，不過這傢伙本事稀鬆平常，你隨便用半成功力將他放翻就可以了！」

談寶兒心頭叫苦：「老子只會射那麼一支會脫鳥毛的箭，難道射出去後，就等著其餘的莫克人把我活活撕了？」

若兒看他不作聲，只道已經答應，伸手背上用力一推，叫道，「我師父來了！」談寶兒不及反應，回過神來時，已站在了場子中央。

第五章　畫地爲牢

掌聲雷動。

木桑大喜，雙手擒刀行禮道：「請前輩手下留情！」說時彎刀一擺，亮開一個架勢。

談寶兒乾笑道：「還是你手下留情的好！」

木桑只道他是讓自己不要客氣趕快出手，彎刀化出片片雪花，猛地砍了過來。

「停！」談寶兒急得大叫。

「怎麼了前輩？」木桑收刀回去。

眾人都是莫名其妙，齊齊望向談寶兒。

「這個……」談寶兒急得頭上直冒汗，手不由自主地在衣服上搓了起來，右手正好碰到若兒送的那個香囊，立時急中生智，大咧咧地擺擺手道：「這個木桑是吧？剛剛你出了這一招，我已經看出了你功夫的深淺。不客氣地說，你這一招中最少暴露了三十六處破綻！」

「啊！這麼多？」木桑大驚，臉上露出將信將疑神色。

眾人聞言也都是目瞪口呆，看談寶兒的眼神很是茫然。

談寶兒胸有成竹道：「真話難聽，你不信也是可以理解的。這樣吧，我這裏有個我前幾天煉製的小玩意，你要能打敗他，我再指點你！」說時，他已從香囊裏摸出一顆黃豆。

眾人看那黃豆不過指頭大小，除開若兒，人人都是詫異莫名，難道這位高人前輩竟是要木桑去打敗這豆子嗎？

木桑更是怒道：「前輩這是在戲弄我嗎？」

談寶兒並不知道這黃豆的具體功用，暗暗也是心虛，他故作神秘地笑了笑，將那黃豆朝木桑前面投擲過去。

木桑見豆子來勢緩慢，並不似含有任何真氣力道，大惑不解，但既然是高人發出的招式，自然是大有深意，半點不敢怠慢，彎刀劃出一道光弧朝黃豆疾斬過去。

「叮！」彎刀和黃豆相撞，發出一聲脆響。木桑只覺手腕一顫抖，彎刀幾乎脫手飛出，整個人被震得倒退三步。黃豆金光一閃消失不見，但場子中央已經多了個手持長槍的金甲壯漢。

「啊！」眾人驚叫起來。

金甲壯漢現身之後，手中長槍一擺，劃出一道凌厲的槍線直取木桑咽喉，後者大吃一驚，舉刀去封，刀槍一觸，一股排山倒海的大力湧來，他整個人立時被震得倒飛出去。金甲壯漢不依不饒，人槍合一，飛身撲了過來。

眼見這一槍快如閃電，木桑已是避無可避，眾人失聲驚呼，齊齊叫談寶兒住手，後者這才從巨大的震驚中恢復過來，但這一槍卻已到了木桑咽喉，現向若兒問收豆之法卻又怎麼來得及？

千鈞一髮之際，他耳中響起若兒的聲音：「快叫豆子回來！」他不假思索，當即高聲叫道：「豆子回來！」

聲音落時，金甲壯漢周身金光一顫，身體迅疾縮小成豆，在木桑咽喉上輕輕一碰，掉到地上，迅疾鑽入土中不見。木桑但覺喉間一涼，只道被槍尖刺入，頓時嚇得暈死過去。

一時間，四周安靜得像個墳墓，唯一的聲音就是篝火的燃燒聲。

也不知過了多久，哈桑忽然大聲叫道：「啊！這就是傳說中的神術『撒豆成兵』啊！原來前輩你就是長生天神派給草原的當代神使啊！」說時雙膝下跪，向著談寶兒就是磕頭不止。

眾人被哈桑一叫，都是如夢初醒，齊齊大叫一聲神使，雙手舉過頭頂，虔誠地跪在了談寶兒面前。

「我不是什麼神使，你們先起來！」談寶兒慌了手腳。

哈桑停止磕頭，抬起頭來已經是淚流滿面：

「神使大人，您千萬別不承認啊。這招撒豆成兵的神術，正是我部族神使的唯一標誌啊。想當年最偉大的莫邪神使，隨身都帶著一個大麻布口袋，祖先們不明白其用意。直到魔人踏破龍州，進入我草原燒殺搶掠的時候，莫邪神使將口袋打開，扔出十萬顆黃豆，草原上立時就多了十萬神兵，協助聖帝的軍隊，將魔人殺得血流成河！只是後來魔人退出神州之後，這門撒豆成兵之術便徹底失傳！嗚嗚，天佑我莫克，在魔人再次進犯神州的時候，長生天神終於又讓神使你帶著這門神術重現草原！」

「天佑我莫克，感謝長生天神！」所有的莫克人齊聲高呼。

談寶兒傻眼了。

聖帝就是當今大夏王朝的開國大帝。不算上古洪荒時期，神州史上第一個朝代是華朝。華朝末年，災荒連年，民不聊生，魔人偏偏於此時寇邊而來，朝廷無力阻止。聖帝舉義旗驅魔，擊敗魔人，華朝末代帝君赤炎禪讓於聖帝，大夏朝建立。每日聽老胡說書的談寶兒對這段歷史自然清楚無比，關於聖帝的各種傳說也是耳熟能詳，卻獨獨沒有聽過這回撒豆成兵的故事。

他轉頭看向若兒，後者卻也同樣的一副白癡模樣，顯然搞不清楚狀況。談寶兒只得回頭道：「我真的不是什麼神使！哈桑族長，你們先起來吧！」

「不！神使不認您的子民，我們就不起來！」哈桑堅持道。

「……我們不起來！」眾人一起附和道。

談寶兒無奈，擺擺手道：「好了，好了，你們說我是，我就是好了！大家都先起來吧！」

眾人齊聲歡呼，紛紛稱謝，先後站了起來。

哈桑族長端起一碗酒，遞給談寶兒，自己又端起一碗，大聲道：「神使大人，請允許莫克族第十七代族長哈桑向您致以最神聖的敬禮！」說著咕嚕咕嚕地將一碗酒灌了下去，喝完一臉期待地看著談寶兒手上的碗。

又來？談寶兒想哭，難道那狗屁的長生天神也是個酒鬼嗎，不然這最神聖的敬禮就是要神使代替他喝酒？他心頭叫苦，這碗酒卻不敢不喝。

這碗酒才喝完，人群歡呼聲未絕，剛剛還倒在地上的木桑這會兒不知道怎麼又冒了出來，端來兩碗酒：「神使大人，莫克族第一勇士木桑向您致以最神聖的敬禮！」說著咕嚕咕嚕乾掉一碗酒。

談寶兒無奈又乾一碗。

然後，莫克族最美麗的姑娘，最偉大的烤肉師，最優秀的歌手，最偉大的占卜師……紛紛向新任神使大人致以了最神聖的敬禮。

談寶兒無法推辭，喝得像一灘泥似的坐在地上，眼睛只能睜開一條縫，但熱情的莫克人根本沒有放過他的意思，一個全身高得像鐵塔的人提著兩個和他身體一般高的大酒桶走了過來，咧嘴傻笑道：「莫克族最有情調的配種師藏可向神使大人致以最神聖的敬禮！」

「哇塞！配種師也來……」談寶兒一聲慘叫，暈了過去。

迷迷糊糊中，談寶兒覺得耳邊唧唧歪歪的聲音慢慢遠去，全身綿軟，頭腦渾渾噩噩，睜開眼來，自己竟又已在無名玉洞之中。

談寶兒嘆了口氣。接下來的工作果然是圍繞著那圈腳印不斷踏圓。只是這一次情形稍微有了一些不同。在踏了六十四圈之後，談寶兒發現自己的身體自動停了下來，偏偏丹田之內的真氣卻充盈無比，比往日踏萬次時候的容量並無兩樣。

他不明所以，看向地面，地上的金色腳印卻開始一個個地消失不見。談寶兒又驚又奇，一時不知如何是好。卻在此時，背上羿神筆卻再次從盒子裏自動飛了出來，落到他對面玉壁之上，像是被一隻無形的手所操縱，筆走龍蛇，刷刷刷地飛舞起來。

筆鋒過處，一行行金色的文字似被刻在了玉壁之上。談寶兒念道：

「後輩見此字時，當是凌波禁神術得成，大地之氣已然初結，至此禁神之陣每日只需行六十四次即達無窮無盡之功。之後修行之要，乃在一氣化千雷。此法以大地之氣爲根，融神州氣象爲一體……」之後是如何修煉「一氣化千雷」的法門。

幸運至極的是，這些字談寶兒竟然一一都認得，而句法雖然有些怪異，但貫通上下文，大致意思卻還是能猜個八九不離十。

原來之前不斷的踏圓果然就是在修煉蹁躚凌波術和太極禁神大陣，而據此練成的真氣竟然是叫大地之氣。談寶兒想想，丹田的熱氣果然是踏圓時從地底傳入身體的，叫大地之氣倒當真是再貼切不過。

「一氣化千雷」乃是將體內真氣化作雷電外放的法術，談寶兒想起談容之前曾多次用金色閃電殺敵，想來就該是這門法術了，一時欣喜若狂，只要老子學成這門法術，今後可再不用怕那些魔崽子了。

他想做便做，按照壁上文字所說，開始嘗試著用所謂的意念去引導丹田的大地之氣，一道道熱氣果然從丹田流了出來，很聽話地流向全身各處。

談寶兒又驚又喜，壁上文字說，要將大地之氣馴化得完全按自己意志流動，至少需要一年苦功，自己怎麼一試就成？他無暇細想，按照文字所說，慢慢將真氣回收丹田，開始將真氣壓縮。

本來充塞整個丹田的一大團真氣在一瞬間變成了一個小球，小腹中陡然間多了一股巨大的壓力，談寶兒知是時候，意念一轉，被壓縮後的真氣流經右手食指，陡然外放。

「哧！」食指上多了一道三尺長的金色閃電。閃電閃了一閃，便從指尖消失不見。

談寶兒大驚，怎麼這麼短？按照壁上文字所說，這一氣化千雷之術練成後，招手之間便能放出上千道雷電，如果只放一道閃電出來，閃電可達十丈之遙。怎麼自己練的只有三尺這麼短？開玩笑，這麼短的距離殺蚊子還差不多，殺人就不要做夢了吧！

他再次調集真氣……

「哎喲！」談寶兒忽然覺得雙耳一陣劇痛，一個激靈，睜眼醒了過來。

「懶鬼師父，你可終於醒了！」若兒鬆開談寶兒的兩隻耳朵，拍拍手扠腰道：「天可快亮了，再不起來趕路，等哈桑大叔他們起來，你可就走不掉了。」

對啊！談寶兒一個激靈坐了起來。昨晚自己被逼當了那個什麼狗屁神使，最後又喝了個爛醉如泥。在若兒送自己到帳篷睡覺前，曾迷迷糊糊中聽哈桑說今天要去天池族的天池祭長生天神，召開草原聯盟大會，被他們這麼一折騰，只怕得搞好幾天，到時候老子趕到京城，只怕楚遠蘭已經嫁過門來當寡婦了。

談寶兒想明此節，也不再怪若兒叫醒他的粗暴方式，笑道：「還是我的好徒兒肯替師父著想！」說時，他自然而然地就朝若兒臉上湊了過去。

兩人近在咫尺，帳篷內光線又很是昏暗，若兒猝不及防下竟被談寶兒在臉蛋上親了一口，只覺全身如被電擊，立時愣在當場。

談寶兒卻不以爲意，將寶盒神弓背上，抓起若兒的手就朝外面走去：「小丫頭，你發什麼愣？走了走了！」

「哦！」若兒回過神來，跟著談寶兒出了帳篷。

外面天剛麻麻亮，滿天星斗依舊閃爍，不過所有的帳篷都是一片漆黑。兩人找到自己的馬，輕手輕腳地悄悄牽著走出連營。

到柵欄口的時候，卻發現路口有三個守衛。談寶兒皺起了眉頭：「難道要動手才能出去嗎？」

「破師父，一天就知道打打殺殺的！」若兒低聲罵道。

談寶兒自己懶得想辦法，本是激她，見她中計，便道：「那你說，不打怎麼出去？」

若兒詭異地笑了笑，從隨身帶的包袱裏摸出一個錦囊，打開錦囊，從裏面取出一把豆子來。

談寶兒嚇了一跳：「你說我暴力，自己還不是要召喚神兵對付他們？」

「笨蛋，這不是神兵豆！嘻嘻，再說了，那東西我可沒本事用！」若兒笑著將豆子朝那三個守衛扔了過去。

豆子出手，落到地面，隨即變成了一隻隻毛茸茸胖乎乎的小蟲子。談寶兒目瞪口呆，這小丫頭隨身都帶了些什麼東西啊。

卻見那些毛蟲慢吞吞地朝三個守衛的方向爬去，過了一陣，終於爬到三人靴子上，順著褲管、衣服，慢慢爬上頭髮。

三個守衛本是有一搭沒一搭地用胡語正在聊天，到那蟲子黏到頭髮上不久，便一個個頭腦昏沉，不多時便沉沉睡去，發出均勻的鼾聲。

談寶兒又驚又奇：「乖徒弟，這是什麼東西？」

「這叫瞌睡蟲。怎麼樣，有意思吧？以前老師老不讓我出去玩，我就給他放瞌睡蟲，自己偷偷溜出去，等我回來的時候，他還沒睡醒。呵呵，我爹問起我的學習情況，他自然不能說自己睡著了，就是一味地誇我用功！」若兒笑道。

「真有你的！」談寶兒朝她蹺起大拇指，心說：幸好老子這個師父只是說來玩的，不然不小心得罪了這姑奶奶，她也偷偷給我放一隻到脖子上，以我最近嗜睡如命的表現還不得睡死。

若兒得意道：「區區一個瞌睡豆又算得了什麼，本姑娘還有可以召喚青龍的神龍豆，可以召喚漂亮孔雀的孔雀豆，可以變聲的變聲豆……」

守衛既然睡著，兩人牽著馬悄悄朝外走去。

兩人的馬從守衛身上跨過去，出了柵欄口，正要上馬，身後一名守衛忽然叫道：「老公……老公……」兩人嚇了一跳，忙各自翻身上馬，朝柵欄外疾馳奔去。

奔了一陣，走出老遠，回頭看去，那守衛卻並沒有追來，依舊躺在那裏睡得昏天黑地。

兩人這才輕輕鬆了一口氣，對望一眼，都笑出聲來。

笑了一陣，談寶兒忽道：「對了，剛才那守衛叫什麼來著？」

「老公啊！」若兒不假思索道。

「哎！」談寶兒扯著嗓子答應，「老婆，叫我有什麼事啊？」

若兒愣了一下，隨即罵道：「死師父，人家說的是『姥貢』，胡語裏是『你好』的意思，你竟拿來占我便宜！」說時一擺長槍，就朝談寶兒身上刺去。

談寶兒哈哈大笑：「什麼你好她好我也好的，我是不知道了，我只知道有人謀殺親夫了！」說時趕忙打馬快進避開。

若兒自然不依，打馬追來。清晨的草原上響起一片笑罵聲。

兩人胯下都是千里挑一的寶馬，比之真正的雲騎有過之而無不及，日行千里自是不在話下，此時撒開蹄子奔跑，莫克族人即便此時發現只怕也是追之不及了。

想想自己再不用當那什麼狗屁的神使，天天享受四族人的「神聖的敬意」，談寶兒就覺得心裏說不出的舒服，心情大好。雖然這次「姥頁」事件的最後，若兒終於還是追上了談寶兒，並且狠狠在他背上掐了一下，這依然不能影響他美好的心情。但作爲懲罰，他不得不開始教若兒毛驢派的入門功夫——倒騎毛驢。

但搞笑的是，若兒卻怎麼也學不成這倒騎毛驢的心法，每次她一倒坐在阿紅身上，後者一動，她立刻便滑了下來，好在她輕功了得，每次從馬上摔下來也安然無事。談寶兒在旁邊看得笑破了肚皮，他不明白若兒看起來冰雪聰明至極，卻偏偏學不會這麼簡單的倒著騎馬。

若兒卻似有一種倔脾氣，明明學不成，卻偏偏每日都要纏著談寶兒學幾次，後者一面拚命搖頭苦笑，一面卻還得無可奈何地用心教她。

日子便這樣歡快地過去。魔人似乎也很識趣，路上再未現身打擾。天氣卻也明媚，並無一日陰暗。

這樣過了五日。

葛爾大草原雖然廣袤無垠，但從莫克族所在的部落到草原的邊上已經只有一小半的路程了。黑墨和阿紅都是馬中極品，經過五日順利的馳騁，這日黃昏，忽見前方峰巒起伏，卻已是到了草原的盡頭。

兩人都是心情大好。

談寶兒道：「若兒，我聽人說，出了這草原便是天河，爲何前方卻盡是高山？」

若兒笑道：「你個笨蛋師父，那人說的只是大概。其實在葛爾草原和天河之間尙有這一片山脈，就是眼前這葛爾山脈。而這一段的天河與葛爾山脈本來就是融合一起的。」

談寶兒點頭表示明白，想起魔人很有可能在前方埋伏，他的臉色變得嚴肅起來：「若兒，出了這大草原，我便要陷入隨時被人追殺的境地，對頭厲害非常。要不，你還是不要陪我去京城了吧？」

若兒笑道：「你可是怕魔人在前方埋伏嗎？」

談寶兒大吃一驚：「你……你怎麼知道？」

若兒笑道：「你個笨蛋，我既然早知道你是談容，怎麼會不知道追殺你的是魔人？」

談寶兒愕然。

若兒道：「你忘了，我可是從京城來的！嘻嘻，在我出發之前，毛驢派談容掌門於百萬軍中摘取敵人首級的光輝事蹟，和著你的畫像，可是早已傳遍京城了。草原上那些消息閉塞的傢伙只知道你是殺死黃天鷹的恩人，卻哪裡知道你在前線那些更光輝的事蹟呢。」

「哦，原來你早在第一次見面的時候就認出了我！」談寶兒恍然。

「對啊！嘻嘻，算你老實，沒有說假名字給我，不然我可不管你什麼抗魔大英雄，才懶得理你，更不會認你做師父了。」

談寶兒嘴張得老大，好半晌才裝模作樣道：「想我堂堂毛驢派掌門，竟然被你一個小丫頭看破而不自知。不過若兒，你明知跟在我身邊很有可能遇到魔人，你還不怕嗎？」

若兒認真道：「你是抗魔大英雄嘛，本事自然高得不得了，危急時候自然會保護我，我可不怕。」

談寶兒又是感動又是慚愧，心說老子之前還想著讓你保護我呢，只是這話自然說不出口，笑道：「你就不怕師父我浪得虛名，到時候自身難保？」

若兒笑道：「嘻嘻，至少你能扔出神兵豆，這就證明你功力比我強了。」

「這又從何說起？」談寶兒不解。

若兒道：「這神兵豆我爹給了我好幾年了，說只要我本身功力夠了，就能撒豆成兵。這些年我一直苦練，可是一直沒有辦法成功，每次扔出去，豆子還是豆子。可你能啊，那說明你功力比我高。」

談寶兒呆住，自己可是明明只修煉了十幾天的大地之氣，功力竟然已比若兒還高了嗎？那太極禁神大陣可真是神奇！

想起禁神大陣，談寶兒才記起這幾天自己每次睡覺時候，都只踏了六十四圈圓，睡覺的時間也恢復正常，但第二日醒來，真氣的增長卻比以前還快了很多，看來這陣法果然是奧妙無窮。倒是那一氣化千雷卻依舊只能練到三尺長的閃電，並且只是凝於指尖無法外放。唯一讓人欣慰的是，這東西似乎根本不耗費什麼真氣，難怪老大當日見誰都一個閃電放出去。

心念轉了之後，談寶兒忽然問道：「對了，你爹是誰啊，怎麼這麼有本事煉成這樣神奇的豆子？」

「嘻嘻，這可不能告訴你。」

「那你家住京城哪裡啊？」

「這可更不能告訴你了。你要是哪天摸進來偷東西怎麼辦？」

「呸！爲師是那樣沒有品味的人嗎？」

「哦？」

「兔子還不吃窩邊草呢！」

「切！還以為你品格多高尚呢！原來堂堂談大英雄也不過是個小偷！」

「喂喂喂，話可別亂說，熟歸熟，你這樣說，小心我告你誹謗！」

「嘻嘻，你去告吧，誰能作證啊？」

「這個……小黑啊，阿紅啊，都是可以的！」

「拜託，你別以為誰都能聽懂你同類的話好不好？」

兩人拌嘴說笑的時候，胯下駿馬依舊在奔馳不絕，這說話間兩人卻已出了草原，上了官道，眨眼間已奔到葛爾山下。

兩馬奔行正疾，談寶兒卻沒來由地忽然心中陣陣不安，而奔進葛爾山下一片密林時，這種不安感覺卻是更加強烈。終於，他一勒韁繩，叫道：「若兒，我們先停下！」

若兒答應。兩馬同時一聲長嘶，也不人立，卻於疾奔之中穩穩停住。

「哈哈！談公子，好久不見，你還沒死啊？」一人大笑著，忽然從前方密林中走了出來。

從林中出來那人手持一把開山長刀，高如鐵塔，髮如亂草，一臉橫肉，一字穿心的橫眉，說不出的兇惡，直將面對魔狼也不顫抖一下的若兒嚇得一哆嗦，禁不住將阿紅朝談寶兒靠了靠。

談寶兒見到這人本來也是害怕至極，但忽然發現若兒就在身邊，膽氣為之大壯，呵呵笑道：「託福託福，原來是天狼兄弟，怎麼今天這麼有空又在這路邊候著小弟？您看我正急著趕路呢，這請我喝酒聊天什麼的就改天吧！」

「呸！你小子想得美！」天狼火了，「俺這次是來取你性命的！」

「嘖嘖，這又何必呢……」談寶兒輕輕嘆了口氣，「我說那個天狼兄弟，老實說，你今天這身衣裳挺漂亮的，配上你這很有些後現代主義風範的不羈髮型，已經很有幾分我的風采。何必非要自毀形象呢？」

「真的？俺快趕上你帥了？」天狼又驚又喜，隨即卻沉下臉來，「你少來！你們人族最是狡猾，多半是欺騙俺！」

「你是魔族？」若兒這才醒悟過來。剛剛她看談寶兒和天狼稱兄道弟，熱情得像老朋友，心情便放鬆了些，現在卻是嚇了一跳。

「對啊！」天狼似乎也是現在才看見若兒，「咦！小姑娘挺漂亮的，都快趕上謝丫頭了。難怪談小子沒幾天就跟你好上了。」

這話本來沒有特別的什麼意思，天狼所強調感慨的只是若兒的容貌，並且實話實說，但聽入若兒的耳朵卻立時讓她變了臉色：「謝丫頭？死談容，原來你是這種人！」說完打馬便朝一邊奔了過去。

「你個……」談寶兒氣急敗壞，指著天狼一時卻不知罵什麼好，眼見若兒去得遠了，忙叫道：「喂！乖徒弟，等等我啊！」打馬便要去追。

「俺說錯什麼話了嗎？」天狼莫名其妙，卻見談寶兒要走，重重一跺腳，舉刀朝談寶兒飛撲上去，同時大喝道：「小子，留下性命再走！」

「留下性命還能走嗎？弱智！」談寶兒聽得怒火中燒，眼見天狼飛身舉刀砍了過來，忙從背上摘下落日弓，搭箭開弓。

「咻！」離翎箭挾帶著談寶兒全身真氣離弦而出。

兩人這次的距離只有五十步不到，談寶兒方才假裝要走，忽然回身一箭，箭勢說不出的突然，天狼立時失了先機，想要躲避時，只覺得身前空氣彷彿在一瞬間被抽離了個乾淨，無窮的壓力當胸襲來，全身動一寸也是艱難。但此人實是當世罕見高手，平生最是有一股狠勁，遇強則強，當即大喝一聲，將全身功力聚集到刀上。

這一刀終於狠狠劈了下來。

「噹！」時隔五天之後，刀箭再次相遇，卻只發出了如此輕微的一聲巨響。

下一刻，天狼只覺自己的刀竟似劈在了一座大山之上，開山刀反彈而回，他整個人被箭上所附真氣震得倒飛回三丈之遠，撞到一棵懷抱粗的大樹上，跌到地上。吐了一口血，他掙扎著站了起來，一時只覺頭暈眼花，胸口氣血翻騰不已。

他正想破口大罵，忽然看見談寶兒趴在馬上正重重地喘氣，臉上滿是紅暈，愣了愣之後，隨即大踏步朝談寶兒走了過去，一面走一面大笑道：

「哈哈哈，謝丫頭說得果然沒錯。你這小子雖然功力高深，連碧冰蟾毒也能強用真氣壓制得住，只是你終究只是強弩之末，射完一箭必然是無以後繼。」

談寶兒看著天狼獰笑著一步步靠近，心說：「老子如果有老大一半的本事，早幹掉你個死鬼了！」

有心打馬要跑，但發現黑墨已經動彈不得，知道是被天狼功力鎖定，一時只能暗自叫苦，這該死的落日弓，威力雖然大，但每次一箭射出，卻幾乎要耗盡自己全身的功力，這些日子自己雖然功力大有長進，但剩下的功力已不足以將落日弓拉開。

扔仙豆？可惜仙豆是個很詭異的東西，它本身並不消耗功力，但要它生效，卻必須是扔出仙豆之時本身的功力要高到某一個程度，很明顯，損耗了絕大多數功力的自己根本達不到這個高度。硬拚是不行了，用計？上次已經騙過這廝一次，這次怕是難以過關了。奶奶的，看來只有先用話唬住他，等若兒良心發現，回來援救了。

他思維敏捷，這些念頭都只是如電光火石一般在心頭閃過，隨即從馬上跳下，朝天狼迎了上去。

天狼見他不逃反而直走過來，頓時愣在原地：「就算你想死，也不用這麼急吧？」

談寶兒穩穩站住，哈哈大笑道：「蠢才啊蠢才，本大爺這幾天剛得了個老婆，本來說好不開殺戒的，你既然要逼我，那就怪不得我了！對了，你死了之後去魔神那報到，魔神問起來，你誰也別怨，就說是自殺的吧。」

「為……為什麼？」天狼見談寶兒一臉篤定的樣子，氣勢頓時弱了幾分。來之前，謝輕眉叮囑他千萬別多跟談容廢話，此時一緊張便將其拋之腦後了。

「為什麼？問得好啊！」談寶兒裝模作樣地嘆了口氣，「你想啊，刺殺我這樣的絕世高手世外高人天外飛仙……總之，是很厲害很厲害的人了，本來就不是以你的功力和智商能完成的事。可你倒好，上次我已經將問題跟你講得很清楚了，但你被謝輕眉蠱惑幾句就又來了！你說說，你今天死在我手裏還能怪誰？謝輕眉當然不能怪了，我你也怪不成，只能怪你自己笨，笨死的！算了，算了，廢話就不多說了，你想怎麼死？我好成全你。」

天狼被嚇得不輕，心說：這小子要是真的中了毒，應該拚命逃命才對啊（**他忘記自己現在還把人家的馬鎖定著**），怎麼反而送到自己手邊來，但要沒有中毒，剛剛不該不繼地喘氣才對啊。一時間，以他的智慧實在是難以搞明白。

談寶兒見他猶豫，知道自己攻心之策已奏效，但餘光四處亂瞟，也沒有發現若兒歸來的跡象，他知道繼續拖下去，天狼這渾人多半會拚死也要和自己打一架的，那可就弄巧成拙了。他心念一轉，嘆道：

「其實放眼你們魔族英雄，唯一能配做我對手的，也就是你師父厲九齡了。我怎好意思老和他徒弟動手，當然了，當日我於百萬軍中殺了你四師弟，也是逼不得已。罷了，我看你今日不和我動手怕也有些不甘心，我給你個機會，我用手指在地上畫一個圓，如果你能在一炷香時間裏走出來，我就答應和你交手，並且即使你敗了，我也不取你性命。你看如何？」

啊！天狼大吃一驚，他聽說過此人法力高強，但若說能就地畫一個圈自己就走不出去，那豈非是和天魔一樣至高無上的人物了？他眼中頓時露出不信之色：「你是說，你就用手指畫個圈，我就走不出來？」

「對！」談寶兒鄭重點點頭。

「俺不信！你來畫！」天狼叫道。

「就知道你不信！那如果你一炷香內走不出來怎麼辦？」

「走不出來，俺就……俺就叫你一聲大哥，以後見了你就自動迴避！」

「好！好漢子說一不二！」談寶兒點點頭，也不客氣，徑直走到天狼身前七尺，蹲下身去，手指就地畫了下去。

樹林裏土地濕軟，談寶兒手指也不甚用力，就在地上劃出了一寸深的凹痕。

天狼眼見談寶兒認真畫圓，距離自己如此之近，並且是完全背向自己，自己開山刀只要落下去，便能將他斬成兩半。他心頭跳了跳，卻不敢舉刀。試想：一個人敢如此近的將全身空門露給自己，不是傻子就定然是絕世高手，而一個能於百萬軍中取主帥首級的人顯然是後者。

這個圈，談寶兒畫得甚是仔細，過了約莫盞茶工夫，這個大圓已然畫好。他拍拍手，抖去指尖的泥沙，慢慢走到黑墨身邊，翻身上馬，笑道：

「好了小弟！你聽好了，我現在要離開這去找我老婆，找到後，我會在前面的天河邊等你一炷香。你呢，現在放了我的馬，從我出了樹林，你看不到我的馬時便可以開始計時。只要你在我渡河之前到來，就算你贏。沒有問題吧？」

「沒有，你去找你老婆吧！」天狼大咧咧擺手，一直鎖定黑墨的真氣便收了回來。他是怎麼也不信自己走不出這個圓圈，這會兒正在研究這個圓圈究竟有多古怪。

「好，那咱們回頭見！」談寶兒點頭，打馬便走。一路疾奔，出了樹林，上了葛爾山下的大道，直朝天河奔去。

天狼看他走得沒有影子了，這才將全身功力聚於雙腿，大踏步朝圈外走去。但如著了魔似的，他一雙腿竟似灌了重鉛，怎麼也邁不動分毫。他大驚失色，忙再次調集丹田真氣，使出厲九齡親傳的滅神輕身術，大喝一聲……腳下依然不動分毫。

啊！這究竟是什麼圈？天狼大驚失色。好在這時候手還能動，他憤怒之下，雙手舉刀過頂，真氣一貫，便朝地上圓圈猛劈……再猛也沒有劈下去，因爲他真氣剛一運至手臂，上半身卻也再動不了分毫，整個人一瞬間變成了一尊石像。

天狼恐懼至極。他早知道神州武術源自上古那些可以和天魔抗衡的大神們，其中武功倒也罷了，和魔族並無兩樣，那些法術卻是有頗多奇妙之處，這次進入神州時，魔宗就叫他要小心這些東西。萬萬沒有料到，這少年隨便在地上畫出一個圓來，竟然也是一種神奇至極的法術！難怪，他敢說自己和師父是同一級別的高手！看來以後千萬不能和他動手，天狼你一定要記住！

原來這一個圓圈正是太極禁神大陣。談寶兒假借畫圓，暗自卻將體內殘存的微弱真氣以一氣化千雷之術射入地下，按照腳印排列方式，在圓上六十四個點各自布下一卦。

他此時真氣雖然微弱，但禁神大陣本就是靠本身真氣引發天地之威，談寶兒此時雖然只學會了大地之氣，只能發揮大陣一半的威力，但即便如此，大地之威，也絕非人力所能抗衡，以天狼之能依然頓時被禁住。

談寶兒不明此點，對陣法信心不足，陣法一布完立時便藉故逃之夭夭，不然他當場便可將天狼誅於箭下。

卻說談寶兒上了大道，一路疾馳，直到回頭再看不清樹林的影子，才大大鬆了口氣。迎面一陣微風吹來，背心一陣發涼，伸手一摸，早已是汗流浹背。

剛才他一直鎮定自若，內心卻是怕到了極點。特別是背對著天狼畫圓的時候，他眼角餘光一直透過胯下在看天狼垂到地上的刀尖，只要刀光一動，他便立刻就要逃命。只是當時兩人近在咫尺，天狼的刀若真的砍出時必然會有刀氣，以蹁躚凌波之術能否避過還要打個五折。

此時想來，當時步步皆是驚險！

黑墨奔了一陣，前方卻獨獨不見若兒身影。

「莫非這丫頭竟是躲著我？」談寶兒想到這裏，搖頭苦笑不已。

他和若兒這一路行來，都是說不出的快活，此時若兒忽然憑空消失不見，心裏一時說不出的悵然若失。最鬱悶的卻還是爲了天狼那渾人一句莫名其妙的話。

他一路打馬疾奔，隱隱聽見前方濤聲幻滅，再向前濤聲漸大，只如千雷翻滾，萬馬縱騰，轉過一個山彎，眼前驀然大亮。放眼看去，卻見前方峰巒如林，一條白龍似的大水從高山連綿中逶迤騰出。

那波瀾壯闊的大水從山間龍奔而來，卻在前方遇到一個巨大的地勢落差，頓時形成一條如星河倒瀉般的大瀑布，驚天動地的巨響就是從這裏發出的。

談寶兒拍馬趕到瀑布前，卻見瀑布下面是一個約莫十丈方圓的水潭，瀑布的水先積攢在水潭裏，潭水滿後自溢，在前方復又流入大河，最神奇的卻是下游河水中央忽然凸出一片蘑菇形狀的乳白色的石坪。

談寶兒一生之中還從未見過如此壯觀景象，一時目眩神移，慨嘆造物之鬼斧神工，駐足於大水邊，竟將找若兒的事置之腦後。

他彎腰下馬，低身合手掬了一捧水，朝臉上一潑，清涼入肌，一時只覺風塵盡去。躬身又掬一捧飲了，甘甜入喉，全身說不出的舒服，倦意頓消。

「真爽啊！」談寶兒好好洗了把臉，忽然愣住。只見水中那少年斯文清秀，說不出的豐神俊秀，好像似曾相識，卻又陌生而遙遠。

他不是第一次看到自己現在的樣子，只是沒有一刻如此的仔細。看著這張臉，想想身上日盛一日的真氣和剛才前所未有的鎮定，談寶兒一時搞不清楚到底是談寶兒代替了談容，還是談容代替了他談寶兒。

「咱們兄弟一體，又何必分那麼清楚？」好半晌，他自嘲似的笑了笑，站起身來。

他側身看去，卻見黑墨也正低頭在河裏飲水，正想過去幫牠洗洗，忽見河光流影裏多了一片模糊的紅影。

「若兒！」談寶兒大喜，轉身站起。但他身形剛動，腰間便已是一重，一股巨力傳來，他整個人再也站立不穩，跌入河水裏。

「謀殺親夫了！老子不會……」一個水字未落，一股激流捲來，他整個人頓時被滔滔的激流裹住全身。

那窒息之感剛過，下一刻，他全身忽然一陣飄飄蕩蕩，如在雲端，臉頰卻疼痛異常。他又驚又恐，放聲大叫，卻覺耳中盡是雷鳴，將自己聲響淹沒。這一刻，丹田大地之氣陡然自動運轉全身，黏在身上的水似在一瞬間被蒸騰了個乾淨。

第六章　牛刀小試

談寶兒忽然覺得身體沒有那麼難受了，睜眼看來，卻發現自己被一個巨大的金色光球所籠罩，而自己正順著那條大瀑布向深潭落下。

「媽呀！」談寶兒慘叫一聲，幾乎當場暈了過去。只是可惜他還沒有來得及暈，身體已經落到了瀑布底部，整個人重重砸進水裏，隨即不待他反應，身體已隨著光球浮上水面。

潭下水流依然急促，光球隨波逐流，帶著談寶兒朝下游流去。剛流出不遠，光球的光度已然變暗，談寶兒雖不明白這光球是怎麼來的，但感覺體內真氣之前是一直不停外流，此時流速卻大不如前，知道是衰弱之兆，心頭大叫：「媽媽呀，這樣會死人的！」眼光忽然看見前方不遠處就是石坪，暗自一咬牙，將全身真氣外流之勢全速引到腳下，整個人陡然從水裏拔起三丈高，腳一沾水面，踊躧凌波術使出，腳尖在水面兩點，人已撲到石蘑菇頂端。

躺在蘑菇上，他重重地喘了幾口氣，只覺全身似已虛脫。

「好！」卻是這幾下只若兔起鶻落，瀟灑至極，瀑布上終於有人鼓掌叫了起來。談寶兒已然緩過勁來，想起入耳聲音似曾耳熟，猛然回頭。

隔著那一銀河倒瀉似的瀑布，若兒正牽著阿紅和黑墨笑嘻嘻地看著自己。

瀑布的聲響是如此的巨大，但偏偏若兒的聲音竟然穿透了這聲響，一絲不漏地落進他耳裏：「好，好個餓狗搶食，沒有想到我們堂堂談大英雄也會這一招江湖失傳已久的經典招數，嘿嘿，要是能讓那謝姑娘看見，不知會作何感想？」

談寶兒想哭，這都叫什麼嘛！敢情這丫頭偷襲自己，讓自己出醜，居然還真是吃了謝輕眉的醋。

想到這裏，他張口叫道：「天地良心，哥哥我連那丫頭長什麼樣子都不知道呢！」

瀑布的聲響實在太大，兩人隔了如此之遠，他聲音雖大，卻終究還是被淹沒得乾乾淨淨。

若兒怒道：「你既然要解釋，爲什麼不說清楚？難道你堂堂談大英雄，連這最簡單的傳音術都還不會嗎？」

傳音之術其實並不簡單，要隔著瀑布巨聲，一絲不漏地傳到百丈之外，就更不簡單。當然以談寶兒今日的功力，自然是可以做到，但關鍵是他壓根沒有學過這東西。

談寶兒氣苦，叫道：「我不會啊！」聲音一出口，自然被淹沒在轟隆隆的大水聲裏。

若兒見他依舊沒有用傳音術說話，一時更加說不出的惱怒，一拉黑墨和阿紅，轉身便走。談寶兒急得大叫，但上面的若兒自然是一聲也沒有聽見，頭也不回地帶著兩匹馬溜了。

談寶兒又是好氣又是好笑，卻拿這丫頭毫無辦法，現在他丹田空空如也，斷無可能踏波過河去追人，只能眼睜睜地看著那火一樣的倩影消失在瀑布上頭。

他叫了一陣，若兒還未回來，有心追趕，卻力不從心，無奈之下，便索性躺在石蘑菇上休息。過了一陣，天空烏雲密集，雷鳴陣陣，不多時傾盆大雨便落了下來。

談寶兒苦笑不已，心說剛剛才被變成落湯雞，現在頭髮剛乾，第二次卻又來了。

他四顧一下，發現石蘑菇的下面是一塊平臺，高出水面尚有尺餘，便順著蘑菇面慢慢落下去，斜倚在蘑菇柄上休息。

那雨一下不可收拾，直下了一個多時辰依然沒有半點停止的意思。談寶兒卻怎麼也睡不著，無法於夢中踏圓，真氣恢復極慢。

他百無聊賴，從背上拿出神筆，希望能借此入夢。但筆剛一拿出來，卻忽然發現在雨水濕氣的滋潤下，神筆的筆毛又濕潤了好多，竟像是飽含了金墨一樣。

談寶兒小時候只上過不到一年的學，除開學了些麻將牌九這些亂七八糟的玩意外，唯一的愛好就是在陰雨天樓裏生意清淡的時候，拿根樹枝在大樹下的沙地上亂畫畫，多年苦學，竟然略有小成。

斯人生平最拿手的絕技之一就是畫烏龜，談松和張三的臉就是他的主要畫布，此時陰雨綿綿，應情應景，一筆在手，手腕頓時習慣性地一抖，金色的墨蹟已在月白色的石地上蜿蜒開來。

幾個曲折，眨眼間，一隻昂首望天的小烏龜已經躍然石上。談寶兒畫烏龜的習慣是，先畫身體，最後才是畫四隻腳和眼睛。不過這次，當他畫到第四隻龜腳的時候，腦中忽然轉過一個古怪的念頭：

「不知道三隻腳的烏龜會不會爬呢？呵呵，老子畫了那麼多四腳龜，這次就畫隻三足龜好了！」

想到這裏，他跳過第三隻龜腳，手腕連抖，筆尖已分別在烏龜的兩眼處點了過去。收回神筆的時候，談寶兒卻頓時愣住了。本來神筆本身裏的像是金色顏料，而整個烏龜的身體也是金色的，但畫好之後，整個烏龜的兩隻眼睛卻是黑色的！

他愣了一愣，再看神筆，筆毛上依舊全是金色，不過好像顏料用盡，呈現出乾枯的樣子。他不明所以，眼光又落到地上，立刻，一個更詭異的情形將他吸引住了。

地上烏龜除開眼睛黑色之外，本是通體金色，但此刻整個身體卻都變作了黑色，稜角分明，每一處都和真烏龜一模一樣。

談寶兒驚呆了！但下一刻，更不可思議的情形發生了，烏龜的周身金光閃了一閃，整個身體忽然從地上凸了出來！

這是一種非常奇怪的感覺，就好像這隻烏龜先前是被陷在石頭裏面，龜背與石面相平，現在不過是從石頭裏出來，如此的自然而然。不過再看石面，依然平整如鏡，甚至連一絲痕跡也沒有。這隻烏龜竟像是憑空冒出來的一樣。

談寶兒的嘴再也合不上了。他很想說服自己這隻烏龜和自己的畫完全沒有關係，但那隻現在正瞪著眼睛看著他的烏龜，不多不少正好只有三條腿。

這到底是怎麼回事？

談寶兒正發呆，三足龜忽然發出一聲古怪的聲音，忽然原地一蹦，像一隻大蝦一樣凌空跳了起來，無巧不巧，正落在他左手上。落下之後，小烏龜竟是自來熟，一個小小的頭很頑皮地蹭著談寶兒的手心，三足亂動，樣子甚爲親熱。

談寶兒看得有趣，一時也忘了怪異，伸出右手去逗弄，小烏龜立刻伸出一足來摸他手指，嘴裏不時發出老鼠似的「吱吱」叫聲，看樣子很是高興。

三足畢竟無法平衡，下一刻，小龜的手碰到談寶兒的手指，整個身體卻倒翻過來，三足朝天，露出白白的龜肚。牠掙扎著想爬起來，但試了好多次都不能成功，一時洋相百出。談寶兒哈哈大笑，伸手將牠翻了過來。

一人一龜相處一會兒，竟親密得像老朋友一樣。

逗弄了半天小龜，談寶兒這才開始思考小龜的來歷，從背後拿出神筆，但見筆毛略顯枯萎，再無先前的潤澤感覺，他嘗試著將筆朝地上畫，但筆上再無金色顏料洩出，他百思不得其解，玩弄一陣，無奈將筆再次收回盒內。

過了一陣，大雨終於停了，天色卻已暗淡下來，眼看就要天黑。談寶兒默查丹田，發現真氣已然全數回復，眼見河水高漲，知是離開時候，忙將三足龜緊緊握在手心，便要凌波上岸。

卻在此時，忽有一個女聲傳入耳來：

「談公子，多日不見，風采依舊，當真是可喜可賀！」

談寶兒只覺這聲音似曾相識，卻一時想不起在哪裡聽過。他茫然至極，便要四處探看之時，那女聲再次笑道：

「別來不過月餘，公子竟不認得奴家了嗎？不然明知奴家就在瀑布頂上，偏要裝著茫然四顧？」

談寶兒慌忙轉身，朝瀑布頂上望去，立時暗叫一聲我的娘。

瀑布如龍，狂奔而下，談寶兒聽來，只覺如雷灌耳，但這卻遠遠比不上瀑布上的情景給他的感覺來得震撼。

瀑布之上，兩人三馬。三馬是黑墨和阿紅以及牠們身邊一匹和牠們一般高大的駿馬，只是通體雪白，沒有一根雜毛。三馬之下，站著兩位美麗女子，其中一人自然是若兒，而另一人長裙如雪，赤足如玉，雖然臉上戴了一副惡鬼面具，但依舊是說不出的風華絕代，卻不是談寶兒最怕的謝輕眉又是誰來？

現在的情形是，若兒苦著臉，一副委屈至極的模樣，一把碧綠色的寶劍橫架在她脖子上，而握劍的手正巧是來自一旁的謝輕眉。

謝輕眉見談寶兒發愣，惡鬼面具下發出咯咯的笑聲：

「談公子，你不是很愛抱不平嗎？現在你這如花似玉的小美人可就要香消玉殞了，你卻站在那發愣做什麼？對了，怎麼沒見你上次救的那小兄弟呢？我聽手下說他當晚不是跟你走了嗎，該不會是路上被你賣掉換成盤纏了吧？」

珍珠落到玉盤似的美妙聲音入耳，談寶兒卻暗叫糟糕，這妖女不是看出老子是冒牌貨吧？他當即張嘴想分辯，隨即卻想起這瀑布巨聲之下，自己可是萬萬傳音不上去，立時便要露餡。還是趕快溜走的好！

不對，好像身後就是水，剛剛忽然冒出來那個金色光球估計也撐不了多久，到時候老子肯定餵王八了。等等，就算老子這樣能跑掉，可若兒怎麼辦？魔族妖女可是兇殘得很，難保不把她賣到魔窟去，乖乖，那可怎麼得了？

多年的小二生涯練就了談寶兒見人就微笑的良好習慣，現在他心念電轉之際，臉上卻滿是笑意。

謝輕眉見他光笑不語，只道這人多半是胸有成竹，莫非自己所料有差，他當真如天狼所說，功力已然恢復舊觀？

她心頭存疑，決定試他一試：

「談公子，我知你功力損失不少，無法傳音，不如上來說話如何？」

談寶兒知道此時已是無路可退，看來只有冒險一搏了。好在自己這些日子有空就揣摩老大的風采，自信面上神態已有四分相像，應該可以瞞天過海，震懾住妖女。而自己的一氣化千雷已能擊殺到三尺之外，只要能接近到她身邊，倒也全非沒有希望。奶奶的，是龍是蛇，咱們就賭這一把了！

一念至此，他朝瀑布頂上點點頭，隨手將小烏龜扔進酒囊飯袋裏，蹁躚凌波術展開，踏著河水，越過十餘丈的水面上了岸。上岸之後，他一路向上爬，很快到達瀑布之上，距離謝輕眉已不過一丈距離，再近七尺，便是其攻擊距離。

卻在此時，卻聽謝輕眉斥道：

「站住！嘻嘻，你若再上前一步，小女子一激動，手腕一抖，在你老婆身上劃一道小小的傷口，那可不好意思得緊！」

談寶兒聞言一聲暗罵，正要說話，卻聽若兒已是一聲怒吼：

「誰是他老婆了？醜女人你可別亂說話！」

「醜女人？」謝輕眉似乎呆了一呆，隨即卻笑道：「我剛剛從那邊林子裏過來，天狼可將你們的關係都告訴我了。小丫頭，你可別想欺瞞我！」

談寶兒心頭一動，立時笑道：「就是就是，若兒，咱們夫妻情深，謝丫頭可是明察秋毫，又怎麼會看不出來？」

若兒越聽越怒，最後卻是滿臉詫異：「哎喲，你就是那謝丫頭？我說師父，你好好的，怎麼這麼沒有品味，喜歡這樣的醜女人？」

談寶兒只聽得哭笑不得，都什麼時候了，這丫頭還在計較自己的品味。

「師父？他不是你的情郎嗎？」謝輕眉也是莫名其妙，對談寶兒和若兒的關係再也搞不清楚。

談寶兒卻不理她，只是接著若兒的話道：「那是還沒遇到你嘛！你也知道這些魔族妖女，可是詭計多端，多方勾引我，一不小心，我可就和她好上了！」

「誰和你好上了？」謝輕眉立時大怒，「談容！我敬你是人中英雄，怎麼像個街頭小混混一樣也說出這樣無恥之言？」

談寶兒心頭發虛，面上裝出一副詫異神色道：「哎喲，你還想抵賴啊？從龍州到這裏少說三千里路，你這一路眼巴巴地追過來，不是和我好上了，誰肯信啊？來來來，別害羞，好久不見，十分想念，讓老公抱抱先。」說時他展開雙臂，哈哈大笑著朝謝輕眉迎了上去。

謝輕眉聞言大怒，隨即卻猛然醒悟，將劍又朝若兒玉頸上靠了一寸，同時大喝道：

「你給我站住！再上前一步，可休怪本姑娘劍下無情！」

談寶兒此時已近謝輕眉不過五尺之距，真氣已經聚集到了指尖，只待再近兩尺，他就可施出一氣化千雷，見計策被謝輕眉識破，暗自恨得牙癢癢，表面卻哈哈大笑：

「我的好老婆，你緊張個什麼嘛，人家這不是想你了嘛！」

他嘴上討著便宜，腳下卻不敢不停，一腳重重踏了下去。

只是他這一腳落下，腳底卻無巧不巧地落在一塊小石頭上。下一刻，他只覺得腳下一滑，一個踉蹌，人已飛身撲出，眼見著朝謝輕眉撞了過去，心頭大驚失色：「乖乖，死定了！」

他張惶失措，雙手亂抓，想找住一個支撐物體定下身來，不自覺下，雙手的指尖真氣卻都是同時脫手飛出。

空氣中，兩道刺眼的金光閃了一閃！

隨即便聽一聲慘叫，碧玉色的長劍落地，發出一聲鈍響。同一時間，謝輕眉整個人倒飛而出，落到一丈之外，手捂著腰間，一臉的驚愕。

若兒不明所以，木然呆在原地。

談寶兒從地上爬了起來，看著謝輕眉，又看看若兒，也是目瞪口呆。他只記得剛剛自己跌倒的剎那，不小心發出了兩道一氣化千雷。應該沒有什麼問題吧？

他呆了一秒，隨即上前拉住若兒的手：「若兒，你沒事吧？」

「沒……沒事！」若兒好半晌才回過神來，隨即卻是雀躍著跳了起來，「師父，你真是太帥了！你剛剛假裝跌倒，同時發出兩道閃電，一道正中這妖女手腕，一道卻射中她腰間大穴。天啊！這樣可怕的算計，這樣恐怖的眼力，這樣精準的手法！不愧是談容談大英雄！嗯，不愧是我師父！」

談寶兒雖然臉皮超厚，聞言卻也不禁老臉微紅，不著痕跡地將手從若兒手裏抽出，過去將黑墨和阿紅牽了過來，這才嘿嘿乾笑道：

「好說，好說！這種小場面，我在龍州哪天不遇到個七八十回的？這絕對算不上大試牛刀！」

他曾聽老胡說過，只顯露一點本事叫小試牛刀，想當然地順勢就將小換成了大，以此突出自己的英偉不凡。

「大試牛刀？哼哼！」謝輕眉這個時候已經支撐著站了起來，聞言發出陣陣冷笑，「談容，你今時今日也算是名動天下，竟然用如此卑鄙手段偷襲我，算得什麼英雄好漢？」

談寶兒見她站起，頓時嚇了一跳，難道剛才那兩下並沒有對她造成重創？隨即聽她言語，更是心頭發虛，雙足發抖，心想：莫非這妖女開始懷疑我身分了，這可怎麼是好？

他正轉念，卻聽若兒大聲道：

「那你呢？死妖女！你趁姑娘我傷心的時候，從背後偷襲我，還將我經脈都封住了，又算得什麼英雄好漢？」

謝輕眉咯咯笑道：「我是個女人，本來就不是英雄好漢。」她一邊笑，一邊上前去撿地上的碧玉劍。

談寶兒看她伸手之間，手腕處白紗帶紅，果然是剛剛已被自己閃電擊傷，頓時心頭大定，臉上又浮現出談容標誌性的淡淡笑容，斯斯文文道：

「謝姑娘，俗話說得好，『兵者，詭道也』，兩軍交鋒都是無所不用其極，咱們江湖相遇，自然更不必講什麼手段。能殺死敵手，比什麼都重要，你說是不是？」

謝輕眉點了點頭，道：「不錯，你倒坦白！呵呵，談容啊談容，你這個人時而像個大丈夫，時而又像個陰險小人，我可是……越來越喜歡你了。」

「不准你喜歡！」若兒立時接口。

汗！都叫什麼事嘛！談寶兒聞言一陣發暈。

「好好好，那我就不喜歡好了。」謝輕眉也是失笑，不過，隨即她臉上露出正經神色，「談容啊，我謝輕眉一生很少服人，但對你可不得不服。看你剛剛出手，功力雖然只剩下從前的十分之一，但那碧冰蟾毒確實是被你逼出來了！不愧是當世英雄！」

若兒冷哼道：「妖女，你可別趁機亂拍馬屁！以真氣逼毒不過是一種常規手法而已，有什麼值得你佩服的？」

謝輕眉看看談寶兒，見後者一臉淡然，心中更見佩服，笑道：

「這是你不瞭解碧冰蟾毒。這種毒無藥可救，中者必死，要想將其逼出體外，除開高深的法力外，最重要的就是要有毅力。這種毒一旦中上，就如冰蟾附骨，不死不休。要將此毒逼出，一開始必須要忍受兩個時辰的血液被凍僵之苦，之後陰極陽生，血液就如同被煮沸的開水一樣，在身體裏翻騰。如此冷熱交替不休，足足要五日時光，才算是完。當今之世，除開談公子你外，可就只有我師魔宗才曾成功地逼出過這種毒。」

若兒聽得咋舌不已，看談寶兒的眼神要多崇拜有多崇拜。

談寶兒自己臉上則依舊掛著淡淡微笑，心中卻是一片黯然：「當夜崑崙山下疾馳，老大身體忽冷忽熱，原來是在逼毒。他體內受著那樣天翻地覆的痛楚，卻一聲也沒哼，這才是真的英雄好漢。只是可惜他之前在龍州一戰已受了嚴重內傷，不然定可將毒逼出。」

他想到這裏，腦中忽然靈光一閃：「當日老大肯帶我出鎮，莫非已然算定自己無法將毒逼出，所以要我幫他完成未盡心願嗎？若是如此，這傢伙明明知道我一來就沒有退路，只有不斷前進去京城，手段是不是有點卑鄙？」

謝輕眉見談寶兒不作聲，輕輕嘆了口氣：

「談公子，你不說話，想來已是明白我自得到天狼的回報後，爲何要不惜傷勢加重，也要施展蓮月千里大法強行追蹤閣下而來了吧？碧冰蟾毒你雖然逼出了體外，但功力可因此僅剩下從前的十分之一了。我雖然現在僅僅剩下兩成功力，但對付你十分之一的功力還是綽綽有餘。不然剛剛你這兩道閃電已要了我的命，又哪裡輪到我現在還在這裏說話？」

談寶兒這才明白其中原因，心叫乖乖，好在她以爲我是因爲逼毒才損失了功力，不然老子的身分立時就要被揭穿，她就不會這麼客氣，直接撲上來了。

他心中念頭一轉，忽然哈哈大笑道：

「謝輕眉，就算我功力只剩下以前的十分之一，要對付你依然是易如反掌。你不信，咱們就試試！」

謝輕眉本想嗤之以鼻，但隨即想起此人詭計多端，心裏不免有些將信將疑，笑道：「卻不知閣下憑什麼？」

談寶兒眼珠一轉：「你可知道太極禁神大陣？」

「一日不敢淡忘！」謝輕眉臉上神情又是生氣又是好笑。生氣是因爲她上次就是栽在這個陣下，好笑則是因爲她剛剛從林中過來的時候，正好發現天狼被困在此陣當中，狼狽不堪。

談寶兒不知她心中所想，只是繼續道：

「知道就好。實不相瞞，我們現在腳下站的這塊土地，可已被我布下了此陣！只要我願意，陣法隨時可以發動。」

謝輕眉愣了一愣，隨即咯咯笑了起來：

「談大英雄，你這話騙騙天狼那個白癡還可以，騙我可就有些太搞笑了。太極禁神大陣並非舉手投足可以布成，必須有充分的時間準備才行。你憑什麼算定我今日會來？又憑什麼算定我會站在現在的位置？」

若兒也道：「師父，我怎麼沒有看見你布陣啊？」

談寶兒好整以暇道：「沒錯，我沒有算到你今天會來。不過呢，這陣法本來就不是爲你準備的。你上次以化血魔法自損心脈逃跑，我可不知道天狼那傢伙會不會也憑這法子從我布置的陣法中出來。所以呢，我就在這水邊再布下一個。我在水邊裝著洗臉，就是等他上鉤。可惜被你這小丫頭不分青紅皂白就給踢下了水！」

說到這裏，他惡狠狠地瞪了若兒一眼，後者嚇了一跳，可愛地吐吐舌頭，卻不敢接口。

謝輕眉頓時也沒了語言，真要是這樣，以這小子的奸詐，在此布下陣法並非是不可能的。隨即，她又聯想起談容功力既然只剩下十分之一，剛才竟然沒有趁機逃跑再圖後計，而是以大膽至極的方式偷襲自己，若不成功，就不怕自己一怒下殺了他情人？若無倚恃，斷斷不敢冒此奇險。

魔宗厲九齡心思縝密，計算精確。謝輕眉行事大有師風，雖然詭計多端，但設每一計無不嚴密，每行一事也必是謹慎，謀定而後動。她以己度人，立時就信了五六分。

談寶兒見她不語，知道她已有些信了，打鐵趁熱道：「其實呢，我現在就可以發動陣法，只是我現在本人也在陣法之內，一旦發動變數太多，我不想冒險。謝姑娘，不如錯過今日，咱們之間的恩怨改日再算如何？」

謝輕眉眼珠一轉，正要說話，忽然看見遠方密林裏煙塵滾動，當即咯咯笑道：「談公子，擇日不如撞日，既然你已將陣法布下，不如咱們這就決一高低吧？」

談寶兒心頭大驚，只道這妖女已然看透自己心思，一把抓起若兒的手就要上馬而逃，卻聽若兒道：

「師父你看，那邊有人過來了！」

談寶兒轉眼望去，只見密林裏捲出一陣煙塵，果然是有人出現。近些，卻看清是一名騎士率領著一群黃色皮毛的野狼疾馳而來。

那騎士手持一把長刀，打扮極是古怪，只在腰間圍了一團樹枝。再近些，談寶兒才發現那騎士竟是天狼，他身後那群黃狼想必就是部下魔狼族人了。乖乖隆地冬，這些傢伙居然能像變色龍一樣根據四周環境變化體色，難怪老胡曾說魔狼是魔人中最擅長偷襲的兵種。

談寶兒暗叫一聲我的娘啊，一個謝輕眉已經夠頭疼了，再來這麼些雜碎，還要不要老子活了?他當機立斷，一把抓住若兒，抱著她飛身騎上了黑墨。他使勁拍了拍馬臀，黑墨長嘶一聲，四蹄滾動，地面煙塵亂濺，卻無法進得一步，奔了一陣便停了下來。

定睛看去，卻見馬尾平舉，而謝輕眉雙手正遙遙虛抓，談寶兒又驚又怒：

「你們魔人怎麼這麼無恥，有事沒事就亂抓人家的尾巴！」

「你們人族也有尾巴嗎?拿出來給本姑娘也開開眼啊！」謝輕眉笑道。

談寶兒自知失語，卻無暇與她廢話，伸手從背上摘下落日弓，彎弓搭箭，厲聲道：

「妖女，你若再不放手，休怪老子箭下無情。」

謝輕眉卻不鬆手，重重嘆道：「你儘管無情吧，你對我無情的時候還少了嗎?」

這話本來也沒有什麼錯，但聽在若兒耳朵裏卻是一陣說不出的鬱悶，回身就朝談寶兒背心一掐：「說！你究竟和這妖女什麼關係?」

「我和她什麼關係了?我連人家長什麼樣子都不知道，又能有什麼關係了?」談寶兒鬱悶至極。

「這倒也是！」若兒醒悟過來，隨即卻發現臉頰微微有些火燙，暗暗奇怪不已。這會兒天都快黑了，怎麼還這麼熱?

卻聽謝輕眉笑道：「談公子，你想知道我長什麼樣子嗎？」

談寶兒一愣：「你肯脫去面具？」

「當然不行！」謝輕眉搖搖頭，「我師父說了，我生得太醜，上戰場的時候，千萬不能露出真面目。不然把敵人全嚇死了，嘻嘻，對他們可有點不大公平！」

「這麼醜？」談寶兒嚇了一跳，「那你還是別取下來好了！我可不想去地府的時候，閻神問我你怎麼死的啊，我說我是被人嚇死的！閻神立刻就火了，再醜的人能有我們鬼醜嗎？於是派人蒙著眼來拿你過去，然後一地府的鬼全都被嚇得死去活來，世界立刻亂套了！」

「撲哧！」若兒忍俊不禁，笑出聲來。

「沒有想到你也這麼喜歡講笑話！」謝輕眉卻也不生氣，雖然看不清臉上情形，但一雙秋水似的眸子卻滿是笑意。

笑了一陣，她才正色道：「雖然我生得醜，可我師父說了，只要有一個男人肯來揭開我的面具，敢看一看面具下的臉，我就可以嫁給他。談公子，你雖然是異族，但好歹是個大英雄，如果你肯來揭開我的面具，我就嫁給你如何？」

「不准去！」若兒大叫。

「放心吧，她白送給我我也不會要的。我對她沒有興趣……哎喲，不好，中了這妖女的詭計！」卻是三人說話間，天狼和群狼已經到了近前。

狼群化人將四面包圍，手持著狼牙棒和弓箭，狼視眈眈地盯著談寶兒和若兒兩人，似欲擇人而噬。

天狼縱馬上前，見到談寶兒立時停住，異常驚訝道：

「呀！你不是說等俺一炷香時間的嗎？怎麼這麼久還在這裏啊？」

談寶兒心頭暗罵：「你以為老子喜歡在這裏啊？」口中卻大笑：「哈哈，我還等著你叫我大哥呢，可不敢先走！」

「大哥？怎麼回事？」謝輕眉大訝。

天狼面色尷尬，嘴裏小聲嘟囔，卻不知在說什麼。談寶兒見此故意大聲道：

「原來魔族的人都是懦夫，打賭輸了卻不敢承認啊！」

「誰說俺是懦夫？」天狼大怒，隨即下馬，單膝著地，大聲道：「小弟天狼拜見大哥！」

談寶兒不想這看來兇殘的魔人竟真的願賭服輸，呆了一呆，一時大是佩服。他自己賭品不怎樣，但卻最敬重賭品好的冤大頭。

若兒、謝輕眉和眾狼人則都是面面相覷。原來剛剛兩人打賭的時候，若兒已經氣憤離開，而眾狼人則在別處設伏。謝輕眉怕談容出草原後立即捨馬改走水路，便自己到水上設伏，後來一算時間，知道談容多半從天狼這邊通過了，這才急急忙忙趕回，卻見到了天狼困在一個圓圈裏，但後者羞慚之餘只說中了談容的計，並未說什麼打賭之類的話。

見天狼拜下去，談寶兒直覺眼前忽然出現一線生機，心念一動，低聲對若兒道：

「一會兒不管我說什麼，你都別出聲！」

若兒點頭答應。

談寶兒轉過頭，對天狼笑道：「不錯不錯，原來魔人中也是有好漢的！不過天狼小弟，現在哥哥要你幫忙，你幫還是不幫？」

「啊！我肚子痛，先失陪了！師姐，你和大哥慢慢聊！」天狼大叫著落荒而逃，想不到這蠻人也有點急智。

身後談寶兒大叫：「喂！你小子太不夠義氣了吧？我現在身陷險境，你怎麼完全不顧我就跑了？有這樣子做人家小弟的嗎！」

天狼只當沒聽見，一溜煙跑進了樹林裏。

謝輕眉深吸了一口氣，似笑非笑道：「談公子，氣走我師弟，你以為你就能脫身了嗎？這裏有我魔族精英三百餘人，你以為憑你現在的功力能帶著一個人衝出去？」

「嘿嘿，誰說我要衝出去了？」談寶兒笑得很有些賤，手裏的箭卻一毫不動地對準謝輕眉的胸前，「謝姑娘，你知不知道我這支箭叫什麼名字？」

「不過是一支尋常的雕翎箭罷了，有什麼特別的？再說，就算是你們人族四大天人之一羅素心的斷情箭，以你此時功力使來，也未必殺得了我吧？」

神州法術源遠流長，最古老的來源據說可以追溯到眾神時代，但流傳至今卻只有精神術、符咒和陣法這三種主流的形式，也就形成了禪林寺、天師教和蓬萊島這三大門派。

禪林寺最重人本身的修養，所以他們的法術都是和人的精神有關。天師教更偏重於物，他們最擅長的是畫符，以符咒驅使世間一切的物體。蓬萊島的法術則更多的是陣法，陣法是涵蓋了天地間事物的內在聯繫的一種特殊的法術，借陣法可以引導出天地的威力來誅殺敵人。

人族公認的四位最頂尖的高手，號稱四大天人，除開楚接魚是黑道第一幫派昊天盟的魁首之外，其餘的三人枯月禪師、張若虛和羅素心就分別出自這三大門派，也是這三門法術各自的集大成者。

傳說這四大天人每一個人的力量都足以和魔宗厲九齡抗衡，但也有傳說，說他們四人聯手也未必是厲九齡的對手。只是這十多年以來，雙方因爲各種各樣的制衡，卻都沒有交過手，所以究竟孰強孰弱就不得而知了。

聽謝輕眉竟然將自己的箭比成蓬萊島羅素心的斷情箭，談寶兒頓時搖了搖頭：「斷情箭？我們都無情了，還斷個什麼情啊？我這箭很尋常，但我這弓卻叫脫毛神弓！嘿嘿，其實呢，用這弓來射箭非常地費勁，射出去也沒有什麼別的作用，就是可以將衣物都震碎而已！」

「你……你這是什麼意思？」謝輕眉額角多了一絲冷汗，頓時有了不好的預感。

「哦！是這樣的。我想啊，反正我這次也逃不掉了。打算在臨死前做一件好事。你不是太醜沒有人要嗎？我打算這一箭射出去，將你面具震碎，那時候，在場三百多人都見過你真面目了，都可以娶你了！嘖嘖，三百多個老公，想起來應該很過癮吧？」

「你……無恥！」謝輕眉狠聲道，胸脯一陣起伏，顯然是怒到了極處。不過因為盛怒，一直虛虛抓住黑墨馬尾的手也在一瞬間鬆了。

「哎呀！這年頭真是好人難當！我不惜犧牲性命好心給你做媒，居然還被你罵無恥。什麼世道嘛！」談寶兒搖搖頭，一臉的無辜，「不過呢，我這箭的準頭也差得很，每次都很難命中目標，或者根本射不中你呢……」

謝輕眉冷冷哼了一聲，卻不敢接腔。談容未成名前，本職就是弓箭手，在這丈許距離內要說射不中人，那實在是笑話。

沉默持續了大約有三秒鐘的工夫，謝輕眉忽然咯咯笑了起來：「有意思，有意思！我謝輕眉也終於遇到了對手。好，算你狠！這次我就放過你！希望來日相見，你依然這麼好運！走！」說著一揮手，飛身上了白馬，疾馳而去。眾狼人化作狼群，緊隨其後。

見眾人遠去，談寶兒長長吸了口氣，慢慢收弓，手臂卻是一陣發軟，險些將弓落下馬去。

這落日神弓非只射箭時會瞬間耗費掉巨量真氣，就是僅僅開弓也會使真氣持續地消耗。剛剛他其實已經沒有了射箭的力氣，若是謝輕眉再堅持片刻，光弓弦反震的噬力也足夠將他手臂震斷了。

一陣夜風拂來，背心陣陣發涼，談寶兒掛弓一摸背上，早已是汗流浹背，不禁仰天一聲重嘆：「奶奶的！這日子過得還真是刺激啊！」

時為神州八七五年，三月二十三。

第七章　大風京華

天色徹底黑了下來。雨過天晴，明月朗照，巍峨的山峰被投射到滔滔天河水裏，落下一個個淡淡水墨畫樣的影子。從龍州前線，經過葛爾草原，一路刮到這裏的長風爲春夜平添幾分溫柔。

謝輕眉和她的部下已經消失在密林深處，但若兒卻依舊趴在談寶兒懷裏，一動不動的。

談寶兒輕輕拍了拍她肩膀：

「喂，好老婆，敵人都走了，該起來了！」

「哎呀，讓人家再睡會兒嘛！」若兒嘟囔著，毫無意義地擺了擺手，便又再也不動。

我的神啊！談寶兒幾乎瞬間崩潰，在自己剛剛差點變成狼糞的險惡的形勢下，這丫頭居然在如此短的時間裏硬是義無反顧地睡著了！

又被推了推，若兒終於起身坐了起來，小臉蛋發紅，嘟著嘴，揉揉眼睛，驚奇道：

「咦，魔人怎麼都走了？」

談寶兒覺得很受打擊，不過他很快被若兒這副海棠春睡、大夢初醒的俏麗模樣徹底征服，也就提不起氣，笑道：

「這還不是你的功勞？大小姐，你睡覺的聲音太響，魔人都怕你了，一個個只嚇得落荒而逃！逃之前那謝妖女還說了一句話。」

「什麼話？」若兒還沒有反應過來。

「我就不明白了，既然有了李若兒，世上爲什麼還要有豬這種生物？」

若兒愣了愣，隨即狠狠在談寶兒的胳膊上掐了一下，委屈道：「人家都因爲你這壞蛋差點被妖女給殺了，你竟然還在取笑我！」

談寶兒正不明白她怎麼忽然被謝輕眉擒住，聞言奇道：「又關我什麼事了？」

「是你自己說話不清楚的嘛。害得人家以爲你……以爲你是隨便亂收徒弟，我不就做不成大師姐了嘛！能不傷心難過嗎？我不傷心難過，怎麼會失神，怎麼會被那妖女偷襲成功？」若兒振振有詞道。

談寶兒心道：「女人果然都不可理喻，明明是你亂吃醋，還成我的錯了！」只是這話卻怎麼也不敢說出來，當即忙賠不是：「是是是，一切都是爲師的錯。以後一定把話說得一、清、二、楚。這樣總行了吧？」

「這還差不多！看在你剛剛冒死來救我的分上，就原諒你一次！」若兒破涕為笑。

兩人一起上馬趕路。月色被蹄音踏破，在地面留下斑駁的碎影。

走了一陣，談寶兒覺出饑餓，忙將酒囊飯袋從背包裏取了出來，那裏有昨天晚上在一個部落買的十幾隻烤羊腿和一些酒。他將手伸到袋口，念了聲咒語「多多兀個」。

若兒也正是餓的時候，忙將馬靠了過來，但這次流出袋口的並不是她想像中的羊腿，而是一隻三條腿的可愛小烏龜。她驚奇至極：

「師父，你這是什麼法術，竟然能將羊腿變成這麼可愛的一隻小烏龜？」

談寶兒這才想起，剛剛和謝輕眉打架前，自己隨手將小烏龜放進了酒囊飯袋。他對這小龜的來歷自己都搞不清楚，自然也無法給若兒解釋清楚，只得敷衍道：

「這不是羊腿變的，而是我剛剛在河底瀑布那裏抓的。」

「給我看看！」若兒叫道。

小烏龜似乎能聽懂人言，在談寶兒手裏爬了爬，陡然跳了起來，在談寶兒驚呼聲裏，跳過七尺馬距，落到若兒伸出的右手裏。

「呀！你還能跳這麼遠啊！哈哈，你怎麼只有三條腿？」若兒又驚又喜，將龜放平，伸出左手去逗牠，後者也是異常興奮，用頭不斷地拱若兒的手心，搞得小丫頭癢癢的，咯咯亂笑。

「這年頭，連畜生也知道重色輕友！」談寶兒搖頭苦笑一陣，繼續念動咒語去取羊腿。但隨即他徹底傻眼了，「天！這這這……這是怎麼回事啊？」

「怎麼了？」若兒聽談寶兒聲音有異，忙抬頭看了過去，但緊隨其後，她也徹底傻眼了，因爲談寶兒的手上拿的不是羊腿，而是一條被啃得乾乾淨淨的大骨頭。

兩人傻眼片刻，談寶兒再念咒語：「多多兀個！」

但這次出來的依然還是一隻赤裸裸的羊腿骨！

緊隨其後，「多多兀個！」「多多兀個！」「多多兀個！」談寶兒發瘋似的狂念咒語。於是，十幾隻羊腿骨在一瞬間全數集中在了他手裏。

遇到如此詭異的情形，曾經面對魔教妖女謝輕眉面不改色，曾經面對群狼圍攻談笑風生的大英雄淚流滿面：「是哪個渾蛋吃了我香噴噴熱騰騰的烤羊腿的？抓到你，我一定要扒了你的皮，抽了你的筋！」

正義的呼聲立時引來了比談寶兒更加饑腸轆轆的若兒的同仇敵愾：「師父，我支持你！不但如此，還要喝他的血，吃了他的肉！」

在這一瞬間，師徒倆殺氣沖天。月光嚇得爲之顫抖，躲到烏雲背後；夜風也在一瞬間繞著兩人走，不敢直挫其鋒。

「啊咯！」忽然有一聲飽嗝一樣的響聲響起，打破了四周的肅殺氣氛。

四道血紅的眼光閃電似的朝聲音的發源地射了過去，長槍已然在手，神弓準備射出——敢於在此時挑釁的人，毫無疑問正是罪惡滔天的偷食賊！

但隨即，殺氣在一瞬間變成了傻氣。

月色下，兩雙眼睛所向的地方，三足小龜正伸長脖子，朝天張著小嘴，飽嗝聲正不斷地從牠喉嚨間飛濺出來。

「腥腥的，好像正是羊肉吃多了的表現！」若兒捏著鼻子對談寶兒道。

談寶兒滿腔的怒火在一瞬間消失得乾乾淨淨，望著三足龜那比若兒手掌還小的肚子，愣了半天，好半晌才扔出一句沮喪無比的話：「你個小流氓，也不怕吃多了撐死！」

繼續上路。

向前奔了不遠，山路到了盡頭，卻多了一座大橋，過橋之後，地勢一平如鏡。月色下，一眼望去只見麥苗青青，不見盡頭。一問若兒，談寶兒這才知道已經進入了陽州地界，而眼前的正是神州三大糧倉之一的天河平原。

這一帶因為有天河灌溉，自古糧食豐足，居民富裕，是以城鎮繁華，人物風流。古人曾說「近陽州，進繁華」便是指此。兩人一路行去，沿途只見村落密布，人煙稠密，四通八達的官道上人流如織。

一路上再未見魔人蹤跡，也不知是謝輕眉自己傷勢加重，還是因為知道臨近京城，人族高手出沒，自己再無得手可能，因此明智地放棄了追殺。但不管怎樣，沒有了魔人的追殺，有比花解語的美女相伴，談寶兒覺得日子重新變得美好起來。

唯一大殺風景的是那隻來歷詭異的三足小龜。

這傢伙的食量是與日俱增，現在每天最少要吃三十斤牛肉，喝十斤的美酒。談寶兒心疼銀子，但若兒對其視若珍寶，並親自繡了個香囊給牠做窩。

談寶兒想起如歸樓的張三，那傢伙斯斯文文，卻也是個能吃的大胃王，便理所當然地將「小三」這個名字張冠李戴到三足龜身上。不過小三和張三不同的是，這詭異的傢伙無論吃多少，卻不見拉出一點糞便，倒也省了不少麻煩。

越近京城，天氣漸熱，煙塵漸多，一問路人，兩人才知入春以來一場雨也沒有下過。兩人無心無肺，對老天爺是否下雨也並不放在心上，只是離別在即，都很有默契地放慢了前進的速度，沿途只顧遊山玩水，用談寶兒自己的話說是「送君千里，終需一別」。

兩人一路過平原，進陽州，出陽關，五日之後的黃昏，遠遠看見前方又有天河之水滔滔東流，一座大城倚河而築，京師大風城終於到了。

若兒將談寶兒拉到一處僻靜地方，仔細看了他一陣，黯然道：「師父，京城已經到了，我就不進城了。你快些去面聖完畢，出城來找我吧！城外向北十里有家水月庵，我就住那裏。」

談寶兒鼻子一酸，眼淚幾乎要掉下來，忙笑著掩飾道：「你住尼姑庵做什麼？就算我不要你，你也別出家啊！」

「誰要你要了？討厭！」若兒果然破涕為笑，狠狠掐了他胳膊幾下。

鬧了一陣，若兒從腰間解下裝著三足龜的錦繡荷包遞了過來，「師父，我去尼姑庵住可不方便，小三就交給你照顧了！你可不許餓著牠，不然等我見到你的時候，牠要是瘦了，我可不會理你了。」

「好好好，我的姑奶奶！就算我自己餓得皮包骨頭，也一定將這小祖宗養得白白胖胖的還不行嗎？」談寶兒垂頭喪氣地接過荷包。

若兒聽他語調誇張，笑得越發燦爛，想起自己也快十七歲了，但這十多年裏，最快樂的便是跟著談寶兒這十多天時間，在這人身邊，即使是面對再凶險的敵人，再艱難的險境，他總有辦法讓自己開心，一時更加的依依不捨，衝動之下，幾乎就想隨他進城。但最後理智終於戰勝了衝動，再又仔細叮囑談寶兒一番後，她迅速地在談寶兒唇上親了一下，不待後者反應，飛身上了阿紅，打馬絕塵而去。

摸著嘴唇，談寶兒望著那一人一馬漸行漸遠，只見昏黃的斜陽將其影子拉長，路邊春柳正綠，枝枝條條，糾纏著一路行來的點點滴滴，盡上心頭。他幾乎便要策馬追去，但記起答應談容之事，只能硬起心腸掉頭不敢再看，將小三收到腰間，打馬朝不遠處的大風城而去。

不多時便來到大風城下。

舉頭上望，只見京城的城牆呈青色，最少有三十丈高，全是由一塊塊整齊的長方形巨石壘成。在城牆邊上有一塊巨大石碑，上面刻著一些文字，文字深奧，談寶兒看不大明白，一問旁邊人，才知道上面寫的是大風城來歷。原來此城初建時，有神鳥大風經此，見百姓築城辛苦，便用嘴從海外神山上叼來青玉石，堆砌成牆，後人為彰其功，便以鳥名冠城。

談寶兒看那巨石最小的都是長九尺寬五尺，最少也有好幾百斤，一時嘆為觀止，心道那大風鳥該改名叫大嘴鳥才對。

城門口守衛頗為森嚴，丈寬的城門口密密麻麻地站滿了約莫百多名士兵，對來往百姓都嚴加搜查，也不知道城裏究竟發生了什麼大事。談寶兒並不想暴露自己是談容的「真實」身分，回頭想了想，將落日弓、乾坤寶盒和那塊御賜金牌一起放進了酒囊飯袋中。

順利過關。牽馬進城，已是華燈初上時候，大街上車水馬龍，行人摩肩接踵，人聲鼎沸。順著燈火斜陽看去，大街上高樓鱗次櫛比，商鋪林立，酒樓茶館四處皆是。洋洋灑灑，果然是京華氣象。談寶兒終是少年心性，置身如此熱鬧境地，離愁漸消，心情慢慢好轉。

從城門進來，興奮地閒逛了約莫一刻鐘，前方忽然飄來一陣誘人的酒肉香味。談寶兒趕了一天的路，正是饑渴時候，當即循著香氣走去，卻發現街邊有一座酒樓。

這座酒樓高六層，約莫有九丈高下，和四周一律兩層或者三層的小樓相比，顯得鶴立雞群。但站到樓下，看到招牌，談寶兒卻很是奇怪：「奇月樓？能有多奇怪？難道京城的月亮和我們那不一樣？又或者這個樓裏看月亮和別處不一樣？」

「哈哈，哪裡來的土包子，騎著匹黑炭一樣的馬就罷了，還將京城三大名樓之一的倚月樓認成奇月樓？」隨著一陣輕蔑的大笑聲，一名身材好似水桶的年輕人從一邊冒了出來。

談寶兒見這人一身的白花綢緞，搖晃的摺扇和滿臉橫肉都堆著「不屑」兩個字，讓他很是不爽，當即決定一定要整整這渾蛋，臉上頓時堆出淳樸憨厚的笑容道：

「回公子的話，俺是從龍州來的土包子！」

土包子本是城裏人對鄉下人的蔑稱，水桶料不到他一本正經回答，頓時笑得全身肥肉亂顫：

「哈哈！原來是北邊來的土包子啊！不過你這土包子長得倒是挺有趣，公子我今天心情好，要不你和我上樓來，我好好教導教導你！」

談寶兒正中下懷，傻笑作揖道：「多謝公子，俺真是出門遇貴人啊！」

兩人正在門口說著話，便見一名小二點頭哈腰熱情地迎了上來，對著水桶作揖道：「喲，是范公子來了啊，快快樓上請！」

「嗯！」水桶倨傲地點點頭，問道：「張二來了沒有？」

小二搖頭道：「還沒有，估計快了吧。不過小人也很是奇怪，要說通常二公子可是比您還先來的啊！要不兩位先上面請，邊吃邊等？」說時招呼旁人將黑墨牽到後院，自己領著水桶和談寶兒進樓去。

樓裏人聲鼎沸，熱鬧非凡。放眼望去，底樓百張桌子，已被坐得滿滿當當，不見一個虛席，十來個小二在大廳裏穿插，但卻一點也不顯得擁擠，反是給人一種濟濟一堂的盛況感覺。

談寶兒嘖嘖讚嘆道：「奶奶個熊，這裏莫非是皇宮嗎？連跑堂的都穿綾羅綢緞，建築又這麼的高貴漂亮！」

水桶笑得肚子疼：「你個土包子，這裏要是皇宮，公子我的府邸還不成天宮了？」

三人朝樓上走。

小二見談寶兒衣服粗陋，言語呆傻，只道是水桶新買的下人，並不和他說話，只是一味地拍水桶的馬屁。

談寶兒樂得輕閒，四處觀察，卻發現這裏的人眼光偶爾一碰到水桶，都露出了恐懼神色，心中暗想：「原來這傢伙竟是個惡霸一般的人物，老子一會兒狠狠收拾他一番，也算是公報私仇了吧。」

倚月樓的前三層是大眾區，上面三層卻是貴賓區。三人上到五樓，小二領著兩人進了一間豪華客房。水桶朝小二扔出一錠十兩重的紋銀，道：「酒菜照舊，記得多加一副碗筷！你下去吧！」

小二看談寶兒竟然坐下，心頭奇怪，卻不敢問，只道：「謝公子的賞！兩位爺稍等，小人這就去準備。」拿著銀子歡天喜地地去了。

屋子裏陳設華麗，待客的一張梨花木的四方桌臨窗而設，上面已經擺好了香茶和各色點心，均是談寶兒見所未見，立時發出了半真半假的一陣讚嘆，洋相百出，引得水桶哈哈大笑。末了，水桶讓談寶兒坐下，後者假意推讓一番後，很是局促地坐了下來。

樓窗甚矮，談寶兒坐下後抬眼向窗外望去，大半個京城的景物已是映入眼簾，只見夜色下燈火點點，瀰漫十里，燦若星河，情不自禁讚道：「京城的夜景真是漂亮！」

水桶喝了口茶，傲然笑道：「那是自然。但京城最漂亮的卻不是夜景，而是美女。京城四大美人，只要你看見任何一個，都夠你小子回鄉下去炫耀一輩子了！」

「四大美人？」談寶兒愣了一下，「京城這麼大，就只有四個美人嗎？俺們村都有八朵金花呢！公子你要是還沒有娶親，回頭俺給你說說，村頭老鐵匠的小花肯定願意嫁給你，你放心，俺以人格保證，她臉上沒有長麻子的……」

「噗！」水桶一口茶噴了一地，用摺扇狠狠敲了一下談寶兒的頭：「你個土包子，誰告訴你京城只有四個美人的？本公子是說，這裏有四個天下最漂亮的美人！哼哼，觀海雲遠，這四大美人，哪裡是你們那什麼狗屁的金花小花能比的？」

「觀海雲遠？」談寶兒呆了一呆，隨即傻笑道：「公子你別耍我了，小人家裏雖窮，但還是讀過幾個時辰書的！百家姓裏有複姓，什麼司徒啊上官啊等，觀海雲遠，這人不是複姓觀海，名雲遠嗎？明明就只有一個人，你何必硬撐著說是四個人呢？俺們村……」

「夠了！你個土包子！」水桶怒吼著打斷了談寶兒，「觀海雲遠是四個人的名字縮寫。觀是指城外水月庵的秦觀雨，海是指怡紅樓的頭牌駱滄海，雲是指陛下的幼女雲蒹公主，至於遠嘛，則是楚尚書的女兒楚遠蘭，明白了沒有？」

「明白了！」談寶兒傻傻點頭。他沒有料到楚遠蘭能被稱為京城四美之一，不禁暗叫可惜。說起來明天就是月底了，一會兒得趕快去楚府退婚才是。

「唉！」水桶忽然嘆了口氣，「下個月開始，京城就只剩下三大美人了。皇上最鍾愛的雲蒹公主即將於月底下嫁南疆王世子了。可惜啊可惜！」

「公主嫁給王子，童話組合，有什麼好可惜的？」談寶兒不解。

神州原本有四大藩國，分別是東邊的東海群島，西邊的戈壁西域，南邊的雲夢南疆，和北邊的葛爾草原部落。只是現在葛爾部落分裂，只剩下了三大藩國。南疆王就是雲夢南疆的國主，其世子將來自然也會接任為王，在談寶兒看來，這門婚事該是門當戶對才是。

「你個土包子，你知道那個南疆王世子是個什麼東西嗎？」水桶用摺扇又打了一下談寶兒的頭，鄉下人的無知讓他很惱火，「那傢伙既不會鬥蛐蛐，也不會賭骰子牌九，快二十歲的人了，一天就只知道吟幾首酸詩，作幾個小曲，手無縛雞之力，簡直是廢物中的廢物！公子我就不一樣了！三歲會罵粗口，五歲能吃七碗乾飯，人稱『京師第一神童』！七歲贏得京城蛐蛐大賽冠軍，十三歲的時候已經成為麻將協會榮譽會員！你說說，像我這種天之驕子，皇上不選我做女婿，偏偏選那個什麼弱智世子，不是將一朵鮮花插到牛糞上去嗎？」

談寶兒聽得瞠目結舌，好半晌才傻傻點頭道：「聽公子你這麼一說，您果然是個很有才華的年輕人，皇上怎樣也應該選你當牛糞的啊！」

「對嘛！還是你識貨！」水桶大生知己之意，隨即沮喪地擺擺手，「算了，不說這個掃興的話題，咱們說點熱鬧的……嗯，對了，入春以來，京城還沒有下過一場雨，下月十五，國師要在城外的亂雲山舉行祭天大典求雨，你倒可以去開開眼界，回到鄉下也可以吹噓一下。」

「國師什麼的，小人是不知道啦，不過是您叫我去的，小人到時候一定給他捧場就是！」談寶兒點頭答應。

國師張若虛是天師教的教主，身爲四大天人之一的他，據說已是法力通神，算是談寶兒以前的偶像，他舉行祭天大典，倒是確實值得一看。

兩人說話的時候，那小二端著酒菜走上樓來。

水桶皺眉道：「菜都來了，張二這渾球還沒有來嗎？」

小二陪笑道：「還沒有來，也許是什麼事給耽擱了，要不我將牌九骰子先送上來，你們兩位先玩著？」

水桶一拍桌子：「好主意！不過牌九太複雜，這小子多半不會，就取骰子來就好！」

「是！」小二答應著下去了。

談寶兒心頭一動，假裝吃驚道：「公子，你的意思是要和我賭錢嗎？俺可是俺們村的賭王呢，你又指點俺，又請俺吃飯的，贏了你的錢可多不好意思！」

水桶和張二每日約定在此賭錢，一直互有輸贏，卻也是對對方都不服氣，這會兒聽談寶兒說自己竟敢自稱賭王，當即譏笑道：「你個土包子要是賭王，老子就是賭神了！」

過了片刻，骰子和碗拿了上來，一共三粒。水桶揮揮手讓小二出去，自己從懷裏掏出一疊大額銀票。

談寶兒看這疊銀票裏最小的面額都是百兩，最大的竟有萬兩，加起來約莫有二十多萬兩之多，正大大地吃了一驚，卻聽水桶道：

「土包子，咱們三粒骰子比大小，誰大誰贏。來來來，這就開始吧！」

談寶兒忙擺手道：「不要了吧公子！俺身上沒有多少錢，要是都輸給你了，回家可沒有盤纏了！」

「知道你沒有什麼錢，但本公子賭的就是一個高興！這樣吧，在你有百兩賭本之前，老子以一賠十，也就是說，我出十兩銀子，你只需要出一兩就可以，這個怎樣？」

「公子，俺真的要回家的……」

「一賠一百！不能再高了！」水桶已經是賭性大發，說著也不管談寶兒是否同意，將桌上酒菜推到一邊，翻出一張一百兩的銀票拍到桌上，抓起骰子朝碗裏丟，三粒骰子定下之後，依次是四五六，贏面已經頗大，當即得意揚揚將碗推到談寶兒面前，「該你了！不許說不賭，不然就是不給本公子面子，你知道我和官府的人可是很熟的哦！」

談寶兒苦著臉道：「爹！俺對不起你了！」一把扔下，卻是三個一，小得不能再小，當即哭喪著臉，顫巍巍地從懷裏摸出一兩碎銀子遞了過去。

水桶如獲至寶地接過那一兩銀子，哈哈大笑道：「開門見紅，好兆頭！來來來，再來再來！這把你先！」

談寶兒接過骰子，吹了口氣，狠狠道：「來就來！不露點真本事，還讓公子你以爲我王村賭王是浪得虛名！」

但似乎是賭神開玩笑，兩人賭了十次，談寶兒卻連輸了十次，一共輸了三十兩銀子，一臉的肉痛，而水桶連贏了十次，贏的錢於他而言雖不夠塡牙縫，但感覺卻是過癮暢快至極：「哈哈，別哭喪著臉嘛，來來來，繼續下注！一賠一百，發家致富可全在這一把了！」

談寶兒已經輸紅了眼，從背上解下包裹，朝桌子上一扔：「媽的！老子這次全壓了！是龍是蛇就博這一把了！」

「好！看你如此夠豪氣，如果你的錢輸光了的話，本公子准你將褲子壓一百兩，哈哈。」水桶大笑，一把扔下，出來的數目卻是五六六，加起來十七點，已經贏了九成九。

談寶兒臉如死灰地接過骰碗，衝水桶怯怯道：「公公子，小……小人能不能這把不下這麼多注？」

「那可不行！」水桶一把將包裹壓在手下，「願賭服輸！賭奸賭詐不賭賴，一個人人品可以不好，但賭品絕對不能不好！」

談寶兒哭喪著臉道：「那……那好吧！」一把隨意扔下，骰子在碗裏轉了幾轉，最後一片的大紅，卻是出了三個六。

水桶愣了一下，笑道：「沒有想到你這小子居然也轉運了！」伸手從手裏拿出一張千兩的銀票和著包袱遞給談寶兒，「來來來，咱們繼續來！不過你有了賭本，咱們就開始一賠一吧。」

談寶兒摸摸腦袋，不好意思道：「那個……公子啊，你賠的錢好像不夠！」

「不夠？你這包袱輕輕的，裏面幾件破衣服最多值十兩銀子！我給你一千兩還不夠？那再給你加一千！」

談寶兒更加不好意思了：「不好意思啊，公子，還是不夠！」

「還不夠？你這土包子還得寸進尺了！」水桶大怒，將手裏大疊銀票砸在桌子上，「是不是想讓本公子將這些銀票全都給你啊？」

「不好意思！您手裏的銀票全給俺還是不夠！」談寶兒滿臉通紅，打開包袱，露出胡戎族長蘇坦送給他的那疊金票來，「公子你看，這是一百兩，兩百兩，三百……一萬，這裏一共有一萬兩金子，按照一賠一百的比例，你該賠我百萬兩金子，按金銀一比十的匯率，折合成銀子就是一千萬兩。你手裏最多只有二十萬兩，所以你還差我九百八十萬兩銀子！不知小人算得對不對啊，公子？」

「撲通！」水桶一屁股坐到了地上。他無論如何也不會想到眼前這個土包子身上竟然裝有萬兩金子！

談寶兒很是不客氣地將水桶面前的銀票收進包袱，臉上依舊一副不好意思的憨厚模樣：「公子，你看，俺都跟你說了俺是賭王，你就是不信。那個，你看這點銀子是不夠的，這剩下的銀子你看怎麼辦吧？要不，先把褲子壓給我吧，就算你十萬兩好了。」

水桶呆了一下，看見談寶兒狡黠的眼神，忽然明白過來，從地上一躍而起，雙手握拳朝談寶兒撲了過來，恨聲道：

「公子我人稱『一拳萬兩』，差你一千萬兩，就打你兩百拳，足足兩千萬兩，買一送一，算你賺大了！」

談寶兒大笑道：「老子誠信經營，童叟無欺，可不吃你的回扣！」說時腳下凌波術使出，朝旁邊迅疾一閃身，便聽一聲驚叫，眼見白影一閃，再看時，卻是水桶收勢不及，整個人已撲出窗去。

談寶兒呆了一下，叫道：「媽的！欠了錢就想自殺嗎？追到閻神那裏，這筆賬也是要還的！」忙伸雙手去抓，正好抓住水桶兩腳足踝，不想水桶身體太重，他準備不足，被一股大力一帶，身體已是不由自主地跟著飛了出去。

下一刻，但聽四周驚呼聲不絕，風撲面而來，談寶兒發覺自己兩人已經身在半空之中，正急急下墜。危急關頭，他雖慌不亂，踻躚凌波之術施出，身體頓時變得輕如鴻羽，抬足在樓牆上一點，下落之勢立時爲之一緩。

談寶兒見這招有效，又驚又喜，雙足連環在樓牆閣宇之間亂點。一片驚叫聲中，談寶兒眼見兩人已要落地，忙一用力，將水桶身體倒轉過來。

下一刻，兩人已經是齊齊落到實地，毫髮無傷。

談寶兒正自驚喜，忽聽身後有人叫道：「混賬，竟敢欺負小范，吃我一符！」隨即背後風聲如箭，談寶兒大驚，想要躲閃，卻忽然發現一口真氣怎麼也提不上來。風聲近體，他全身肌肉已變得僵硬如石，再也動彈不得分毫。

下一刻，一個約莫十六七歲的少年人從背後轉了出來。

這少年一身灰布道袍，卻沒有梳道士髻，長髮披散，腰間掛了一個大大的布口袋，上面寫著四個大字：日行一惡。

談寶兒和水桶從倚月樓五層掉下來，本是引來無數路人上前圍觀，但看清楚這少年的真面目後，一個個卻如驚弓之鳥，霎時間散了個乾淨。遠處的人想過來，但被剛過去的人說了幾句，一個個也是臉色大變，恨不得生了四條腿，轉身便跑。

「張二，你個混賬怎麼才來？再晚些就等著給老子收屍吧。」水桶驚魂稍定，衝著那少年道人嚷了一句，掙脫談寶兒的手，轉身過來，狠狠看了談寶兒一眼，拳如疾風，雨點似的打在了後者身上。

但談寶兒卻一點也感覺不到疼痛，正自奇怪，水桶卻抱著兩個醋缽大的拳頭，殺豬似的叫了起來：「張浪，你個渾蛋！怎麼你又用石化符，老子還以爲你用的定神符呢！」

張浪笑道：「對付這種小角色，石化符就夠了。定神符老頭子只給了我三張，可不能亂用的。」說到這裏，他指指談寶兒，「對了，這究竟怎麼回事？」

水桶望望四周，低聲道：「這事回頭再說，這裏人多。你帶車來的吧？先幫我將這小子帶離開這裏！」

張浪點點頭，也不再多問，伸手朝談寶兒腰間一抄，將他扛了起來，和水桶一起，快步走到一輛五匹馬拉的四輪高篷馬車前。

馬車裏頗爲寬敞，一共有兩排座位，張浪將談寶兒像死豬一樣扔到後座，和水桶上了馬車。車夫打馬，馬車沿著車馬專用的通道疾馳起來。

兩人似乎很熟，上車後水桶也不隱瞞，將剛剛的醜事一一細說了，直將張浪笑得前仰後合：「范成大啊范成大，你好歹也是京中一號人物，竟然被一個鄉巴佬逗得團團轉，要不是老子及時趕到，你小子這臉可是丟大了。傳揚出去，你以後可還有臉在京城混？」

談寶兒聽到此處，這才知道這水桶名叫范成大，心想這姓倒沒有姓錯，不過你老子卻將名字取錯了，不如取個名叫「統」多好，范統，飯桶，這才貼切嘛！

卻聽范成大道：「丟臉倒是小事，但賭錢的事被我家老頭子知道了，我可是吃不了兜著走。張二，你小子這次一定要幫我！」

張浪笑道：「這還不簡單？老規矩，我給你張化屍符，等會兒咱們找個僻靜的地方，將他連肉帶骨頭化掉就是。」

談寶兒聞言嚇了一大跳，想要出聲驚呼，才發現自己雖然眼能看，耳能聞，卻偏偏全身絲毫不能動彈，一個聲音也發不出來。別人是叫天天不應，他現在是連叫天的機會都沒有。

正自驚恐，卻聽范成大道：「不可！這小子雖然可惡，但剛剛也算是救過我的性命，要他的命可不是好漢作爲。」

談寶兒聞言大大鬆了口氣，心說：飯桶兄，你真是最可愛的人。

張浪微一沉吟，道：「既然如此，那不如咱們把他送到老何那裏先關起來。反正他那裏吃飯不要錢，就關他個十年八載的也不要你掏腰包，老何的兄弟們手癢了，還能順便幫你出出氣！」

「好主意！」范成大鼓掌，「對了，我可得先將銀子拿回來，免得被人搜刮！」說時從座位上起身，走到談寶兒身邊，解下談寶兒的包袱，一把抓過，除從裏面取回自己的銀票，卻將談寶兒的金票也拿出，並順手分了一半給張浪。

談寶兒看得心痛不已，那一萬兩金子可是他生平第一筆鉅款，眼睜睜被人瓜分，這可比殺了他還難受。

范成大見他臉色，冷笑道：「看什麼看？你別不服氣，沒有錯，願賭服輸，這些金子銀子都是你的了，但你有本事出來的話，儘管來找本公子，我連本帶利還你就是！」說完這話，將包袱重新給談寶兒背上，轉過頭去。

張浪笑道：「你話講得漂亮，進了那個地方，你范大公子不開口，他哪裡還能出來？」

范成大聞言嘿嘿發笑，並不接口。談寶兒被他笑得全身發毛，心中暗驚，可惜身體動彈不得，只能徒呼奈何。

京城的街道很是寬敞，馬車奔馳起來速度甚快，范張兩人得了一筆橫財，都是異常興奮，聊天的話題便鎖定了賭錢和女人，卻絕口不再提老何。

馬車走了約莫小半個時辰終於停了下來，張浪和范成大走下車去。談寶兒正暗自驚疑，車外腳步聲響，談寶兒的視線裏便多了兩張面無表情的陌生男人的臉。兩人身上都穿著一種奇怪的制服，上車來各自架起他一條胳膊，將他從車廂裏拖了出來。

張浪和范成大站在車外，正和一名年紀約莫四十上下，身形和范成大相差無幾的中年男人說著什麼。三人的身後，是一間獨門的低矮的石頭房子，石房的四周是一片的空曠，卻不知是什麼境地。

見兩名制服男將談寶兒架了過來，范成大握著那中年男人的手，笑道：

「何大人，這次可又要麻煩你和弟兄們了！」

何大人笑道：「范公子客氣了，咱們是什麼關係？你的事還不就是我的事嗎？」回頭眼光落到談寶兒身上，微微怔了一怔：「咦，這人有些眼熟，好像在哪裡見過。」

范成大呆了一下，道：「何大人，你不是開玩笑吧？要是你的朋友，我只好認栽了！」

何大人想了想，搖手笑道：「不是！可能是在大街上瞟過一眼。你們兩個，將他押進去關起來！」最後一句話卻是對那兩個制服男說的。

兩個制服男互看一眼，都是臉有難色。

其中一個制服男道：「大人，前幾天昊天盟的人入宮行刺，被逮了一大批，這會天牢裏已經人滿為患，再沒有空房了！」

天牢？對了，當今刑部尚書叫何時了，可不就是老何何大人嗎？談寶兒又驚又怒，這些混賬，竟是要將自己關進刑部的天牢裏！但那范成大看來不過是個酒囊飯袋，張浪也像極了一個無賴兒，刑部尚書憑什麼買他們的面子？

卻見何時了皺眉道：「沒有空房了？你確定每間房都關了兩個人了嗎？」

那制服男想了想，道：「屠瘋子那間倒只有他一人，不過……」

「就那間了！」何時了揮手打斷制服男的話，「屠瘋子最近幾年都沒有怎麼發過瘋了，應該沒有什麼問題的！你們將人帶下去吧！」

「是！」兩名制服男答應一聲，架起已經是面如土色的談寶兒走進石房，身後隱隱傳來范成大的聲音：「何大人，那些刺客當真是昊天盟那些盟匪派來……」

一進石房，卻是一段向下的長長的石階，約莫有百多級，夾路燈火輝煌，每三級就有兩名帶刀的制服男。下到石階的最底層，卻是一條左右貫通的狹長石甬道，一眼望去，雖然燈火如晝，卻都是不見盡頭的幽深，沿途也是三步一崗。

甬道兩邊是一間間的石室，每間石室只有一扇鐵門。石室裏的人聽到甬道裏有人經過，紛紛用手不斷敲擊鐵門，更有人高聲叫道：「你們這些混賬，快將爺爺我放出去，不然等我們兄弟來救我們的時候，你們一個也別想活！」

這話立刻引來甬道裏站崗的制服男們的高聲喝罵，一時熱鬧非凡。

架著談寶兒的兩名制服男對此似乎已習以爲常，充耳不聞，只是架著談寶兒繼續前進。但走了一陣，先前與何時了說話的那制服男問同伴道：「震哥，你說這些人真是盟匪嗎？」

被喚作震哥的人道：「這還能有假？他們都親口招認的。你是不知道，我聽宮裏的兄弟說，那天晚上宮中是血流成河，小晴殿前橫屍達到千具之多，要不是國師及時趕到，多半就被刺客得手了。這樣的大手筆，這普天之下，除開黑道第一大派昊天盟，還能有誰？」

阿坤吃了一驚：「有這麼嚴重？難怪這些天城門口對進出人口盤查那麼嚴。可是震哥，我聽說楚接魚的本事和國師差不多，要行刺皇上爲什麼他自己不來，反而派了這麼多手下來送死？」

震哥搖頭道：「這問題何大人也不知道啊，不然，這幾天他也不會爲審問這些人而忙得焦頭爛額了。今天要不是看在范公子是范太師獨子的面子上，你以爲他會有空來管這閒事？對了臭小子，你究竟怎麼得罪了范公子？」最後一句話，卻是問談寶兒。

但談寶兒卻正在發愣，那飯桶竟然是當朝太師的兒子？不會是自己聽錯了吧？

震哥見他不答，怒道：「你個小子耍什麼大牌，到了這地方還敢不開口，莫非是欠揍？」

阿坤笑道：「震哥你忘了，這小子背上現在還被貼著張天師的符呢，三個時辰內是寒毛都動不了一下，能回答你才是怪事了！別管這倒楣的小子了，你給我再說說那晚行刺的事。」

張天師的符？談寶兒這次是徹底傻眼了，如果背上的符是張若虛畫的，按張浪的說法，那他豈不是國師張若虛的兒子？老子一下子竟然惹上了朝廷中權力最大的兩個人的兒子，這都是走了什麼楣運啊！

走了約莫一刻鐘的樣子，兩名制服男架著談寶兒來到甬道的盡頭。打開最裏邊那間石室的門，裏面異常昏暗，唯有在正對鐵門的方向有一扇碗大的窗戶，通過從窗戶進來淡淡的月光，可以看見一個黑影背對著鐵門坐在石室正中央，全神貫注地低頭看著地面，一動不動。

兩名制服男將談寶兒抬進門，朝地上一扔，阿坤伸手在談寶兒身上摸了一摸，但後者身上的鉅款早被有先見之明的范成大帶走，他只搜到了幾兩碎銀。

「吒！窮鬼！」阿坤朝談寶兒吐了一口唾沫，從地上摸出一副腳鐐手銬給他帶上，回頭對那黑影道：「屠瘋子，從今天開始你有伴了，記住別再鬧事，否則別怪老子不客氣！」說完話，兩人自顧自帶上門出去了，腳步聲慢慢消失在甬道裏。

石室裏恢復了安靜，甬道裏的喧鬧聲也顯得隱隱約約。談寶兒平躺在地面，視線只能看到天花板和一段牆壁，夜色裏，雖有從窗戶透進來的月光，但卻看不大清楚四周環境，只是鼻子裏滿是惡臭。

想起今後很有可能將在這樣的地方度過餘生，他又恨又怒，心中開始熱情地問候范成大和張浪兩個人的祖宗十八代女性親屬。

正罵得興起，耳邊卻傳來一陣鐵鏈叮噹聲和一種尖物劃過在石頭上的鈍響，聽聲音來處卻正是那屠瘋子。難道這瘋子在磨刀準備殺我嗎？但細細一聽，那聲響卻又不似磨刀，竟好似人的骨頭在石面摩擦的聲音，再一聽，卻又不像……

鈍響一直不絕，談寶兒便一直驚疑不定，只是他這些日子旅途困頓，今天又經此變故，聽了一陣，心神終於堅持不住，眼皮開始打架，不時竟然無心無肺地酣然入夢。

睡夢裏不斷踏圓。這一次，玉洞石壁上卻出現了一串古怪咒語，談寶兒試著念了念，卻沒有任何效果，也不知神筆在搞什麼鬼。

次日醒來，已是日上三竿。太陽光從碗窗透進來，將石室裏照得頗爲光亮，因此談寶兒睜開眼來，便將四周的環境看得較爲清楚許多。

只見天花板和四面牆壁上都長滿了青苔和衰草，水跡斑斑裏，隱約可見一些彎彎曲曲、古裏古怪的線條。這些線條或長或短，或方或圓，組成的圖形也是古怪異常，他看不明白這些線條，動動手指，發現自己能動了，便起身站起。然後他就看見了屠瘋子。這人依舊背對著他盤腿坐在地上，頭髮又亂又長，衣袍已經碎成了一條條的長布條。

屠瘋子目不轉睛地看著眼前地面，邊看邊用一塊尖石在地面上畫著什麼，原來昨夜響了一晚上的聲音，竟是這塊石頭所發出。

談寶兒好奇心起，慢慢走過去，卻見他面前地面上似圍棋棋盤一樣，縱橫刻著七八十條或新或舊的線條，形成一個個細小的正方形方格，每個方格裏有著一個更小的小方格，小方格裏卻還有一個更小的小小方格，如此重疊反覆，一眼看去，那一個個方格倒似一口方形的深井，難見深淺。

談寶兒看了一陣方格，已是有些頭暈，但那屠瘋子卻看得神情激動，不時用石塊在地面畫出一條新的線條，或者用手掌抹去一個舊的方格，嘴裏低聲嘀咕著什麼。

談寶兒初時還未在意，但很快發現石室的地面竟然是青玉石，而地上的刻痕更是深可盈寸的時候，暗暗咋舌：「這傢伙好恐怖的力氣！發起瘋來老子可是抵擋不住，最好還是別惹他。」一念至此，他識趣地走開了。

坐到原來的地上，卻發現地面有一張黃色的符紙，談寶兒撿起一看，只見上面用血紅的朱砂畫滿了古怪的符號，想來這該就是張浪說的那化石符了吧！

談寶兒仔細看了看符紙，心想：「黃紙普通尋常，朱砂也不是什麼高級貨色，一陣亂畫之後，竟然能將人變得僵硬如石，天師張若虛果然有幾把刷子！不過不管你多厲害，這個仇，老子一定要報就是！」

要報仇，自然要先離開這裏才是。他四處看了一遍，卻悲哀地發現整間石室全是由大塊大塊的青玉石組成，除開石室上那個碗口大的窗戶外，就只有鐵門上有一個只能從外面打開的小洞，除非自己能變成蒼蠅，不然是無法脫身了。

算算日子，今天已經是三月三十了，過了今天，楚天雄就要將女兒扔進談家了。自己費力趕到京城，終究還是沒有辦法完成老大的託付。此外，若兒還在城外等我，要是太久看不到我，做了尼姑可怎麼辦是好？想到這裏，他大是沮喪。

呆坐一陣，忽聽「咕咚！」一個怪聲響起，談寶兒嚇得跳了起來，隨即卻發現聲響竟然是從肚子出來的。

他啞然失笑，小聲念動咒語打開酒囊飯袋，卻發現昨天中午才買的五十多斤牛肉已經不翼而飛，進入他手心的依然只有雪白的龜肚被撐得圓滾滾的小三。好在這傢伙只吃葷，沒有將落日弓和乾坤寶盒給吞了，不然談寶兒真是欲哭無淚。

看來只能等獄卒送飯來了。

但左等右等，獄卒卻始終沒有來。談寶兒猛地拍打鐵門，放聲叫道：「你們這些渾蛋，快給爺爺送飯來！」

任他如何嘶叫，外面的人卻都是充耳不聞，正自鬱悶，忽聽一個低沉嘶啞的聲音道：「牆上有青苔，餓了就去牆壁上抓些下來吃，別鬼叫鬼叫的，不然老子捏碎你的卵蛋！」

第八章　陰差陽錯

石室裏只有兩個人，說話的自然是那屠瘋子。

青……青苔？談寶兒張大了嘴，心說連青苔都吃，看來老傢伙果然瘋得厲害，但人家主動示好，可不能丟了禮數，忙陪笑道：「多謝指點，不過我不吃素的，有空再說啊！」

「這裏一天只送一次飯，今天的已經送過了，不吃就等死！少那麼多廢話！」屠瘋子冷哼，之後再無下文，再次全神貫注地在地上刻畫，嘴裏喃喃道：「不行，不行，時間不多了，老子一定要解出這個秘密……」

秘密？這些方塊能有什麼秘密了？談寶兒好奇心起，也忘記了饑餓，再次定睛去看，只覺得腦中一片亂七八糟，全然不得要領，心道：「老瘋子發瘋，我隨他瘋做什麼？」

正想著，卻忽然有了尿意，四處看了一下，卻沒有馬桶，回頭想問那屠瘋子，後者這會兒卻是運指如飛，在地上亂刻亂畫，嘴裏發出一些古怪至極的聲音，已是如癲似狂。

談寶兒又是饑餓，又是尿漲，一時難受到了極點，當即走到一個角落，就地撒開了野。

空氣裏的氣味本已不好聞，他深怕自己的行爲被屠瘋子發現，撒尿的時候便不在一塊地方停留太久，而是就地畫大圓。

但這泡尿憋了太久，一個大圓畫完，江水依舊滔滔不絕，談寶兒於是邊撒邊走，希望借此分散水量。

撒到牆角的時候，終於搞定。談寶兒爽快地呼了一口氣，低頭看去，卻見除開那個大圓之外，地上形成了一條彎彎曲曲的長線，看起來頗爲壯觀，頓時得意笑道：

「老子尿尿都能尿出一條巨龍吐珠來，果然是英雄蓋世！哈哈哈！」

「吵什麼吵？」屠瘋子冷哼，驀然轉過頭來，一雙布滿血絲的紅眼怒視著談寶兒，直瞪得後者全身一哆嗦，隨後他的眼光卻停在那「巨龍」身上，身體不自覺地站了起來，一步一步朝談寶兒走了過來。

談寶兒頓時嚇得激靈靈一個冷戰，忙大聲叫道：

「前輩，哦不，高人、大俠、英雄，小弟再也不敢了！」

屠瘋子只如未聞，快步走到他面前，猛然蹲了下去。談寶兒大驚失色，不自覺地向後退了一步。

但屠瘋子卻沒有看他，眼光盯在了地上的「巨龍」身上，眼睛一眨不眨，隨即激動起來，大聲道：「我明白了！我明白了！對了，對了，陰極陽生，陽極陰生，原來要破解這九九窮方大陣，就是要大直歸曲，大方歸圓！」

說時他猛地跳了起來，飛快回到原地，運指如飛，在地上再次刻了起來。

談寶兒被老傢伙搞得莫名其妙，移步過去，卻見他在方塊裏刻下了一個個重重疊疊的圓圈，圓圈上有四個點正好和方塊的四條邊接觸（相切）。這一連串的圓圈重疊，越向裏面，圓是越來越小，幾乎不可察覺。在一個方格裏連畫了八個圓之後，屠瘋子伸手在最後一個方框裏點下一個圓點。

這一指點下時，地下圖形上一陣光芒激閃，再看時候，圖形已經發生了巨變。那些圓圈本來是在方框裏的，比每一個方框都小，但現在那些圓圈卻反而將方塊包圍，整個方形的棋盤也變成了一個巨大的圓形。

談寶兒看得目眩神移，眼見方中之圓變成了圓中之方，心中靈感閃現，忽然明白這定是一種類似於太極禁神大陣的奇妙陣法。

他正發呆，那屠瘋子卻忽然一撥額前頭髮，露出白眉白鬚的一張老臉，雙膝著地，肅穆道：

「前輩原來是世外高人，隨意指點，就將晚輩三十多年的疑惑解開了！剛剛屠龍子多有得罪，還望前輩莫要見怪！不知前輩是哪一派的高人？晚輩來世做牛做馬，一定要報答前輩！」

啊！談寶兒大吃一驚，他怎麼也料不到自己一泡尿竟幫了他大忙，還將自己澆成了一個世外高人，但見屠龍子眼神熾烈，誠意拳拳，顯非作偽，便將弓箭收回，淡淡笑道：

「我是毛驢派的掌門談容，不認識你，也不認識你師父，到這裏純屬偶然，見你這孩子誠實可靠，很有個性，就順便幫了你那麼一下，所以這個報答什麼的，也就不必提了。」

「是是是，談前輩施恩不望報，高風亮節，晚輩若再提報答什麼的，就太俗了！」屠龍子忙不迭點頭。他並沒有聽過什麼毛驢派，想起但凡真正的高人高士，大多隱居山野，所傳的門派名字固然一定是異常冷僻，人丁也是稀少，不顯於世也是常理。

談寶兒見這傢伙當了真，暗自鬆了口氣：「這樣才好！你這孩子我很是喜歡啊。你先起來吧，對了，你是哪一派的啊？」

屠龍子起身道：「晚輩叫屠龍子，是蓬萊山天音上人門下首席大弟子！」

談寶兒心道：「天音上人？不認識！」口中卻道：「哦！認識認識！當年我還和他下過棋的，那小子還輸給我百多萬銀子，肯定他也沒有和你提過。不過，本高人絕跡江湖已經有百多年，一直在苦練返老還童之術，最近才重出江湖，對江湖上這些後生晚輩的事可真是知道得少了，還真不認識你……對了，前陣子聽人說你們蓬萊有個叫羅素心的，和你是什麼關係？」

「那是晚輩師妹！」屠龍子嘆了口氣，「說起來，晚輩也是三十年沒見過她了。三十年前我和張若虛打賭破他這九九窮方陣，覺得外面環境浮躁，便想法子混進這天牢中來，一面裝瘋賣傻，一面卻苦心鑽研陣法，如今陣法雖然破了，但這三十多年，晚輩已經精力耗盡，將不久於人世了。」

談寶兒呆住。這老傢伙真是個瘋子，哪裡有人自願被囚天牢三十年的！

卻見屠龍子雙膝著地，又道：「談前輩，晚輩有一不情之請，希望前輩成全！」

談寶兒立時道：「既然是不情之請，那也不用說了！」

見屠龍子一臉失望，怕他忽然翻臉發飆，忙笑道：「開個玩笑，別介意！你有什麼事儘管說，只要我能做到的，儘量幫你就是。」

屠龍子大喜，道：「謝前輩成全！事情是這樣的，三十年前我和張若虛打賭時，曾經各以一件寶物爲注，埋在京城東方五里的亂雲山大方崖下，上面封有九九窮方大陣。如今我雖然終於想出破法，但命不久矣！希望前輩能去一趟大方崖，破陣取物，一來可以替家師還了欠前輩的百萬銀子，二來也可叫張若虛知道我屠龍子的厲害！」

什麼寶物，竟然值得百萬之巨？談寶兒大喜，但隨即卻滿是沮喪，因爲他根本不會破那什麼窮方陣。

卻聽屠龍子又道：「除此之外，晚輩還有另外一個不情之請。家師臨終前，曾經將幾種蓬萊世代相傳的奇陣相授於晚輩，晚輩性命不久，不能趕回蓬萊，卻不想這些陣法就此失傳，所以希望能交於前輩，希望前輩來日見到我師妹，能代爲傳授。」

談寶兒一聽之下，顧不得屠龍子滿臉污穢一身惡臭，心裏已經對這識趣的老傢伙以「妙人」呼之，臉上卻一副爲難神情：

「這個也不是不可以。只不過，天下陣法雖然是殊途同歸，但修行之法卻大大不一樣，我對陣法的認識和你大有不同……這樣吧，要不你由淺入深地給我講講你們蓬萊的陣法，然後再告訴我那幾種奇陣？」

「好啊，前輩肯聽，那是晚輩的福氣！」屠龍子果然很上路，「其實，這陣法一道的基礎原理各派都是一樣，這就是小到世間的一粒沙和一滴水，大至天上的日月星辰，萬事萬物之間都存在某種必然的力量聯繫，但是雜亂而無序。陣法的作用，就是將這些力量聯繫，抽絲剝繭地理個清楚，並爲己所用。我蓬萊一派的陣法繼承自上古諸神，其基礎陣法共有五種……」

屠龍子三十年前就已經是蓬萊派的一流高手，於陣法上有獨到造詣，只是一生沒有收徒，因爲和張若虛打賭，這三十年來自困天牢，利用畢生所學，苦苦鑽研琢磨破解九九窮方陣的方法，一說到陣法自是滔滔不絕，再也停不下來。

談寶兒自幼胸懷大志，對於能成為大英雄的機會自然不會放過，這會兒聽見四大天人之一羅素心的師兄親自給自己講蓬萊的陣法，自然是用心傾聽，遇到不懂之處，就裝模作樣地詢問。

屠龍子困擾心中多年的陣法破解掉，興奮之餘，神智已處於半癡半迷的狀態，聽見談寶兒問他陣法之道，只覺喜不自勝，全不記得為何這位前輩竟然淨問些白癡問題，只是滔滔不絕地將蓬萊陣法從原理到應用，由淺入深地一一講解了出來。

聽得多了，談寶兒這才明白，其實陣法和自己所想的完全是兩回事。陣法本身的威力也不必說了，就是實現陣法的方法也有很多種，在兩軍交鋒的時候可以用人組陣，兩人交手的時候，可以用真氣組陣，事實上，在屠龍子看來，天地間的一切物體，包括天地本身，都可以成為陣法的組成元素。除此之外，還可以將陣法放置在兵器裏，使得兵器的威力大增，常見的神兵利器，除開鑄造元素本身的神奇外，裏面多半都布有陣法。

一老一少，就這樣一個說一個聽。談寶兒天資聰穎，於陣法之道上更是極有天分，竟是觸一通十，許多粗淺的陣法聽了一遍，隨手就能用真氣布置出來。屠龍子以為遇到知音，喜不自禁，不厭其煩地將蓬萊陣法的精妙處一一解釋出來。

兩人沉醉其中，全忘記了日月交替。

天牢裏果然是一日只送一次飯，味道自然不敢恭維，談寶兒吃了一口就吐，屠龍子殷勤地摘下牆壁上的青苔讓他試試，一試之下，居然入口甘甜美味，水汁豐富，很是詫異，一問才知道這種青苔叫做仙舌苔，是屠龍子入牢時所植，乃是世上不可多得的珍品，滋陰補陽。有了美食，日子自然更加完美。

唯一惱人的是，此時已是夏初，天牢中水氣甚重，蚊蟲早生，便有一群不知從哪裡冒出來的蚊子在石室裏四處亂竄。兩大高手自然不願意和一些小小的蚊子計較，各自礙於身分，都不願意出手對付。

談寶兒被蚊蟲叮咬，也只能裝出一副自己神功蓋世，而蚊子的嘴根本無法穿透護身罡氣的樣子，依舊談笑風生，暗自卻是苦不堪言。

卻有一日，屠龍子講到蓬萊五大基礎陣法之一的聚水之陣，談寶兒正聽得高興，忽然感覺出酒囊飯袋裏小三焦躁地亂竄，忙將牠拿出來，卻發現後者原本鼓鼓的肚子已經乾癟平整。

談寶兒這才想起牠已是幾日沒有吃東西，忙餵青苔給牠，但後者卻視如未見，忽地跳起來追逐空氣中的蚊子。

蚊子飛行迅速，但只要被牠中的，竟然沒有一隻能夠逃脫被吞噬的悲慘命運。

屠龍子見這小烏龜只有三足，已是嘖嘖稱奇，眼見牠竟然還能除蚊，讚嘆道：「前輩，您這烏龜真是太神奇了，竟然連蚊子都能捕捉，果然是高人的寵物，很有品味！」

談寶兒也是一喜，以前只見這傢伙貪吃，現在終於發現牠還有滅蚊之效，面子大增，嘴裏卻輕描淡寫道：

「哦，這傢伙別的本事沒有，唯一拿得出手的也就是貪吃了。你別看牠體積小，什麼東海神龍、西域火獅、南疆天蠶，還有那個叫什麼北池大鵬啊這些低等級寵物，每年少不得也要吃個十來八隻的，搞得我一年到頭的只能全神州到處亂逛給牠找食物，連幫朝廷抗魔的時間都沒有，不然，那些魔崽子早被我踢回老家去了！」

「這麼猛！東海神龍，西域火獅，南疆天蠶，牠也能捕捉？」屠龍子倒吸一口涼氣，「這天下四大神物，西域火獅、南疆天蠶和北池大鵬我是沒有見過，但東海神龍嘛，晚輩不才，年輕時候花了五年時間，逞血氣之勇也屠過一條，雖然贏得了屠龍子這個諢號，卻也搞得我遍體鱗傷，貴寵每年都要吃這些神物十條八條的，這……這可真是神物中的神物啊！」

「這還是小意思了！」談寶兒輕描淡寫道：「你不知道兩百年前，這廝還趁我不備，偷偷游過北海，跑到魔人大陸，偷了隻九頭獸回來給我做燒烤，嗯，味道確實是不錯的！」

「九頭獸！傳說中供於魔神廟的天魔的坐騎？這……這這，牠也捉……捉回來了？」屠龍子嘴張大得可以放進去三個鵝蛋。

「算了！這些年牠已經變乖多了，這些都是陳年舊事，也不必再提了。讓牠自己抓蚊子玩，你繼續說陣法吧。」

「是！」屠龍子對談寶兒越發恭恭敬敬，繼續說出蓬萊陣法，向談前輩請教。

牢中無甲子，光陰荏苒，眨眼之間，窗口已是日月交替了六次之多。

這六日之中，范成大和張浪並未前來探監，只怕是已將談寶兒這無關痛癢的土包子給徹底忘記。

每有閒暇，談寶兒想起那萬兩黃金，就直恨得牙癢癢，暗自發誓，出去後定要將那兩個渾蛋碎屍萬段。好在有屠龍子這個超級高手在，要出去不過隨時的事，倒也不急在一時，眼前還是學陣法要緊。

天牢之中關的本來都是一些臨近絕望的死囚，每日裏聲嘶力竭亂罵的自是大有人在，其中那些昊天盟刺客卻是一個比一個囂張，每日都在放聲大罵。

談寶兒聽得多了，不禁大是佩服，天牢中伙食如此之差，並且一天一頓，這些人更是不時要接受各種酷刑拷打審訊，居然還有如此力氣罵人，果然不愧是江湖兒女，豪氣逼人啊！

與這些人形成鮮明對比的是屠龍子。老瘋子雖然熱情高漲，但身體卻是一日比一日的虛弱，有時親手示範陣法時，也顯得有些力不從心，三十年破陣，已經耗盡了他的生命，這幾日不過是迴光返照而已。

到了第七日的晚上，屠龍子終於講到了那幾種即將失傳的奇陣。

這幾種奇陣，分別是嫁衣之陣、天雷之陣、萬星照月大陣和呼風喚雨之陣。這幾種陣法無一不是涵蓋天地，包舉萬物，牽一髮而動全局的大陣，談寶兒雖然聰明，但畢竟基礎太差，只聽得一個頭兩邊大，理解極少，只能硬記口訣，以圖將來慢慢領悟。

屠龍子最後講的一個奇陣是呼風喚雨大陣，他將口訣和陣圖說了一遍，解釋道：「前輩你看，此陣布置倒不難，難的不過是聚集人氣。人氣越旺，求雨越是方便。」

談寶兒仔細想了一遍，竟然並無不明之處，點頭道：

「果然簡單！不過我之前還不知道，原來陣法也有呼風喚雨之能啊！如果是這樣，張若虛那小子求雨，爲何要搞那麼多花樣？」

「張若虛最近又要求雨嗎？」屠龍子冷冷一笑，隨即傲然道：「前輩有所不知，張若虛雖然精通陣法，卻並不懂這呼風喚雨之陣，他要求雨，只能用符咒設壇，用奇獸靈鳥的血祭天，引動九霄天雷，這才能求下雨來。這種法子，比之本派陣法，一來求下的雨少很多，二來，只要程序稍有差池，便功虧一簣。前輩英明，自然知道哪一種方法更加厲害吧？」

談寶兒笑道：「自然是你的厲害！不過我有一事不明，聽後輩們說，張若虛是天師教的傳人，該擅長符咒一類才對，怎麼會陣法的？」

屠龍子嘆了口氣，道：「張若虛此人，實是一位不世奇才，他雖然精通符咒，但有閒暇時卻也學習陣法，於陣法一道的造詣竟是和我不相上下。這九九窮方大陣便是他集前人術之大成所創，是天下罕見的奇陣！前輩請看，此陣共有九道大的橫線，代表了九陽，九道大的豎線，代表九陰，九陰九陽相剋卻也相生，彼此作用，生成八十一條小線，這每一個格子裏的陰陽之數便各自不同，如此反覆，可說是窮盡了萬物……此陣雖然造化陰陽，但終究爲前輩所破，可說是冥冥之中自有天意……哎喲！」卻是他說著話忽然發出了一聲慘叫。

談寶兒見他臉色忽然變得慘白如紙，伸手捂著肚子，豆大的汗珠從鬢角滴落下來，頓時嚇了一跳，伸手去摸他額頭：「我說晚輩啊，你沒有什麼……」

話音未落，屠龍子忽然一指點在了他胸前，一股勁力透徹全身，剎時再也動彈不得。

「前輩，得罪了！你替晚輩解開了這三十多年未破的難題，晚輩若不報答您的恩情，便是做鬼也不得安寧！但晚輩又知前輩高風亮節，絕對不願意接受晚輩的報答，所以才出此下策，請前輩見諒！」屠龍子臉色慘白地說道。

談寶兒大驚失色：「我說屠晚輩，你行行好，就別用這個報答我好不好？」

「前輩您和我還客氣什麼啊？這是晚輩該做的！」屠龍子不以爲意，「一會兒做事的時候可能會有些痛苦，爲了不讓前輩叫出聲來，這就委屈前輩一下了！」說時，揮手在談寶兒脖子邊一點。

痛了連叫都不讓老子叫？屠龍子你這個渾蛋，你恩將仇報，你還是人嗎？談寶兒張了張嘴，忽然發現自己已經發不出一個音節，一時欲哭無淚。

屠龍子將談寶兒盤膝按在地上，在談寶兒身後坐好，歉聲道：

「前輩乃是當世高人，功力定然是超凡，但晚輩行將就木，無以爲報，只能將本身區區百年功力以嫁衣之陣傳給前輩！」

百年功力？談寶兒由驚轉喜，心裏頓時樂開了花。他聽老胡說書時，常聽見那些江湖奇俠多有跳下懸崖，得到什麼千年朱果、萬年靈芝類的靈藥，或者得到世外高人輸以百年千年的畢生功力，眨眼之間便成爲當世高手，萬萬料不到自己時來運轉，竟然也有今天，不知是老大在天之靈保佑，還是老子好人有好報？

卻見屠龍子重重咳嗽一聲，十指舞動，石室裏頓時升起陣陣狂風，同一時間，談寶兒只見自己身體的四周亮起了一盞盞似虛還實的紫色的燈火，隱隱組成一個太極八卦之形。

待八卦陣形由虛變實之後，屠龍子肅然道：「前輩，我數三聲，就將功力化為氤氳紫氣，借助嫁衣之陣射入您頭頂百會穴，你以意念將它引導歸至丹田吧！斗轉星移，乾坤顛倒，嫁衣有術！一、二、三，我來了！」說時右手手掌一揮，全身的功力化作一道淡淡的紫光從掌心飛出，直朝談寶兒頭頂飛去。

談寶兒依言做好準備，就要導氣入丹田，卻在此時，眼前陡然閃過一道黑色的流光，然後便聽見屠龍子一聲驚叫，之後再無聲息。

談寶兒吃了一驚，等了良久，卻不見動靜，有心開口詢問，卻依然說不出一句話，而身體更是絲毫動彈不得，完全無法掉頭去看究竟發生了什麼事。

正自莫名其妙，頭頂卻似乎有什麼東西在爬。

「啊！」談寶兒大吃一驚，又驚又恐。

下一刻，那東西順著耳朵爬了下來，掉到肩膀上，隨即沿著談寶兒的肩膀滑了下來，不偏不倚地落在他雙腿之間，發出一聲脆響。

卻是小三！

不過奇怪的是，小三身體的顏色由黑色變成了紫色，烏龜頭上更閃動著淡淡的紫光，嘴、裏依稀還可以看見一隻蚊子的腳。

愣愣地瞪著小三約莫一分鐘，談寶兒終於發出一聲慘絕人寰的大叫：

「你個混賬王八蛋，還我的百年功力！」

原來是在剛剛屠龍子傳輸功力的刹那，小三正巧在談寶兒的頭頂發現一隻蚊子，飛身躍起去捉，無巧不巧地正好撞到了那道凝聚了屠龍子百年功力的紫光。於是，陰差陽錯下，一隻身具百年功力的超級神龜誕生了，而可憐的某人成爲絕代高手的夢想，在一瞬間變成了一場春夢！

叫聲出口，談寶兒才發現自己已經能動了，忙舉起拳頭惡狠狠地朝小三砸去。小三似乎也知道自己做錯了事，兩隻小眼珠子滴溜溜亂轉，一副楚楚可憐外帶無辜加三級的樣子。

談寶兒舉起的手不禁一頓，恨聲道：「死王八蛋，別以爲你拿這種眼神看老子，我就會放過你！你知道不知道，江湖中每天有多少人跳懸崖，有多少人在深山野林地尋找世外高人，能獲得百年功力成爲高手的又有幾個？機率不到萬分之一！你個忘恩負義的渾蛋，枉我天天好酒好肉地餵你，甚至躺我老婆懷裏睡覺這樣的美差都給了你，你你……嗚嗚，你說你對得起我嗎你？」他越說越氣，到最後竟是放聲哭了起來。

小三眼珠咕嚕嚕亂轉，頭搖得波浪鼓似的，似乎在說「對不起」。

談寶兒見牠認錯，恨意稍減，但內心卻依舊難平，抹了一把眼淚，繼續罵道：

「你知錯有個屁用啊，除非你將功力還給老子……對啊，可以讓這小三將功力還給我的嘛！哈哈！對了，剛剛屠龍子說這傳功的法術叫什麼來著？嫁衣之陣，沒錯，就是這玩意了！來來來，小三，按照老子說的做，氣沉丹田，走任督二脈……你瞪著我做什麼？不知道丹田在哪裡啊？你個笨王八，連這個都不知道……不過好像老子也不知道耶！喂！誰能告訴我烏龜的丹田在哪裡？」

他叫了半天，房間裏都是回音，但並沒有冒出一個人來告訴他烏龜的丹田在哪裡，小三和他小眼瞪大眼半晌，又去捉蚊子了。

談寶兒沮喪地坐到地上，回頭去看屠龍子，早已是氣絕多時，他本來還指望讓這晚輩帶自己出天牢，這下自然出牢無望了。

屠龍子既死，談寶兒怕他屍體發臭，當即在他遺體四周布下一個聚火之陣，默念咒語，真氣透出，頓時引來潛藏於大地之中的熊熊地火，將其身體焚化成灰。

這場火足足燒了半個時辰，但天牢中的制服男對此漠然不顧，竟無一人開門進來。

煙火散去，骨灰堆裏卻有一方雪白絲巾，竟然紋絲未損。談寶兒大吃一驚，拾起來一看，只見上面繡著一對戲水鴛鴦，左上角卻有一行紅色的小楷字：

風月不改，斯人已故，往事前塵，此後只同陌路。

字似乎是用毛筆寫上去，卻至今猶新，嫣紅如血，談寶兒字字看得明白，雖然搞不明白其中意思，卻隱隱有種斷腸之感。見這絲巾不懼火燒，他知是寶貝，當仁不讓地收了起來。

談寶兒見聚火之陣有效，當即心中一動，便用火去燒石壁，希望能燒開石壁出去，但這青玉石果然不愧是神州三大奇石之一，竟然完全對法術免疫。無奈之下，他只好將屠龍子骨灰收起，暫時先在牢中住了下來。

好在石壁之上滿是仙舌苔，他每日一面思索脫身之法，一面研習蓬萊陣法，日子倒也容易打發。

研究陣法之餘，他也拿出落日弓和羿神筆研究，雖然並沒有什麼新的進展，每日依舊只是夢裏踏圓，一氣化千雷和凌波之術卻因此長足地進步，同時體內大地之氣日漸強盛，甚至有一次，他運氣時候輕輕開合手臂，無意中竟將精鋼所造的手銬給掙斷，大喜之下運氣去掉腳鐐。

雖然送飯的人每次都是通過鐵門上一個可以開合、如碗大小的窗口送飯，他並沒有機會逃出去，但卻也因此行動便利不少。

偶有時候，他想起外面楚天雄或者已將女兒強嫁到了談家，心中覺得對不起談容。又有時想起若兒和張三、談松等人，卻發現身邊只有小三陪伴，一人一龜，形影相弔，大生傷感，便更加努力參悟陣法法術，排遣鬱悶。

日子便這樣平淡如水，日復一日，但那命運中注定的一世崢嶸，卻是避無可避。

這一日晚上，談寶兒正在演練四種奇陣中他唯一有領悟的呼風喚雨大陣，正將石室裏弄得風聲呼嘯，忽聽門外傳來陣陣喧鬧之聲。

天牢中關了很多昊天盟的精力過剩人士，喧鬧本是常事，他初時還不以爲意，但慢慢發現這次喧鬧呼喝聲卻遠比往日來得激烈，其中更夾有慘叫聲和金鐵交鳴之聲。

聲響越來越大，談寶兒隱隱約約聽到有人叫道：「各位牢中兄弟聽著，我們是昊天盟的人，前來搭救自己人，有願意逃命的，請跟我們一起出去！」

神州最大黑社會的人攻到天牢裏來了？談寶兒吃了一驚，忙將大陣撤去，便聽門外腳步聲急，緊隨其後便是「鏘」的一聲金鐵交鳴，然後是「匡噹」一聲，隨即鐵門被踹開，一名持劍的美麗少女闖了進來。

這少女年約二八，頭紮黃巾，上身是黃色短衫，下身卻穿著一條綠色短裙，「裏面可有昊天盟的兄弟？明月堂吳月娘奉命前來搭救！」

那少女進門後邊說話四處張望，等看到談寶兒，卻是大大地吃了一驚，「少盟主，你怎麼會在這裏的？」

談寶兒聽到是昊天盟的人，正想說話，聽她叫自己少盟主，頓時一頭霧水：「少盟主？姑娘你是在叫我嗎？」

「對啊！少盟主，你聲音怎麼有些嘶啞，你沒事吧？怎麼不認得月娘了？」少女幾步走了進來，一把抓住了談寶兒的手。

兩人肌膚相觸，談寶兒只覺有如觸電。

卻聽少女又道：「我聽他們說，這次主持刺殺的是龍護法，你被盟主派往了西域大荒山尋找畢方神鳥，根本沒有參加這次行刺那狗皇帝啊……去死！狗奴才！」

正是她說話的時候，一名制服男衝了進來，被她一腳給踹了出去。

「哎呀，別光說話，少盟主，咱們先離開這裏要緊！」說著話，她不由分說，拉著談寶兒殺出門去，後者一頭霧水，不及辯解，已被她拉出了石室。

狹窄的甬道裏擠滿了人。其中有一大幫人頭紮黃巾，手持兵刃正和那些制服男打得難解難分，想來都是昊天盟的人。此外，石室的門都已被打開，裏面的囚徒也跑了出來，所有人的手足鐐銬都已被打開，有的幫忙打那些制服男，有的卻發瘋似的亂跑，局面亂得不能再亂。

月娘見此皺眉道：「人太多了！少盟主，咱們從他們頭頂飛出去吧！」說時也不管談寶兒是否同意，抓起他的手騰空飛了起來。

她雙足在身下人頭兵刃上一陣亂點，帶著談寶兒，兩人如一陣疾風似的捲出了甬道，到了三岔口石梯處。

兩人剛剛從空中落下，正要上樓梯，卻見樓梯口蹲著一大堆手持弓箭的制服男，當中一名錦袍官員，正是刑部尚書何時了。

眼見兩人攜手落下，何時了喝道：「放箭！」

「我看你們哪個敢？」月娘豪爽一笑，手中長劍一顫，談寶兒只覺眼前一花，那少女一把長劍竟化成了十把之多，手腕再一抖，長劍竟然分出百把之多，彙聚成一片月白的光華，朝那群弓箭手疾射出去。

「啊！」一片慘叫聲中，月白色光華落入弓箭手群，頓時引來一片慘叫之聲。光華過處，血光飛濺，幾十名弓箭手的身體瞬間被切成了兩半。

「媽呀！」其餘的弓箭手嚇得魂飛魄散，掉頭就跑。

何時了看看四周眨眼之間已不剩一個士兵，臉露尷尬之色，乾笑道：「哈，開個玩笑，哈哈，那個，兩位慢走，下官就不遠送了！」說時猛然轉身，似一陣輕煙似的溜出門。

談寶兒看他身肥如豬，不想竟然跑得比豹子還要敏捷，正自嘆為觀止，只聽月娘高聲道：「諸位兄弟，弓箭手已全被我解決了，人也已全部救出，大家走吧！」

「好！」人群裏響起一片呼應之聲，那些沒有穿制服的人，邊殺邊向門口靠近，而制服男們眼見這些人一個個兇悍異常，又聽見月娘說弓箭手全死光了，一個個都是暗自放水，任這幫人和牢中死囚一起闖了出去。

出得門來，談寶兒只覺眼前一亮，抬眼望去，只見月華似水，星斗滿天。長夜的風，帶著清新的空氣，吹得他心曠神怡。

被困近二十天之後，談寶兒心頭湧起一種自由萬歲的良好感覺。哼哼，范成大，張浪，老子不管你們是誰的兒子，得罪了老子，你們就等著我給你們好看吧！

上次來得匆忙，又加上沒有月光，談寶兒並沒有弄清楚這個天牢入口的位置。今夜卻是月明星亮，而經歷牢中二十天的修煉之後，他功力大有長進，抬眼望去，將周遭環境看了個清楚。

只見石屋的四周長滿了青草，其中三面都是空空蕩蕩，眼到盡頭就只見夜色如墨，唯有東面可以隱隱看見一點一點的燈火閃爍。

這個時候，天牢裏昊天盟的人和死囚都已經次第闖了出來。這些人散布在石屋四周，密密麻麻的。

紮著黃頭巾昊天盟的眾人一個個興奮異常，和脫難而出的兄弟們談笑甚歡，而那些和談寶兒一樣搭上順風車的死囚陡得自由，一個個又哭又笑，狀如瘋癲。

談寶兒正對一切看得莫名其妙，忽有一名長髮如雪的老者排開人群，朝他和月娘走了過來。月娘立時叫道：「龍護法，少盟主在這裏，快些過來參見！」

「少盟主？」那老者吃了一驚，隨即眼光落到談寶兒身上，頓時叫了起來，「哎呀！真的是少盟主！屬下參見少盟主！」說時屈膝跪了下去。

其餘昊天盟的人聽到他的叫聲，嚇了一跳，待看清談寶兒的臉之後，都是爭先恐後地跑了過來，紛紛下跪。其餘的死囚們聽說眼前這人竟是昊天盟少盟主，自是自己的救命恩人，也是學著眾人的樣子，密密麻麻地跪了一地。

談寶兒被搞得莫名其妙，心想：一個人搞錯還情有可原，但所有昊天盟的人都搞錯，那只能說明老大和他們的少盟主長得真的是很像了，這事情看來是解釋不清楚了，回頭好好問問，現在只能先對付過去再說，當即啞著嗓子道：

「大夥不必拘禮，這都起來吧！」

眾人道謝，依言紛紛站了起來。

龍護法上前道：「少盟主，您不是去了西域嗎？怎麼也會在這裏的？」

「這個嘛……哎喲，那是什麼？」談寶兒正想解釋，卻忽然發現前方的土地陡然裂開，一團團的金色光影從裏面冒了出來。

「裂土之陣！」龍護法臉色大變，「糟糕！咱們中了朝廷的埋伏！」

隨著他話音落下，左右的土地也裂出了一條條巨大的縫隙，無數條白色光影從裏面射了出來。白色的光影射出地面之後，在一瞬間變成了一個個金盔金甲的士兵。

除開三國藩王之外，大夏軍隊服飾都是統一的白盔白甲，唯有守衛皇城的十萬禁軍是金盔金甲，以彰顯其尊貴。眼前這些人赫然正是禁軍了！

果然是裂土之陣！談寶兒看看地面，吸了一口涼氣。

蓬萊共有五種基礎陣法，按五行分類，依次是分金、擾木、封水、聚火和裂土。裂土之陣顧名思義就是通過裂開土地來殺敵。但事實上，這種陣法最神奇的是，裂土之後能將活人埋進去，然後再將土地復原。地底的人憑藉陣法本身的聚氣功效，在地底和在地面一樣呼吸，只要到了時間或者是布陣者再次施法，這些人就可以從地底冒出來。所以這種陣法更多的是在兩軍交鋒的時候用來設置埋伏。

這人能將如此多的士兵埋伏在此，功力定是超凡了，難道是羅素心出的手？

金光變成士兵，圍住眾人三面，一眼望去，密密麻麻，不見盡頭，並且金光還在不斷增加，似一條條巨大的金龍亂舞。

死囚們見此驚慌失措，一些人開始四散奔逃，有的人甚至反逃回天牢中去。昊天盟的人雖然沒有亂，但也都是神情緊張，紛紛將眼光望向了龍護法和談寶兒。

龍護法擋在了談寶兒面前，對月娘道：「三面都有敵人，月娘，你保護少盟主和兄弟們從東面走，這裏由我先頂著！」

他話音方落，對面的金龍忽然變成了金色的狂潮，士兵們發出驚天動地的咆哮，席捲過來，而在他們之前的，卻是漫天的箭雨。

最神奇的是，這些箭竟也是金色的——也不知朝廷為此花了多少錢來買金色的油漆！

眼見箭雨便要射到兩人面前，龍護法大喝一聲，雙掌拍出，地面捲起一陣狂風，箭雨頓時被刮得反射回去，三面衝上來的軍隊受到箭雨所阻，一時便也難以接近昊天盟眾人。

「龍護法，你好猛啊，不愧是本盟第一猛將啊，佩服佩服！」談寶兒嘴裏大聲讚嘆，腳下卻毫不客氣地抹上了油，展開凌波術朝沒有軍隊的東面躥了出去。

月娘展開輕功追隨，卻發現談寶兒身法看似緩慢，實是快到了極處，每當自己以為追上他的時候，才發現那竟然全是虛影，不禁大吃一驚，心道怎麼一個多月不見，少盟主的功力竟然高到了如此地步。

眼見龍護法一人頂住了大批軍隊，其餘昊天盟眾人紛紛不負責任地大叫道：「護法大人，您頂住了，我們永遠是您的堅強後盾！」一個個腳下卻似抹了油，跟隨著談寶兒和月娘的身影，義無反顧地選擇了撤退。

禁軍陣營。

一名年輕的將軍眼見昊天盟眾人朝東面潰逃而去，忙望向負責今晚行動的主將，一名花白鬍鬚的老將軍奇道：

「唐將軍，屬下不明白，爲何國師讓我們只包圍三面，獨獨留下東面。要知道向東不足一里便是皇宮，要是被匪寇再次流竄進宮，咱們可得吃不了兜著走？」

唐將軍一捋鬍鬚，嘿嘿笑道：

「小關啊，你也不想想，國師算無遺策，他能算準盟匪以爲明天是祭天大典，我們都忙於準備典禮無暇理會他們，因此一定會來劫獄，叫我們用陣法埋伏在此，又怎麼會獨獨漏下一面不圍？小夥子，知道什麼叫虛者實之嗎？」

年輕將軍這才恍然，點頭道：

「國師果然不愧是四大天人之一，我的終生偶像，我對他的敬仰之情，猶如滔滔江水，連……」

「連個屁啊，趕快上去將那發飆的老盟匪解決了，老子還等著回家睡覺呢……」

「是！」年輕將軍摸摸被敲的頭，抽出一把長長的大砍刀，殺入昊天盟眾人之中，一時竟如虎入羊群。

唐將軍見此暗自點頭：「光以武力而論，小關是我軍中最有潛質的選手啊！卻不知比起那個傳說中的談容，又相差多少呢？」

第九章　九鼎大陣

卻說談寶兒身法如電，眨眼間已遠離進天牢的石屋三十丈之遠，正覺得自己已經脫離凶險，忽聽身後月娘叫道：

「盟主小心，有埋伏！」

叫聲才落，談寶兒便覺得身後風聲呼嘯，轉頭去看，卻見自己雙腳剛剛所踏過的土地上竟然都燃起了一團烈火。

談寶兒嚇了一大跳，慌忙狂提凌波術，不要命地狂跑。但那火團卻似有靈性一般，迅速順著他的足跡蔓延過來，看其形狀，竟是一條身體不斷變大的火龍。其餘昊天盟眾收勢不及，跟上來之後，身上卻也無一例外地被一條火龍纏上。

一時之間，至少有上百的昊天盟眾被烈火包圍，一個個被燒得皮焦肉黃，哭爹喊娘的慘叫聲此起彼伏。剩下的昊天盟眾慌忙倒退，但要命的是，這個時候，地上忽然捲起了一陣旋風，火借風勢，狂舞不絕，燒出十丈之遙，那些想要逃命的昊天盟眾頓時又被燒死一大片。

火勢如火如荼，並借著風勢不斷蔓延，將夜空映照得嫣紅如血！

被稱做小關的年輕將軍見此忙棄了龍護法，去指揮士兵停止追擊，只是放箭阻止敵人逃跑，滿臉懼色地問主將道：「唐將軍，這……這是什麼埋伏？竟然如此的厲害！」

唐將軍嘿嘿笑道：「這是國師的火龍符。這前往皇宮的一里路上，被他埋下了三百多張火龍符，只要有人踏到這塊地面，立刻就會引發符咒，被地火龍追擊。這下你明白爲何這面不需要設置伏兵了吧？」

小關一臉恍然：「我說嘛，原來是我偶像的布置！國師大人，下官對您的敬仰猶如滔滔……咦，竟然有兩個人能逃脫我偶像的火龍追擊，我去看看！」說時，他身形一閃，整個人化作一片湛藍的光幕，朝火龍區射了過去。

卻說談寶兒見火龍在背後猛追，只嚇得魂飛魄散，忙將凌波術提至極限，邊跑邊罵：「這是誰養的火，怎麼老追著老子跑？」

他速度奇快，那火龍一時竟也追他不上，跑了一陣，他忽然發現一個奇怪的現象。那就是火龍的蔓延其實有間隙，每次自己一腳踏到地面，地下立即生出一團火來，有了這團火做引子，火龍才能跟上自己的腳步。

想明白這一點，談寶兒心頭一動，下一刻，他雙足著地之前，大地之氣透抵雙足，隨即透過雙足上七處穴道射了出去。

這一次雙足一落地，他並未提氣輕身，而是選擇了重重下落，地面上頓時多了兩個深深的腳印，而他雙足抬起來時候，兩個腳印坑裏已經積滿了水，並且有越積越多的趨勢。

水坑裏果然冒出了零星的火苗，但遇到那不斷湧出的水，頓時熄滅，只冒出了一點淡淡的輕煙，嫋嫋消失在月色之下。

那條火龍果然沒有追上來，龍頭停在了兩丈之外——這正好是談寶兒用凌波術時一步跨出的距離。

「哈哈！老子真是個天才，封水之陣也能這樣用！」談寶兒見此大喜。

封水之陣全名叫北斗封水大陣，是蓬萊五大基礎陣法之一。這種陣法布下時，暗合天上北斗七星之數，布陣之法，便是將真氣以一個特殊的方式，按北斗之形散於地面七點，借助天地人三者感應之力，可以控制天地間的水元素。

談寶兒如法炮製，眨眼已走出十丈，正自得意，忽聽見身後傳來女子驚叫之聲，抬眼望去，卻是月娘。

原來剛才月娘一直跟在他身後緊追，她輕功了得，凌空可以飛行十丈，遠比火龍蔓延之速來得快，所以一路無事，但這一次她落地時，卻忽然發現雙足好似被漩渦吸住一般，奮力掙開時，便被一條火龍纏繞住，雖然她正打出掌風抵擋，但還是被龍尾掃中衣襟，火勢迅速開始蔓延，是以豪爽如她，依舊情不自禁地發出了一聲驚呼。

女人就是麻煩！談寶兒搖搖頭，展開凌波術，縱身撲了過去，近到一丈距離，雙掌朝著吳月娘連拍，七道真氣從掌心射出，近到後者身體時，這七道無形真氣形成一個北斗七星陣形，霎時間，四周水汽凝聚起來，形成一片水波，好似一桶清水似的撲向了月娘。

月娘身上的火也在瞬間熄滅，同時火龍也化作一張黃色符紙，落了下來。談寶兒看著符紙呆了一下，隨即上前一把將月娘背到身上，轉身就跑。

月娘反應過來，掙扎著要下來：「少盟主你別管我，你先走！」

談寶兒笑道：「放心吧！我不像你那麼惹火，不會引出火來的！」說時身體一轉，凌波術展至極限，一步跨了出去，月娘猝不及防，臉頓時貼到了談寶兒的後頸，不自覺地摟住了談寶兒的脖子。

一時間，她耳中只聽見風聲如箭，迷迷糊糊地，也不知向前跑了多久，忽聽見談寶兒發出了一聲驚呼，月娘將頭抬起，卻見兩人前方五丈之外的土地忽然裂開，八條丈長的赤紅大蛇破土而出，朝兩人吞噬過來。

她正要射出劍氣，卻聽談寶兒叫道：「擋我者死！」右手並指如劍，一聲雷鳴，一道金色閃電頓時脫手飛出。

金色閃電撞到一條大蛇的七寸處，那大蛇發出一聲慘叫，狂噴出一口鮮血，同時全身紅光一顫，躺倒在地，身體變作綠色。一張黃色的符紙飛離牠的身體。

月娘張手一吸，符紙飛到她手心，隨即驚呼道：「這不是天師教的地蛇符嗎？難道這些就是傳說中的地蛇，但怎麼竟是如此不堪一擊？」

談寶兒自不知什麼地蛇，他剛剛射出閃電也是情急之下的自然反應，見閃電竟然一下子就將大蛇殺死，頓時得意至極：「管他什麼地蛇還是天蛇，遇到老子都要變成死蛇！」

月娘聞言失笑，心中暗想，少盟主以前斯文有禮，怎麼現在竟變得這麼粗俗了，不過說起來，還是此時的少盟主更加惹人喜歡吧。

大蛇現身之地，本距兩人只有五丈，談寶兒手中閃電持續射出，腳下不停，所過之處，便見那一條條氣勢洶洶的大蛇紛紛軟倒，而身上也無一例外地飛出了黃色符紙。等到兩人到達裂縫面前時候，八條大蛇已經全部死光，唯有空氣中漂浮著的黃色符紙，算是證明牠們曾經存活的證據。

大蛇倒下之後，前方再無障礙，談寶兒背著月娘，展開凌波之術，越過裂縫，眨眼之間已飛射出三十丈之外。

三十丈之外，追蹤而來的小關正一掌將一條火龍劈成黃符，見此失聲道：「如此人物，莫非是楚接魚親至？」但隨即他自己卻又搖了搖頭，「這麼年輕，不是楚接魚！但年輕一輩人物中，誰又能比我還帥，可以一擊滅殺地蛇的？」

回答他的，只有一天的火光和四周震耳欲聾的喊殺之聲，談寶兒和月娘兩人的身影已經消失在蒼茫夜色之中。

月圓如鏡，夜色蒼茫。春夜的長風，攜帶著吹面不寒的柔情，撲打著天地之間的一切物事，遮掩了漸行漸遠的喊殺聲。

長風明月裏，談寶兒將踹躚凌波術展至極限，雖然背上還背著一個月娘，但他整個人依舊是覺得大地如在腳下倒退，身體似騰雲駕霧一般，說不出的風馳電掣。

事實上，初時他還只能一步跨出一丈，奔到後來，卻是達到了兩丈之距，更厲害的是，他發現自己的腳步落下時，鞋底剛接近地面三寸，反彈之力便自動生出，是以他一路足不沾塵地狂奔而來，當真可說身影蹁躚，一如凌波飛舞。

這樣的時候，談寶兒忽然想起了謝輕眉，那妖女總是赤著雙足，看來並非因爲他私下揣測的魔人太窮買不起鞋穿，而是她任何時候都可以足不沾塵地行走，有沒有鞋子並不重要，更或者說，她因爲隨時都要保持這種習慣，所以任何時候，體內真氣都處於運轉狀態，這根本就是一種逼迫自己隨時都練功的方式。難怪她年紀輕輕就擁有了和老大一樣強橫的實力！

月娘趴在談寶兒背上，疾風激蕩起她的長髮，使得她生出一種御風而行的錯覺，胸中熱血沸騰，奔到後來，她不禁放聲唱道：

「御風舞蒼穹，橫雲渡楚天。一羽飄零千萬裏，蟾宮問天仙。仙人問我何所來，我語仙人北斗邊。仙人爲我歌一曲，道是我住天宮年又年，青絲如月凋紅顏。前生何有成仙志，夢醒已是三千年。安得世間白頭郎，一夕歡歌不知年……」

語聲至此一頓。

談寶兒聽她歌聲清越，初時豪氣逼人，讓人熱血沸騰，但到後來卻語聲漸小，其中更是說不盡的溫柔繾綣，正不由自主的一陣心神激蕩，卻忽然聽不見她唱了，忙轉頭問道：

「月娘，你唱得那麼好聽，怎麼忽然又不唱了？」

月娘微微低頭，笑道：「都唱完了，還唱個什麼？對了，少盟主，這裏已經沒有危險，你先放下我，別把你累著了。」

「哈哈，沒事，沒事，本盟主身體壯得很，別說是你一個嬌滴滴的小姑娘，就算再背十頭牛也……哎喲！」談寶兒正大吹其牛，不防他轉頭之下忘了看路，腳下撞到一塊橫路的石頭，一個踉蹌，摔倒在地。

兩人都是猝不及防，摔倒之後，頓失平衡，巧的是，兩人落下的地方竟是一片斜坡，兩人翻滾糾纏，直滾出老遠這才收住勢頭。

但等停下之後，談寶兒恍惚間，只覺自己懷中的竟是若兒，情不自禁地在月娘額頭吻了一下。

做完之後，他才看清面前之人，忙將手觸電似的縮了回來，老臉微紅：「啊！不好意思，我……我看錯人了！」

月娘卻似不以爲意，輕輕在臉上一抹，笑道：「少盟主可是把我當做意中人了？人不風流枉少年，也沒有什麼好害羞的。不過，下次親別人的時候，可別將口水弄得人家一臉都是，怪噁心的！」

談寶兒微微一窘，隨即一本正經道：「多謝指教，我下次一定注意就是。要不要我現在再試試，你就幫忙客串一下我老婆！」說時，嬉皮笑臉地嘟著嘴就朝月娘臉上湊了過去。

「少盟主，你什麼時候變這麼無賴了！」月娘又是好氣又是好笑，慌忙躲閃，談寶兒假意不依，死皮賴臉地向上靠。兩個人鬧成一團。

鬧了一陣，月娘忽然臉色一變：「少盟主，你別鬧了，我聽到有敵人追來了！」

談寶兒嚇了一跳，慌忙凝神觀察靜聽，只見自己兩人現在所在的並非一個山坡，而是一條高逾五丈寬逾三丈的乾枯水渠，但水渠的四周卻是安靜異常，並不見任何風吹草動。他當即醒悟自己上當了：「什麼也沒有嘛！小丫頭你竟敢騙我！看我怎麼收拾你！」

說時，作勢朝月娘撲了上去，後者這次卻沒有躲避，反是迎上來一把將他抱住，趴到溝底黑暗之處，低聲道：

「少盟主，你難道忘了，我有順風耳的嘛，百丈之內的動靜都瞞不過我的……嗯，聽這破風聲如此細微，該是一名絕頂高手才對，莫非是張若虛？少盟主，你將全身氣息都收斂起來，咱們先躲著。」

順風耳？太扯了吧！談寶兒不信，卻也不揭破，反正這樣子並不是一件苦差，在這溝裏多耗一會兒也無妨。

但僅僅過了片刻，談寶兒自己也聽到了破風聲，忙抬頭上望，溝渠上方天空忽有一道淡淡的白影一閃而逝。

「竟然是謝輕眉！」談寶兒脫口低呼。

雖然是驚鴻一瞥，他還是看清楚了來人的容貌。那人是個女子，一身的白色長裙，長髮如雲，赤著雙足，卻不是他剛剛才想起的大仇人謝輕眉又是誰來？

月娘詫異道：「少盟主你認識她？」

「化成灰也認得！」談寶兒咬牙切齒，隨即心念一轉，道：「這妖女竟然真的追到京城來，只怕大有問題，不行，我得跟上去看看！」當即從酒囊飯袋裏拿出落日弓，飛身上了溝渠。

經歷過天牢半月修煉之後，談寶兒自認已非昔日吳下阿蒙，即便打不過謝輕眉，逃跑還是沒有什麼問題的，所以這才不逃反追。

月娘見他追出，擔心他有危險，慌忙也飛身跟了上去。

兩人跟著謝輕眉一路尾隨而去，因為月娘有順風耳的緣故，兩人並不需要貼得太緊，以謝輕眉的謹慎，卻也並未發現兩人。

向前追了一陣，談寶兒發現先前那隱隱約約的火光已是清晰異常，入目只如星光璀璨，說不出的輝煌。

月娘忽然拉住談寶兒道：「少盟主，那女人進了皇宮，咱們還要跟進去嗎？」

皇宮？談寶兒想起自己有御賜金牌，便道：「不管了，這妖女都敢進去，我們還怕個什麼？」

月娘本想告訴他，皇宮之中凶險異常，但眼見少盟主都如此豪氣，她自然沒有理由退縮，當即以順風耳鎖定謝輕眉，帶著談寶兒追了上去。

追了一陣，月娘忽道：「這女人好厲害的手段！」

談寶兒不解，過了片刻，兩人追到一道巨大的高牆時，卻發現牆下躺著十來名金盔金甲的士兵。一問月娘，談寶兒才知道這裏已是皇宮的宮牆，剛才謝輕眉竟是只發了一招，就讓這十多名負責守衛的禁軍哼也不哼一聲，直接就給躺下了。

談寶兒想在短時間放倒這十多人，自己用落日弓加分金之陣倒也可以做到，但那已是自己的極限，可不能像謝輕眉這樣的瀟灑自如，暗自心驚不已，當即越發小心。

宮牆高達十丈，屬於談寶兒凌波術剛好可以達到的高度，飛上去的時候倒也無驚無險。月娘身手不凡，自然更不在話下。

進了高牆之後，便算正式進入皇宮。皇宮之內，燈火輝煌，樓臺亭閣層層疊疊，花草掩映間，金盔金甲的禁軍士兵星羅棋布，月光燈光映照，顯得殺氣逼人。

兩人跟著謝輕眉在屋頂樓簷之間，以神鬼莫測的高速身法迅捷穿梭，行了一陣，卻也並未被下面的士兵發現。

追了一陣，月娘忽然拉著談寶兒在一處黑暗的屋頂停了下來，低聲問道：

「少盟主，這女人究竟是什麼人？怎麼她進皇宮不去小晴殿殺皇帝，也不去天機庫偷寶貝，反而進了皇族的宗廟。那裏頭可沒有什麼東西好偷的。莫非這女人是那狗皇帝的私生女，這次進來，其實是偷偷來祭拜祖先的？」

皇帝的私生女？談寶兒失笑：「你別瞎猜了！這女人是魔族的人，她進來絕對不是幹什麼好事就是了！」

「魔族的人？」月娘呆了一下，隨即道：「少盟主，你是在開玩笑的吧？魔人怎麼可能進得了九鼎大陣？」

九鼎大陣？談寶兒愣了一下，隨即只差沒有驚呼出聲來。從臥龍鎮這一路行來，他總覺得有什麼事不對勁，但卻一直沒有想起來究竟是什麼。這下聽月娘一提醒，他才終於記起，這不對勁的地方正是九鼎大陣成形的結界！

神州在上古之時被稱為九州，因為當時神州並沒有四大藩國，確實只有九州之地。傳說有一次，一場鋪天蓋地的洪水席捲了九州，水神大禹受羿神之命治水，後者查明這次大水其實是九條魔龍搗亂，他一面帶領百姓耗時三十年，開出了貫通神州的天河，一面採集藏於東海之底的大地精鐵，以無上神力引來九天之火，費時九九八十一天，終於煉成了九只巨鼎，分別放置在九州大地，鎮住了九條魔龍，洪水乃止。

有傳說說，這九只巨鼎雖然散布九大州，但實爲一體，彼此牽引，組成了神州最大的陣法——九鼎伏魔大陣，除開鎮住九大魔龍外，還守護著整個神州大地的安危。之後過了千年，上古諸神也早已只存在於神話傳說中，在大家都以爲這只是個傳說的時候，第一次人魔大戰爆發。

大戰之初，魔皇一面用大軍強攻北部邊關外，一面卻又派遣了三支奇兵從水路繞道奇襲京師大風城，但這三支奇襲部隊分別進入東面的莞州，南面的越州和西面的雲州時，他們所在的天空都憑空落下了一場天火。三支十萬人的部隊，無一倖免。而等魔人燒光之後，這三場大火也就憑空消失不見，最神奇的是，大火只燒死了魔人和他們的坐騎，而這塊地面其餘一切事物卻是毫髮無傷。

在此後的戰爭中，魔人的探子一進入九大州的範圍之內，立時便會被天火所焚，消失得無影無蹤。至此大家這才相信了那九只巨鼎果然是結成了一個陣法結界，同時守護著九大州。之後此陣被稱爲九鼎大陣。

另外可以證明這個大陣存在的是，在第一次人魔大戰的中期，魔族曾經占領過九大州之中的陽州和橘州，但他們大軍卻是慢慢推進，每占一地，魔教教主就必須花費大量時間作法，去抵消這一地的九鼎大陣的影響，軍隊才能順利駐紮，而他們一向後退，再占領一個地方後，又必須重新作法。

這段典故，每日聽老胡說書的談寶兒自然是耳熟能詳，也是他心頭一直隱隱擔憂的，謝輕眉和她手下的人居然堂而皇之地追殺自己到了陽州地界，這次更是直接進入了京城，她們爲何沒有被九鼎大陣燒掉？

談寶兒想了一陣，終究想不出個所以然，當即搖頭道：「這個問題我也不知道了。但我可以肯定，這女人真的是魔族的人！咱們先別管那麼多，先跟上去看看！」

兩人一路向前飛，前方忽然出現一個巨大的人工湖泊。湖水湛藍，圓月入湖，倒影成璧，風景極是優美。湖心有一座大殿，燈火通明。

兩人以迅疾的身法飛到大殿之外，卻發現殿門口有兩名禁軍守衛，已經被人放倒，並被拖到了一個比較陰暗的角落，正是謝輕眉的手筆，如不是月娘順風耳聽到，怕也一時無法發現。

談寶兒心想這樣一座大殿，竟然只有兩個人防守，看來皇帝老兒對自己的祖宗也並不如何重視嘛。

兩人選了一個月光不及的陰暗位置，貼到了窗戶邊。運功無聲無息地戳開窗戶紙張，一股異香頓時撲鼻而來。

朝窗戶裏面看去，談寶兒頓時倒吸了一口涼氣：「怎麼回事，怎麼這裏邊有這麼多的人在等我？」

他一眼望去，正好看見一排金盔金甲的士兵正對自己怒目而視。

他正要腳底抹油，卻忽然發現那些全身金盔金甲的傢伙神情呆滯，一動不動，細看時，卻只是一些塗滿金色顏料的陶俑，不禁暗罵：「是哪個龜孫子為了省錢，擺這些假人來嚇唬你老子？」

陶俑們兩人一組，一左一右相對，眼睛對望，身體卻排成直線，夾道一路延伸。因爲這個殿異常的大，所以陶俑的數量就極多，一路看去，竟不下百人。

大殿深處，陶俑道的盡頭，是一排石梯。石梯向上，有一張巨大的供桌，供桌前面有一尊巨大的青銅古鼎，鼎裏正燃著三支成人手臂粗細的巨香，香煙繚繞，談寶兒兩人所聞到的異香正是由此處散出。

大鼎的兩邊，有兩尊石雕的猛獸，左邊一隻像鴨子，卻有九個鴨頭，一身的赤色羽毛，翅也有九對，右邊一隻，人面豺身，肋間雙翼，兩隻怪獸雖然形狀不同，但眼睛中都是寒光森然，讓人不敢逼視。

供桌上密密麻麻地擺著幾大排的靈位，一個個都是黃金所塑，燈火下看上去一片的輝煌，最頂層的靈位上書九個大字：夏太祖神武皇帝之位。看來這裏果然是皇族宗廟了。

此刻，謝輕眉正白裙赤足地行走在陶俑之間，神情一如閒庭信步的悠閒，但眼光卻直直地鎖定了那只青銅大鼎。

走到大鼎之前，謝輕眉上下仔細打量了一陣，輕輕嘆道：「沒有想到傳說中的九州大鼎，竟然有一只被人用來當香爐，暴殄天物果然是人族的本性！」

她嘆氣的時候，伸出一手，拔掉鼎中三根大香，隨手扔在地上，隨即弓腰下去，一手抓住一條鼎足，應手將那巨鼎舉了起來。

談寶兒聽不見她說什麼，但見此情形，卻是倒吸了一口涼氣，心道：「這鼎少說有千斤之重，這婆娘隨手就舉了起來，難不成是隻母老虎精？」

只見謝輕眉將那鼎舉起之後，手腕一翻，那鼎頓時給倒翻過來，香爐灰頓時撒了一地。隨即只見她嘴裏咕嚕咕嚕地念了幾句什麼，那鼎身上碧光閃了幾閃，慢慢開始縮小，不時竟變得只有一個拳頭大小。

謝輕眉將鼎放進衣袖裏，隨即飛身而起，衣袂帶風，朝殿門飛去。

談寶兒不知那鼎正是傳說中的上古九鼎之一，正不知該不該為了這區區一個香爐出手阻攔，耳邊傳來月娘的聲音：

「少盟主，這魔女帶走的香爐正是神州九鼎之一，若被她將鼎帶出京城所在的風州，多半九州大陣便要失效。雖然我們和朝廷不和，但總是神州子民，絕不能任她將鼎帶走！」

談寶兒嚇了一跳：「這破香爐就是九鼎之一嗎？」他嘴上懷疑，手裏卻毫不遲疑地拉弓搭箭，隔著窗戶瞄準了裏面的謝輕眉。

便在此時，大殿之內局勢陡變。

謝輕眉飛到那些陶俑上方的時候，地上那百多個陶俑身上陡然冒出一層金光，然後所有的陶俑在一瞬間全數變成了活生生的金甲人，一起發出一聲喊，手臂一揮，指尖同時射出一道金色的閃電，朝著空中謝輕眉疾射過來。

眼見上百道強勁的閃電從各個角度憑空射來，謝輕眉頓時花容失色，慌忙將身法展至極限，憑空硬生生挪移到三尺之外，以間不容髮之勢躲過了一次殺身之禍。

百道閃電對撞到一起，發出一聲驚天動地的巨響後歸於湮滅，而所有的金甲人都是全身一震。但緊隨其後，這百多名金甲人卻瞬間移動自己的身形，飛離地面，極其有層次地漂浮在大殿之內，隨即各自又向謝輕眉射出一道閃電。

謝輕眉暗自叫苦不迭，雖然沒有真的挨上一道閃電，但直覺告訴她，那任何一道閃電中所蘊涵的極強勁氣，卻完全不遜色於鼎盛時期的談容所發的一氣化千雷。她完全不敢與之硬碰，只能展開身法左躲右閃。

一時間，大殿之內雷電之聲大作，上百道閃電排空飛舞，有如一條條巨大的金色狂蛇，在這狹小的空間裏縱橫叱吒。

不時有閃電擊到殿壁四周，四面的牆壁和屋頂上頓時多出了一個個小洞，淡白的月光透過這些密密麻麻的小洞射了進來，和殿內縱橫的燭火金光相映成趣，極是輝煌壯觀。

大殿之外，月娘看傻了眼，她雖然是楚接魚的部下，但一生之中卻也沒有目睹過上百個和談容一個等級的高手同時出手，一時只看得目眩神迷。

倒是談寶兒，見慣了一氣化千雷，對這華麗的場面並沒有什麼大的感觸，反是發現那百多人的站位，到他們發放閃電的順序和角度都是大有講究，這赫然是一個陣法！這就難怪爲何宗廟這樣重要的地方只派了兩個士兵守衛了！

殿外兩人津津有味地在看戲，殿裏的謝輕眉卻是叫苦不迭，那密密麻麻的閃電交織成網，幾乎封鎖了她所有可能閃避的道路，已經有好幾次，閃電從她的裙子上射過，雖然僅僅是在上面添了幾個小洞而已，但閃電貼著皮膚射過去的感覺依舊讓她全身寒毛倒豎。

眼見那閃電的包圍網越縮越小，謝輕眉一咬牙，掐了個法訣，全身碧光一閃，整個人忽然變成了一條三尺長的大紅鯉魚，迅疾地朝殿外游去。

殿外的談寶兒大吃一驚：「哎喲月娘，原來這妖女是條鯉魚精啊！可是不對啊，魔人八族裏沒有鯉魚族的啊？」

月娘笑道：「少盟主你搞錯了，這條鯉魚並非真的鯉魚，應該是某種法術效果，類似於幻術……」她忽然止住了話語，談寶兒也沒有再問，因爲他們忽然發現一個詭異的現象。

大殿之內，那些金甲人根本不受幻術的影響，雖然謝輕眉化作了一條魚，那百多條閃電依舊是緊追不放，但詭異的卻是，眼看那些閃電要轟到魚身上的時候，魚卻在間不容髮的情形下滑了過去。

這種情形的集中表現就是，上百道閃電同時轟到魚身，但卻如中虛影，那感覺就好似水中抓魚，明明魚已經握在手中，但那魚卻滑不溜丟，在手掌和魚身快接觸的一瞬間滑了出去。

原來謝輕眉現在所使的正是魔宗厲九齡親傳的遊刃有魚之術。這種法術特地爲一人單挑成百上千人而創，施展時，施法者的周身都會生出一種類似魚鱗上黏液的黏狀真氣，自己一旦受到攻擊，黏狀真氣會自動讓人本身借力滑開，所以即使一個人身處千軍萬馬之中，也如魚在水中一樣，可以在刀鋒間遊蕩而紋絲不傷，因此得名。

但此時的謝輕眉卻也是叫苦不迭。只因爲這種身法極其消耗真氣，本是厲九齡爲他本人量身打造，謝輕眉使來就很是勉強，時間並不能長久。但偏偏那些金甲人發出的閃電卻是快捷異常，每每謝輕眉都要在閃電刺開了遊刃有魚之術第三層的黏狀真氣後才能閃開，這樣的情形下，她只有將真氣催至極限，才能勉強保持自己不被擊中，真氣消耗之大更遠勝平日，使得配合遊刃有魚術的反擊招式根本無法使出來。

好在雖然艱辛，但謝輕眉所化的紅鯉依舊慢慢接近了大殿的門口。談寶兒見此，忙集中精力，將功力運到落日弓上，心神全放在了紅鯉身上，只待她一破門而出，立時就射箭。

月娘自是沒有見過落日弓，但她也是一流高手，完全可以感受到落日弓上所蘊涵的巨大勁力波動，心頭又驚又疑，少盟主從哪裡弄來這樣一件神兵的？

就在這個時候，大殿中情形卻陡然又是一變。

大殿的門在一瞬間忽然被打開，一隊金甲士兵衝了進來。原來大殿之中的風雷激蕩之聲早已響徹整個皇宮，附近的侍衛聞聲趕了過來。只因為大殿裏響聲實在太大，而談寶兒和月娘兩人又沉醉在法術陣法的奇妙世界裏，才未曾察覺。

殿門洞開的刹那，一直注意陶俑大陣的談寶兒立時覺出不妙，當即手一鬆，落日弓弦一響，雕翎箭化作一道金色的光波，朝殿門轟去。

同一時間，十多名侍衛一闖進大殿，殿裏的金甲人立時便將閃電也朝他們射了過來，射向紅鯉的閃電頓時就只剩下了不足十道。謝輕眉大喜過望，她所受的壓力被分擔了十之八九，身法頓時快了十倍不止，在一瞬間從交織的閃電和錯愕侍衛之間的縫隙裏游出，射到了殿門之外。

但就在此時，眼前忽然金光大作，一道強橫至極的金色氣箭攜帶著似要刺破人耳膜的破空聲，已射到了她身側。

強大的氣勁讓人避無可避，謝輕眉只覺得左手手臂如遭雷擊，隨即便是一陣鑽心的疼，而這還沒有完，金色氣箭射到身上之後，忽然炸開，變成了一波波的氣波，在一瞬間連續衝破了她身上堆層層疊疊的黏狀真氣。

下一刻，金色的氣波被黏狀真氣衝得乾乾淨淨，謝輕眉被打回人形。大殿裏的金甲人卻一個也沒有飛出，只是將那百多道閃電拚命向那些可憐的侍衛身上招呼，十多名侍衛同時橫屍當場，只有三道閃電射出，擊中謝輕眉。

所有的金甲人完全無視殿外的謝輕眉，紛紛走回原來的位置，再次變成了陶俑。

謝輕眉狂噴吐一口血，長長地吸了口氣，隨即猛地一轉身，朝談寶兒所在方向看來，然後她就看到了一臉癡呆的月娘和手持落日弓的談寶兒。

謝輕眉看見果然是談容，狠狠看了談寶兒一眼，隨即一飛身落入湖面，消失在蒼茫夜色之中。

月娘最先回過神來，看了談寶兒一眼，吃吃笑道：

「少盟主，人都跑了，你還要不要再去追？」

「啊！跑了？對，快追！」談寶兒也從太虛幻境裏神遊歸來，展開凌波術閃電一般追了上去。

「少盟主你還真是……」月娘苦笑搖頭，正要展開身法追上去，卻發現謝輕眉剛剛立足之地多了一個青銅小鼎，正是那上古九鼎之一，她想了想，上前拾起收好，這才展開輕功追了上去。

這個時候，四周火光大盛，大批的禁軍從四面八方擁向了宗廟。月娘忙飛身上房，但等抬眼望去，卻再也看不見談寶兒的身影。她慌忙運足耳力去聽，但入耳呼喝之聲亂如麻絮，她根本無法判斷出兩人微弱的破空之聲。

一時間，昊天盟明月堂的堂主長長地吸了一口氣。她心中轉念道：「少盟主神功蓋世，那魔女又受了傷，應該不會出什麼事！倒是魔人潛入神州偷去九鼎之事，事關重大，得趕快告訴盟主知道才好！也不知他和張若虛是否有交上手呢……」

一念至此，她放棄了追蹤談寶兒，掉頭向東面飛去，幾個起落，身影已經消失在蒼茫夜色中。

大地黑漆漆的一片。不知從什麼時候開始，月亮躲進了烏雲裏，夜風卻越發的大了，捲起地上的塵土。種種跡象表明，這實在不是一個適合追蹤敵人的時節。

但作爲大英雄的替身，羿神筆的傳人，談寶兒覺得自己很有義務追到謝輕眉，於是當仁不讓地強迫自己堅持這份苦差。

只不過在追出皇宮之後，他卻忽然發現一個大問題：如果真的追到謝輕眉，自己是否真的能立刻就下得了手？但如果不動手的話，錯過今日，自己可未必有機會殺她，將來死了下地府去，見到老大可不大好交代。

好在目前並不需要作出選擇。因爲雖然他已經將凌波術提至了極限，一步跨出就是兩丈，一躍便有十丈，卻依舊追不上那已經受了重傷、但堅持在京城密密麻麻的民居上奔行的謝輕眉。

就在這時，前面的謝輕眉忽然落到了地面，然後身形一閃，忽然又拔起三十多丈，然後消失不見了。

談寶兒這才發現前面原來竟是到了城牆。他也跟著飛身躍起，但很悲哀地發現只能飛起十丈高的距離，眼看就要落下，忽然記起那天在倚月樓的情形，當即單足在城牆上一點，下落之勢頓時一緩，隨即身體竟升了起來。

原來傳說的飛簷走壁確有其事。談寶兒又驚又喜，索性不再飛騰，將身體倒轉成和牆壁垂直的角度，展開凌波之術，走在上面，竟是如履平地。

二十丈城牆，眨眼走完。落下時卻是簡單了很多，他此時不用帶人，凌波術施出，頓時是身輕如羽，完全感覺不到重量一般。

謝輕眉似乎因爲傷勢的原因，並未就此拉開兩人的距離，而此後她速度果然慢慢開始降低。談寶兒心中大喜，更加快了速度。

兩人距離漸漸拉近，眼看就要追到，卻不想大風城四周雖是一片空曠，出城不遠卻都是大山。兩人一路向北，奔了約莫盞茶時間不到，前方忽然閃現一片莽莽蒼蒼的山脈。謝輕眉見到地利，自然是一頭鑽了進去。

深山無月，談寶兒功力雖然最近大有長進，但夜裏視物，目力卻也僅僅剛夠五丈之距。漸漸深入山林。

奔了一陣，前方謝輕眉的身影閃了一閃，卻忽然奇蹟般地憑空消失不見。談寶兒大吃一驚，走上前去，發現地上有一塊鴿蛋大小的石頭，上面用血畫著一個不認得的古怪的圖文，血跡猶濕。四處找找，謝輕眉卻已是蹤影全無。

談寶兒卻不知，這個帶著血符的石頭上所刻的符叫血影分光符，是魔族幻術的一種。剛剛謝輕眉出城牆時在地上見到一塊石頭，當即隨手在上面畫出血符，施法變成自己的假身，讓其向北，而她本人則躲在城牆陰暗角落裏，見談寶兒被石頭所化的假身引開，當即反身向南。

雖不明白這其中曲折，但直覺告訴談寶兒，自己已經上了謝輕眉的當，當即破口大罵。

罵了一陣，談寶兒將那石頭收起，起身回走，但不想他剛剛只顧著追蹤謝輕眉，卻忘記了記路，山裏林木幽森，深夜裏四周都是黑漆漆的，好似哪裡都是一樣，走了一陣，竟然給迷路了。

談寶兒知道這樣亂闖下去，只會白白消耗體力，決定找個地方待到天亮，但山裏又沒有客棧賓館什麼的，睡樹頂卻又太危險，他想了想，最後找了一塊空地，施展法力，在空地之上布置出了一個裂土之陣。

陣法一成，他隨手一揮，面前土地裂開一條大縫，他手掐靈訣，將陣法時間設置爲四個時辰之後，跳進縫去，隨即土地合併，再無兩樣。

這是談寶兒第一次正式使用裂土之陣，入土之後，他才感覺到這個陣法的奇妙。此時他雖然在地底，口鼻不能呼吸，卻一絲一毫也感覺不到氣悶，陣法不斷將四周土壤裏的空氣輸送過來，並且通過他的肌膚不斷送進他體內。

除此之外，這一路行來他是全身汗流不止，入地之後卻極是冰爽，說不出的舒服。

這一夜間，他不斷使用封水陣，射過一次落日弓，之後又狂追謝輕眉，無一不是大耗真氣的勾當，一旦進入一個舒服的狀態，不可救藥的嗜睡症再次發作，當即在這地底七尺之下沉沉睡去。

第十章　呼風喚雨

這一睡，醒來的時候人已經在大地之上。談寶兒揉揉眼睛，抬頭上望，已是紅日初升，這一睡不多不少，正好是四個時辰。

談寶兒拍拍身上的泥土，站了起來，看看四周，林木幽幽，卻依舊找不到北方，想了想，他當即朝一個方向直走而去，希望可以走出這森林綿密的山脈。

但這次他明顯選錯了方向，這個方向的盡頭卻是一片懸崖。

正要回頭，談寶兒忽然想起自己身具凌波之術，懸崖於別人而言是死路，對自己來說卻不正是捷徑嗎？一念至此，他哈哈大笑，當即飛身朝懸崖下跳去，模仿昨夜走城牆的樣子，身體與崖壁成九十度直角，朝崖下走去。

崖壁上固然是陡平如鏡，滑不留足，向崖下望去，卻也只見霧嵐縹緲，亂雲飛渡，崖下不知有幾許深淺。好在凌波之術果然是神奇至極，談寶兒走在崖上，非但一點也感覺不到大地的拉扯之力，甚至還有閒情欣賞四周景物。

向下走了約莫盞茶工夫的樣子，談寶兒卻開始心急了，奶奶的，怎麼上來的時候沒有發現這山竟然這麼的高，這會兒怎麼走了這麼長時間還不見到底。

正自心急，突見前方崖上忽然出現一些凹凸不平的坑痕，隱然竟是一幅巨大的書法石刻一般，只是人在崖上，卻不知寫了些什麼。

又走幾丈，終於看見實地。談寶兒大喜，跳到地面，站穩腳跟，卻見這裏竟只是一塊山崖上突出的巨大石臺。

石臺上竟然有一張石桌，南北各放了一張石凳。談寶兒很是好奇，走了過去。一看之下，卻是吃了一驚。

只見石桌上密密麻麻地刻了無數道縱橫交錯的直線，其中層次複疊，赫然正是在天牢中所見的九九窮方大陣。

大陣之旁尚有一行行的小字，字很簡單，談寶兒正好認得：

甲子年三月初九，天師教張若虛會蓬萊山屠龍子於問天崖以陣會友，若虛賭以天師遁甲，屠龍道友以龍神蛋，各自為注。約定四十年為期，屠龍子若能破陣，則獨得兩物，反之二物均歸若虛所有。天地為證，日月為鑒！

立約人：張若虛，屠龍子。

這行文字雖然嚴整，洋洋灑灑，有海納百川的大度，但筆勢順暢，竟好似不是用石刀雕刻，而是用筆直接在石上書寫所得，從簽名和口氣來看，該是張若虛的親筆。最後，屠龍子的簽名筆跡一反之前的工整，顯得張揚恣意，和屠龍子本人的桀驁不馴很像。

莫非這裏竟是亂雲山大方崖？談寶兒又驚又喜，回頭望向身後懸崖，只見上面有三個大字好似刀削斧鑿，果然正是「大方崖」。

屠龍子臨終時曾和談寶兒講過破除九九窮方陣的秘訣，但這些日子以來，後者苦苦鑽研，所學會的就只有蓬萊那五種最基礎的陣法，其餘高級陣法和那幾種奇陣，也唯有「呼風喚雨陣」領悟得似是而非，更別說這集陣法之大成的九九窮方大陣了，眼前明明知道寶物就在石桌下，但卻是鏡子裏的烤雞腿，能看不能吃。

想起至少還有十年時光可以等，談寶兒隨即便釋然，仔細將窮方陣圖記入腦中，施展蹁躚凌波術朝懸崖下走去。

在峭壁上走了約莫百丈，終於再次到達實地。

這裏似乎是兩山之間的一個夾谷，四周芳草萋萋，綠樹成蔭，看坡勢，卻是在半山腰上。夾谷兩面是路，卻都是樹林遮掩。談寶兒休息一陣，左右打量一下，不知該從哪裡走。

卻在此時，忽聽左邊林中有野獸吼叫之聲傳來，緊隨其後，一隻碩大無比的野豬從林中躥了出來，銅鈴大的眼珠看了談寶兒一眼，後腿蹬地，猛地衝了過來。

談寶兒何曾見過如此龐然大物，見牠露出雪白的獠牙朝自己猛衝過來，不及細想，隨手便是一指一氣化千雷點出。

金色閃電脫手飛出五丈之外，正中野豬左邊的獠牙，而野豬本身也被閃電所附帶的強橫力量擊得倒飛出五步之外。

談寶兒不可思議地摸摸自己的手指，又驚又喜，這些日子以來，他每日於夢中踏圓練功，卻少有機會和敵人交手，自覺功力大有長進，卻也沒有想到一氣化千雷的威力竟然達到了如此境界！

那野豬獠牙被震斷，嚇得魂飛魄散，從地上爬起來後，當即掉頭就跑，躥進林中。

談寶兒一擊得手，膽氣大壯，哈哈大笑道：「好豬兒不要跑，本英雄正餓得慌，快回來做我的烤乳豬！」說時展開凌波之術追進林去。

凌波術雖然快捷無比，但林中卻是樹木極多，曲曲折折的，那野豬本身速度也是極快，又熟知地勢，談寶兒一時之間卻也追牠不上。

一人一豬追逐起來，漸漸深入樹林，那野豬眼見平地上難以甩掉身後的殺星，便朝山上跑去。

談寶兒追得興起，竟也忘記了饑累，大笑道：「你儘管朝山上跑，老子若是連你一隻野豬也對付不了，還敢說驅除魔人收服山河嗎？」

越向山上跑，陽光卻不知道從什麼時候開始暗淡下來，天氣變得有些陰沉沉的。談寶兒眼見可能要下雨，心想一會兒山路泥濘，怕是難以下山，便加快速度，希望能快點追到野豬。不想那野豬卻一點不體諒談大英雄的苦衷，依舊沒心沒肺地甩開四條蹄子飛跑。好在越向後，山勢越發陡峭，野豬速度漸慢，而談寶兒穿林過草漸漸有了些經驗。此消彼長，一人一豬的距離終於拉近到了五丈之內。

遺憾的是，談寶兒好幾次使出一氣化千雷，卻都總是差之毫釐，連豬毛也沒打下一根。奔了一陣，談寶兒已是氣喘吁吁，幾乎便要放棄，卻眼見地勢忽然變得平坦，原來是竟然已追到了山頂上，頓時大喜過望：「凌波之術最擅長平地奔跑，老子看你這次向哪裡跑！」說時猛追過去。

眼見和野豬的距離拉近到了五丈之內，談大英雄威風凜凜地大喝道：「好賊豬！看招！」說時出指一點，閃電脫手飛出，正中野豬屁股。

「噢嗚！」野豬慘叫一聲，朝前一撲，消失在談寶兒視線之內。原來前方竟然已經是山頂的懸崖，野豬吃痛之下，頓時墜下崖去。

談寶兒哈哈大笑：「你寧死也要保全貞潔的精神贏得了我的尊重，但香噴噴的烤豬肉卻勾起了我的鬥志，所以我決定要你死無全屍！別忘了，老子現在已經是跳崖專家了……」

廢話連篇的同時，他展開凌波術飛身撲了上去。

加速跑了一陣，很快追上了野豬，談寶兒便放慢速度，使得自己的下跑速度和野豬的下墜速度保持一樣。

在這懸崖上，一豬一人，一跑一落，一叫一笑，竟也蔚爲壯觀。

跑了一陣，談寶兒忽然發現下方黑壓壓一片，卻是已經快到崖底，他深怕這野豬皮糙肉厚，墜崖不死又要逃跑，當即在懸崖上一點，如箭一般飛身射到野豬身後，運足真氣在後者身上重重一踏，自己借力飄起，而野豬受這重重一擊，下落速度的增長頓時達到了一個恐怖的地步。以這樣的速度落地，不摔成肉餅才是怪事。

下一刻，便聽一陣如雷般的驚呼聲響起，野豬重重砸在了地面，鮮血四濺，塵土飛揚。而緊隨其後，玉樹臨風的殺豬英雄擺了個很酷的pose飄然落地。

但等談寶兒站穩之後，隨即便傻眼了。

他怎麼也想不到這懸崖之底，竟然有人，而且不止一個，是成千上萬！

他現在所站的位置是一塊高高的石臺。石臺上布滿了各種各樣古怪的朱紅花紋，在石臺的正中央有一個香案，案上香爐裏燒著三支成人手臂粗長的高香，旁邊擺了一把桃木劍和一堆畫滿符咒的黃紙。

香案之下，有一隻不知道是什麼東西的奇鳥，因爲從山上掉下來的那頭野豬正好砸在牠身上，野豬自己屍體完好，但那動物卻是被砸了個稀爛，唯一可以看到的只有一地五彩斑爛的羽毛。

在距離香案不遠的地方，站著一個著黃色道袍、戴青羽紗冠的老道士。老道士腰間繫著一個大黃布袋，上面無字，但形狀卻依稀有些眼熟。

道士身邊有一個頭頂九龍珍珠冠、著金黃色繡龍長袍的老者。這老者雖然年紀頗大，頭髮已有些花白，但看上去卻是神采奕奕，一雙眼睛更是黑亮透徹，其中銳利眼光更似能透過人的衣服肌肉，直接看清人心一般。

石臺之下，卻是人山人海。在最靠近石臺的地方，約莫有百人，一個個不是穿著胸前畫著鳥獸衣服頭頂帶著烏紗帽，就是身穿白甲，頭戴白盔。這一堆人前面，是大約五千人的軍隊，身披金甲，手持長矛，腰挎短刀，和昨晚談寶兒在宮中所見的禁軍一樣打扮。禁軍前面，則是上萬的百姓打扮的人。

眼見所有的人，都是無一例外地睜大眼睛，或是驚恐或是憤怒地望著自己，談寶兒雖然不明白究竟這些人在做什麼，但用膝蓋想也知道不會有什麼好事等著自己，忙乾笑道：

「那個……看上去大家似乎都很忙的樣子，小弟要先去填飽肚子，這就不奉陪了，大家玩開心點，不用送，小弟走先了。」

說時伸手去抱那野豬，不想入手甚輕，竟然只用了一手就抓了起來，當即提著豬尾巴就跑。

「有刺客！快護駕！」石臺之下，烏紗堆裏有人忽然尖著嗓子一聲大叫，將談寶兒嚇得一哆嗦，握著野豬尾巴的手不自覺地脫落，直砸到左腳背上，頓時痛得他抱腳哇哇大叫。

但他的叫聲很快被更大的聲響所淹沒，大叫聲落時，兩名胸前畫著一匹猛虎的中年烏紗，分別從石臺的兩個臺階，一左一右地率先衝上了臺來。

兩人身後，金盔金甲的禁軍士兵，手持著寒光閃閃的長矛，如潮水一般湧了上來。

談寶兒見此直嚇得魂飛魄散，乾笑道：「這個，都說不用送了，大家這麼客氣，小弟怎麼好意思呢？」說時身法一動，就要沿原路返回，朝懸崖跑去。

但他剛一轉身，那羽冠老道士右手曲指如爪，猛地朝他背影抓了過去，後者聽到風聲，知道不好，腳步一移，習慣性地順著八卦方位一轉，頓時脫出了爪力籠罩範圍。

老道士咦了一聲，迅速用手凌空虛虛畫下一個符咒，輕輕拍到腳上，身體頓時化作一道淡淡的黃影，眨眼間到了談寶兒背後，後者覺出身後彷彿吹來一陣冷風，回頭一望，頓時嚇了一大跳，凌波術提至極限，全身綻放出金色的光芒，整個人化作一顆金色的流星，毫無軌跡可尋地在石臺上四處亂蹦。

但那老道士卻似一個附身之鬼，任金色流星飛到哪裡，黃影總是能保持三尺之距，若即若離，卻也無法近得半寸。

眾禁軍士兵雖然衝上了臺來，但談寶兒和老道士兩人身法實在太快，誰也插不上手，只能在石臺的四周圍成一個大圈，將兩人團團圍住，人人如臨大敵。至於那兩名烏紗上臺之後，卻直接擋到了那龍袍人面前，只是其中一名看起來斯文儒雅的，雙腿在不停發抖，而另外一名高大威猛滿臉大鬍子的卻是雙目炯炯有神。

臺下眾烏紗都被野豬和談寶兒的忽然出現給嚇矇了，等反應過來該上臺護駕爭取表現的時候，禁軍已經將石臺圍住，一時心中好不懊惱。

眾百姓幾曾見過如此神奇景象，都是忘記了該做什麼，只是一個個很白癡地望著臺上。

追逐一陣，忽聽老道士笑道：「玩夠了，這就留下吧！」說時，伸手從口袋裏掏出一把黃色的符紙，約莫有十來張的樣子，隨手一拋，符紙如離弦之箭，朝談寶兒疾射過來。

談寶兒眼見每張符紙上都是電光流動，空中更是隱隱有風雷之聲，要是被貼在身上，自已肯定會被劈成烤乳豬，不及細想，當即雙掌連拍，連續向空中射出十餘道真氣。

那十餘道真氣看似雜亂無章，其中更有數道真氣互相碰撞，並且所去的方向也不是那十餘張符紙，但老道士見此卻是微微吃了一驚，便要出手改變符紙的飛行軌跡，但卻已是不及，那十餘道真氣，不分先後地射入了空中十幾張符紙所在的縫隙之處。

下一刻，十餘道本是分散的真氣毫無理由地在一瞬間連成一體，半空中忽然冒出一團烈火，十餘張符紙被火一燒，頓時化為灰燼，而符紙上流動的閃電也在一瞬間化成無數條髮絲般粗細的白色閃電，從空中劈下，鑽入地面，消失不見。

「果然是英雄出少年！竟然憑區區一個聚火之陣，燒掉我十三張雷電符！」老道士發出一聲長笑，「那再試試我的潮汐符！」說時伸手射出來一道藍色符紙。

藍色符紙一射出手，便化作一道淡藍色的流光，只是其所飛的方向卻並非談寶兒而是地面！

談寶兒正以為這老道士是否失誤，藍光落地之後，眼前陡然水光一片，耳邊轟鳴之聲不絕，對面一人高的海潮鋪天蓋地的席捲過來，並且不斷加高，四周白茫茫一片。

「這就能難倒我嗎？」談寶兒一聲冷笑，隨手朝身下一劃，裂土之陣使出，堅硬的石頭地面陡然裂開一條七尺寬的裂縫，潮水遇到裂縫，在一瞬間落了下去。

但潮水剛一落下去，卻陡然溢出，眨眼之間再漲高七尺，朝談寶兒當頭撲來。海浪尚未近身，一滴海水濺到了談寶兒指尖，他只覺全身氣血翻騰，指尖一陣劇痛，同時巨大的衝力如海潮一般不斷湧來，身體被推得瘋狂後退，不及細想，當即凌波術使出，順著勁力到來方向隨波逐流，仿似踩雲梯一般不斷上升，踏到了海潮之上。

但談寶兒身後那些士兵可就沒有這麼幸運了，只聽得潮聲雷鳴中慘叫聲不絕，被潮水一碰，瞬間倒飛下臺去。奇怪的卻是，那潮水到了石臺邊好似遇到一股無形的阻力，就再不向前，只是在邊緣不斷堆高。

談寶兒隨著海潮高漲，身體也不斷拔高，正自得意凌波術的神奇，忽然覺得頭頂一暗，抬頭一看，天空中，不知何時竟多了三隻和人身體大小相若的藍色巨鷹，正朝自己俯衝下來。

談寶兒大吃一驚，習慣性地用極快的手法取下落日弓，真氣透入弓身，開弓搭箭。

「砰！」一聲弦鳴，雕翎箭帶出一陣龍捲風，朝空中呼嘯捲去。強勁的風力，在空中不斷捲襲，本是橫排而下的三隻巨鷹被風力捲進了旋風中心，在一瞬間形成了一條直線，被雕翎箭一箭穿過。

下一刻，三隻巨鷹和雕翎箭一起落地，巨鷹消失，變成三張藍色的符紙。同一時間，談寶兒忽然發現腳下一空，翻滾的海潮也在一瞬間消失得無影無蹤，忙凌空一翻，落到地上。

「啊！」所有的人發出一聲驚呼。

老道士臉色微微變了變，伸手從口袋裏摸出一張綠色的符紙，便要丟出，忽聽一人叫道：「行了，住手吧！」

老道士看看談寶兒，心有不甘地點點頭，將符紙重新收回布袋，轉身朝發話的人道：「是，皇上！」

皇上？談寶兒大吃一驚，循聲望去，只見那珠冠龍袍的老者在兩名烏紗帽的陪同下從背後走了上來。這老頭難道竟是當今大夏天子永仁帝？對了！沒錯！珠冠龍袍，這老傢伙的裝扮和戲文裏的皇帝可不就是一樣嗎？

他正不知是否該用談容的身分上前行禮，永仁帝已微笑著向他走了上來。

卻在這時，那名看來斯文儒雅的烏紗人忙橫身擋在了永仁帝前面，急道：「皇上，這刺客法力頗強，以微臣愚見，您要教訓他，還是等國師將他拿下再說！」

國師？談寶兒聞言嚇了一跳，轉頭看去，只見那羽冠老道正朝自己微笑點頭，顯然是默認自己身分，他幾乎沒有當場暈倒：剛剛和自己交手的，竟然是當朝國師張若虛！這個玩笑開大了吧！

那名看起來高大威猛的烏紗人也上前，攔住了永仁帝：「皇上，太師所言有理，請三思！」

太師？談寶兒聞言更是幾乎當場昏過去，自己這是倒了什麼大楣，剛從天牢裏出來，竟然就遇到了自己最不想見的兩個人！

永仁帝奇怪地看了那高大威猛的烏紗人一眼，笑道：

「楚尙書，太師懷疑眼前這少年還有道理，你是從小看他長大的，怎麼也敢懷疑兩月前在龍州城下，孤身深入百萬魔人大軍，取下魔人主帥首級，力挽狂瀾，取得龍州大捷，被朕封爲一等神威將軍的談容會是刺客呢？」

談容！臺上臺下，所有的人都是大吃一驚，隨即卻又都情不自禁地點了點頭，能和國師打成平手的少年英雄，當今怕也只有談容了吧！

下一刻，眾百姓都是歡聲雷動，紛紛叫著談容的名字，就要朝臺上一擁而上，禁軍士兵如臨大敵，慌忙用兵器擋在身前阻止。

楚尙書聞言卻是大吃一驚，他上前兩步，只見眼前這少年臉上雖然滿是泥塵，細細一看，果然是舊時輪廓。他呆了約莫一秒鐘，猛地撲上前一把抱住談寶兒，伸手抹去後者臉上因爲夜宿地底帶來的濕泥，顫聲道：

「容兒，你真是容兒！你可是回來了！伯父我想得你好苦啊！」

談寶兒見這大鬍子一臉的激動，眼眶中更是有熱淚滾動，又聽永仁帝的話，心中已知此人定然就是戶部尙書楚天雄，心道：「你老人家的對白可真是沒有深度，不知道的，還以爲老子和你這便宜岳父有什麼曖昧呢！」表面卻笑道：「伯父您也在這啊，那話怎麼說的來著，人生何處沒有縫，咱們這麼快就又見面了！可真是巧啊！」

人生何處沒有縫？楚天雄愣了一下，才明白他是說人生何處不相逢，不由破涕爲笑：「兩年不見，你也學會說笑了……哎喲，別光顧著說話，你還不快去參見皇上！」

「是！」談寶兒見被認出，只得走到永仁帝面前跪下，學著戲文裏的樣子道：「微臣談容參見皇上，願吾皇萬歲萬歲萬萬歲！」

這一聲他說得甚是響亮，臺下眾人都聽得清清楚楚，眾百姓眼見這少年真是談容，一個個越發激動，發出震天的歡呼聲，但唯有三個人例外。

第一人是百官堆裏的刑部尙書何時了。此公現在表面雖然也隨人群歡呼，但實是如坐針氈。在看清楚談寶兒抹去泥沙的臉之後，他終於想起來自己早前曾在兵部那邊瞥到過一眼談容的真面目，事後居然給忘了，自己還親手將這個抗魔英雄投入天牢，這個玩笑開大了！

另外兩人自是范成大和張浪。剛剛談寶兒和張若虛一場大戰，兩人是看得驚心動魄，正奇怪是哪裡冒出來的少年高手，待楚天雄抹去談寶兒臉上泥沙，這兩人卻是同時發出了一聲驚呼，各自對望一眼，叫苦不迭。

永仁帝微笑著上前將他扶起：「談將軍不必多禮，這就起來吧！」

談寶兒起身站起，四處看了看，笑道：「皇上，你們這是做什麼啊？又是殺豬宰羊，又是燒黃紙的，莫非皇上你也在學人家結拜兄弟？既然是這樣，微臣就不打擾，先告退了！」說時四處瞅瞅，就要開溜。

「結拜兄弟？」永仁帝愕然。

「大膽！」太師忽然一聲冷喝，用手指指著地上那堆爛肉和羽毛，冷聲道：「談將軍，國師費盡力氣才從西域那邊求來一隻畢方彩鳥，足足作了三天三夜的法，本來是要祭天求雨的，被你的豬一撞，頓時血肉模糊，祭天大典已爲你破壞，你竟然還敢在皇上面前胡言亂語，臣請皇上立時將談容就地正法，以謝上天！」說時他一撩袍袖，跪倒在地。

「不是吧，太師！我和那豬萍水相逢，不是很熟的！你別冤枉我！」談寶兒大叫。

在這一瞬間，他終於想起來了，上次在酒樓的時候，飯桶曾經說過這月的十五，張若虛要在這亂雲山舉行祭天大典，自己還說來觀摩呢，今天可不就是十五了嗎？那堆血肉模糊的東西，不會真的是用來祭天的神鳥吧？

卻聽太師冷笑道：「談容！這裏人人都看見這豬是和你一起從懸崖上落下來的，以你的功力，會控制不住一隻野豬？荒謬！這野豬從天而降後，不偏不倚，正好砸到神鳥畢方身上，分明就是你居心叵測，搞恐怖襲擊，意圖破壞祭天大典！」

此言一出，只如石破天驚，臺下的人群頓時沸騰起來。一時間，臺下諸人的眼光很是複雜，不信者有之，鄙視者有之，仇恨者有之，此外，恐懼、絕望、懷疑、興奮……種種該有不該有的情緒充塞了整個空間。

所有人的眼光都望向了談寶兒。

喧鬧聲裏，忽聽楚天雄大聲道：

「臣啓陛下，神鳥畢方雖然是被談容趕下山來的野豬撞死的，但此爲無心之失，並非不可補救。再者，談容在前線驅逐魔人，立下莫大功勞，還望陛下從寬處罰！」

他嗓門極大，一出口只如雷鳴一般，臺下百姓聽他如此說法，當即便有一大半的人應聲附和，要知當日談容以一敵百萬的英雄事蹟早已轟傳天下，在百姓心目中，他就是完全不遜色於白笑天的新戰神，大得民心也是再正常不過的事。

「楚尚書此言差矣！」太師冷笑道：「談容在前線立功是事實，但撞死神鳥，導致這祭天求雨大典最少要推遲兩個月，京城一帶今年的收成只怕至少減少四成！無農則國不穩，談容已闖下彌天大禍，可說是功不抵罪！臣請皇上將談容處死，好給天下臣民一個交代！」

楚天雄青筋暴凸，怒道：「太師，你這是強詞奪理！天不降雨，最多是一地受影響，全國尚可支援。但若無談將軍在前線殺敵，龍州已破，國土不知又失去多少。以偶然之失，而殺有功之臣，此明主不爲，丞相這是要陷陛下於昏君之地嗎？」

太師淡淡道：「陛下明鑒，臣絕無此心。臣只是就事論事，倒是楚尚書與談將軍是未來翁婿，這刻意維護也是人之常情，還請皇上多多體諒，不要怪罪於他。」

「你……」楚天雄還要說什麼，卻被永仁帝冷聲喝斷，「夠了！你們都是朝中重臣，吵吵鬧鬧，成何體統！」

眼見永仁帝龍顏大怒，楚天雄和太師都是嚇了一跳，同時屈膝跪下：「臣知罪！」

永仁帝卻不再看這兩人，目光望向談寶兒：「談容，朕想聽聽你的解釋，這次到底是無心之失，還是有意爲之？」

所有人的目光再次集中到了談寶兒身上。

談寶兒心道：「這麼多人看老子，也不知這算不算集萬千寵愛於一身！」

他一面自嘲，一面轉念，眼前若說自己是無心之失，別說別人不信，就連自己也不信，但如果說自己是有心，太師這傢伙和我便宜岳父不和，多半就要順路落井下石，更是死路一條。他心念轉了幾轉，暗自一咬牙，心說老子賭了，大聲道：

「回皇上的話，臣是故意的！」

啊！有意的？臺上臺下，所有的人同時傻了，唯有張若虛的眼睛亮了起來。

隨即臺下亂成一鍋粥，臺上卻是太師最先反應過來，向永仁帝道：「陛下，談容自己都已承認自己刻意破壞祭天大典，此人居功自傲，實是罪不容恕！臣請皇上立刻將他賜死！」

楚天雄一把抓住談寶兒的胳膊，急道：「容兒，你是不是傻了？」

永仁帝也皺眉道：「談將軍說錯話了吧！」

卻見談寶兒笑嘻嘻道：「回皇上，臣沒有說錯。只不過臣這麼做，是有理由的。」

「講！」永仁帝揮手。

「謝皇上！」談寶兒拱手，隨即望向張若虛，「國師，不知這祭天求雨大典，自華朝開始，到今年是第幾次舉行了？」

張若虛掐指一算，道：「已有三十一次！」

「那麼，最近幾年是不是次數特別多呢？」

「是！近十年之內，已有三次多！」

「這就對了！」談寶兒一撫掌，「國師，你可知爲何這些年我們年年都要求雨呢？就是因爲這祭天大典用奇獸神鳥的血求雨，有個大大的弊端！」

大大的弊端？臺上臺下眾人，聞言都是一臉茫然。

唯有張若虛問道：「那敢問談將軍，究竟是什麼弊端？」

談寶兒一本正經道：「這第一個弊端，就是用奇獸靈鳥的血祭天，大傷天和。要知道，奇獸靈鳥都是天地所生，最是能感應天地旨意，祭天大典每次都以牠們的血來祭天，每次引來的九霄天雷，其實是上天對世人殺戮牠們的震怒，而落下的雨其實是上天之淚！如此求雨，自然是飲那個什麼止渴……總之，是大大的不該就是，所以上天才不斷降下乾旱，懲罰世人！但我們不知其中道理，反而不斷求雨，陷入了這樣惡性的循環！」

此言一出，全場都是鴉雀無聲。事實上，神州民眾最敬鬼神，但鬼神之事總是虛妄，而談寶兒所說卻也並非沒有道理，一時間，連太師也不敢站出來直斥其非。

唯有張若虛的臉色變了變，談寶兒的話幾乎是徹底否定了祭天大典，他不生氣才是怪事：「那不知談將軍對求雨一事有何高見？」

談寶兒聽他口氣，知道這老傢伙已經動怒，但他現在已是騎虎難下，再加上自己早得罪了他兒子張浪，再得罪他也不是什麼大不了的事，當即硬著頭皮裝出一副笑臉，繼續瞎掰道：「高見是沒有了，低見倒正好有一個。既然靈獸不能殺，那最好就用別的動物代替嘛！所以我特地找來了這隻獨立特行的神豬！要知道豬的長相很可愛，而這隻神豬因為是自然生長，乃是天人合一的優秀產物，一定能討仙人們喜歡的。大家說對不對啊？」

約莫愣了一秒鐘，臺下響起雷鳴般的掌聲，並且伴隨著震天的歡呼聲：

「談將軍，你連這個千古之謎都能揭開，真不枉費我日日給你燒高香！」

「神豬神豬我愛你，就像老鼠愛大米！」

「談將軍，作爲你的粉絲，我感到驕傲！」

「談將軍，愛你勝過自己！」

「嗚嗚！偶像就是偶像！」

「……」

談寶兒見此，暗自大大地鬆了口氣。

忽聽張若虛笑道：「談將軍的想法真是別開生面，不過用神豬代替神鳥求雨，貧道可不會。皇上，不如這求雨的光榮任務就交給談將軍吧！」

「皇上，既然談將軍是刻意爲之，想來對求雨一事已是胸有成竹！那麼就讓他試試也是無妨，最多求雨不成再加罰他個欺君之罪，數罪並罰，按律誅他九族就是！」太師說得輕描淡寫，但人人聽了都是不寒而慄。

永仁帝沉吟一下，問談寶兒道：「談將軍，你以爲如何？」

不想談寶兒卻笑道：「臣昔年曾隨異人學得求雨之術，願意一試！」屠龍子曾經跟談寶兒詳細講過呼風喚雨之陣，並且告訴他說，這個陣並不需要布陣者本身的功力有多強，關鍵是天時、地利和人和。如今天陰有雲，已占天時，又是高山之巔，已具地利，而憑藉談容在百姓和軍中的威望，人和自也不難，所以談寶兒決定行險一試。

永仁帝點點頭：「好！那你需要什麼協助嗎？」

「不需要！這石臺上只要有臣一人足矣！」談寶兒答道。其實他的如意算盤是，如果自己學藝未精，求雨不成的話，自己施展凌波術轉身就朝懸崖上跑，臺上無人，他逃跑起來才快。

「我們先下去吧，別打擾到談將軍求雨！」永仁帝說完，率先朝臺下走去，張若虛和太師跟在身後。

楚天雄走到談寶兒身邊，壓低聲音道：「容兒，你量力而為，一會兒若求雨失敗，儘管朝我所在的方向逃跑，伯父會幫你擋住追兵！」說完轉身走下臺去。

偌大的石臺之上，頓時只剩下了一臉愕然的談寶兒和那頭死豬。愣了片刻，談寶兒這才記起該布陣，不過在布陣之前，對於那頭神豬，自己還是要裝模作樣地做作一番的。

他想了想，起身走到那頭野豬身邊，順手將那頭野豬提了起來。

但就在這個時候，眾人耳裏忽然都聽見「撲」的一聲巨響。

那聲響是如此之大，不啻於半空中落下一個悶雷。全場所有的人都被雷聲震得目瞪口呆。

聽出聲音的來源正是手裏那頭死豬，談寶兒大驚失色，慌忙隨手一拋。

野豬被拋到石臺邊緣，卻沒有倒下，而是站立起來，隨即叉開兩隻後腿，一陣「啪嗒啪嗒」的聲響，一團熱氣騰騰的黃色物體從野豬的後臀落了下來，砸到石臺之上，形成一團巧奪天工的豬屎！

這頭野豬從那麼高的地方摔下來，竟然只是摔暈過去，並沒有死！全場徹底地安靜下來。

剛剛還在爲談寶兒歡呼的人，嘴已經無法合上，發生這樣的事情，實在是有點太誇張了。他們搞不清楚這是不是神豬的特異之處，一時不知道是不是該歡呼。

呼風喚雨大陣能否求雨成功，全靠在場眾人對布陣者的信心，信心越大，求雨成功就越容易，相反，若是不相信自己，那麼求雨就注定失敗。

眼見眾人一個個如吃蒼蠅的感覺，臺上的談寶兒幾乎就要腳底抹油朝懸崖上撲去，但他腦筋忽然一轉，臉上露出了微笑，大聲道：

「黃金落地，一點萬兩！各位觀眾，神豬在我法術的作用下，已經產下黃金，有需要將吉祥物帶回家的朋友請馬上舉手。晚了可就來不及了哦！舉高點，讓我看到大家的誠意好不好？」

聽說這神豬的糞一點就代表萬兩黃金，人群在愣了一秒之後，臺下頓時沸騰起來，歡聲雷動中，一個個高舉雙手。

談寶兒笑咪咪道：「很好！大家的熱情我已經感受到了。不過每人舉一隻手就可以了，當然了，舉雙手的熱心觀眾可以多分一份！啊！這位朋友居然雙腳也舉起……哎呀，大家的雙腳都舉起來了，朋友的熱情真是太高了！那這就接著吧！」

說到這裏，談寶兒張弓朝那團屎射出一箭，強勁的衝擊波炸開，黃金屎在一瞬間從地上捲了起來，飛向各位熱情的觀眾。

飛到半空，黃金屎散開，以天女散花的姿勢四處落了下去。於是在場觀眾幾乎人手一份黃金，各自心滿意足，高聲歡呼。

人群的熱情前所未有的高漲，軍中的士兵更是吹響了雄壯的軍樂。那頭野豬被眾人的熱情感染，竟然忘記了逃跑，就著音樂四蹄亂跳，儼然是在舞蹈，眾人見此越發深信這是神豬無疑，對談寶兒的信心達到了前所未有的高度。

談寶兒眼見機不可失，當即高聲道：「好了！我現在要開始布陣！請大家一起低頭祈禱降雨吧！」

眾人依言照做，一時場面安靜下來，那隻野豬忽然失去音樂聲，頓時愣在當場。談寶兒運功伸手在石地上畫出一個直徑約莫有兩丈大小的太極圖，從背上箭壺裏抓出八支箭，分別插在八卦的方位，隨即向八卦四周連續射出幾十道真氣。

做完這一切，陣法雛形已經具備。談寶兒心道：是龍是蛇就博這一回了，一咬牙，朗聲吟道：「八卦乾坤顛倒，坎離交錯……」他邊念咒語邊向地面指點，隨著他手指所指的方向，那些雕翎箭頓時動了起來。

開始的時候還只有兩支箭在動，互相交換位置，緊隨其後卻是四支，六支……到最後，那個太極圖內竟好似有成千上萬支箭在竄動，像龍捲風一樣圍著太極圖轉，在太極圖上空形成一條十丈身長的箭龍。

眾百姓和禁軍士兵見此玄奇景象，都是磕頭不已，心中對談寶兒再無懷疑，各自開始虔誠禱告。

張若虛卻是越看越是吃驚，良久之後，心頭忽然一動：「這莫非竟是……」

卻在此時，只見談寶兒飛身跳到大陣中央，左右兩手食指分別朝太極圖兩個陰陽眼上一指點，朗聲道：「神龍一躍驚天地，八方風雨會京華！」隨即他左手扣住右手腕部，右手食中兩指成劍，朝天高高一指。

一道金光從他指尖射出，落到箭龍身上，後者全身一顫，猛地破空飛去，飛到七丈時候，終於化作了一條矯健的金鱗神龍，飛上九天，鑽進雲中不見。

同一時間，臺下誠心祈禱的眾人都覺全身一軟，紛紛躺倒地上。談寶兒這一指，除開消耗身真氣外，借了臺下上萬人的人氣，所以一個個頓時有如虛脫。

談寶兒射出金龍之後，自己也是全身乏力，一屁股坐在了地上。

金龍入得雲霄之後，卻毫無反應，眾人等了半天，遲遲不見動靜，臉上都露出疑惑神色。

談寶兒表面鎮定，暗自卻是不斷叫苦：「該死的，小龍子不會是欺騙老子吧？還是這神龍是上天後就戀上了天上的母龍，忘記了給老子降雨？沒義氣啊！」

正在此時，臺下太師忽道：「臣啓陛下，談容作法後，如此之久不見動靜，依微臣之見，這人分明是用幻術造出龍影，旨在嘩眾取寵。臣請陛下……」

他話音未落，眼前陡然雪亮的光芒閃了一閃，緊隨其後，耳裏就是巨大的雷鳴聲傳來，直震得一個踉蹌，幾乎沒有當場摔倒。

「哈哈！老子成功了！」談寶兒哈哈大笑，從地上一躍而起，伸出一根指頭，朝天一指，「神龍聽令，風來！」他話音落時，天上的閃電頓時消失，四周一片安靜。

風聲呼嘯，狂風撲面而來，談寶兒一頭長髮被捲得散亂無比。他哈哈大笑，伸手再次朝天一指，金色的閃電由指尖射出，那力量彷似要捅破蒼穹。

「雨來！」

閃電射到天上，早已彙聚在一起的烏雲，頓時碎裂，雨點落下，隨即大雨嘩啦啦從天而降，在地上砸出一個個土坑，空氣裏瀰漫著泥土的芬芳。

高臺之下，幾乎所有的人仰天歡呼，淚水和雨水混在了一起，他們仰頭上望，只見高臺之上，談寶兒長衫隨風獵獵飛舞，長髮散亂不羈，有如天神。

誰也沒有想到，這個時候，風雨中的談寶兒正暗自一抹冷汗，心頭湧起一陣疲累感覺：「好險！不過這次又被老子混過去了！」

鉛雲低墜，成千上萬的水珠如疾箭一般從高空中射下，砸在地上，濺起一個個的泥坑，落在人身上，陣陣發疼。但幾乎所有人卻都歡呼雀躍，如癲似狂。奔相走告，每個人的臉上，都好似樂開了花。

這一場久違的甘霖，竟喜得人們如此的驚心動魄！

有太監將一柄大傘遮在了永仁帝的頭頂，但被後者一把推開了。

風雨裏，大夏的皇者徑直走上臺，眾目睽睽下，向談寶兒鞠了一躬，恭聲道：「談將軍，朕代京城百姓謝謝你！」

臺下一片安靜，眾皆愕然——堂堂天子竟然向一個下臣行此大禮？

談寶兒雖然不識禮數，卻也知道自己絕對受不起皇帝一拜，忙側身閃過，將弓箭收入酒囊飯袋，跪下道：

「皇上莫要如此，臣可是要折福的。其實這次臣能求雨成功，並非臣一人之功，在場諸人都有功勞！特別是國師，如果沒有他選到如此好風水的一個地方，臣就算使出吃奶的勁，也是萬萬不能成功的。」

永仁帝自不知談寶兒說的是實話，以為他謙虛，拍拍他肩膀，笑道：

「居功不傲，謙虛謹慎，很好，很好！國家有棟樑如此，社稷之福啊！好了，求雨既成，咱們這就下山吧，一會兒在路上，你將你的事細細向朕說來！」

「是！」談寶兒答應。

當下，永仁帝向臺下宣布祭天求雨大典結束，眾人下山。

他聲音清朗，風雨裏竟也人人聽得清楚。眾百姓早被大雨淋得像落湯雞，卻因為皇帝不打傘，他們也不敢，聞言也顧不得再看談容，一個個忙撐了傘朝山下落荒而逃。

永仁帝滿臉微笑地挽了談寶兒的手，在文武百官和禁軍的簇擁下朝山下走去。

一行人浩浩蕩蕩下得山來，山腳處卻停了無數華麗馬車，其中最大的一駕有六匹高頭大馬拉著，車身轎衣為黃綢，上面繡著九條金龍，珍珠掛簾，翡翠鑲邊，說不出的華貴逼人。正是皇帝的御輦。

乖乖個咚，這馬車要是拿去賣，怕是夠用一輩子了吧！談寶兒正胡思亂想，卻被永仁帝拉著他的手上了御輦。眾大臣眼見如此，都是咋舌不已，心說陛下對談將軍之榮寵，可謂古往今來所無。

眾大臣感嘆一陣，也紛紛上了自己的馬車，車馬轔轔，帶著一山風雨，朝京城而去。

唯有那頭神豬，拉出無數黃金之後卻再無動靜，只是瞪著碩大的眼珠四處張望，眾軍士不知道如何處理，便有一名年輕將軍前來請教談寶兒。

談大英雄隨口道：「將牠宰了吧，做成紅燒肉……回頭記得分我一碗！」

「宰了？」那將軍愕然，顯然是想不通神豬竟然也可以做成紅燒肉——這位談將軍行事果然是高深莫測，與常人不同。

從亂雲山到京城約莫五里，加上下雨，馬車在官道上行駛頗慢。

上車之後，永仁帝終於肯放開談寶兒的手，但立刻迫不及待地問起了龍州一戰細節。

談寶兒先前曾聽老胡說書，從臥龍鎮到崑崙的路上也多有問及談容細節，再加上他此時領悟了不少談容的法術，說起當日龍州戰事，竟當真有如親歷，永仁帝並無懷疑，反是嘖嘖稱奇，讚賞不已。

說了一陣，終於說到被謝輕眉追殺之事。永仁帝聽到此處，神色一凜：「容卿你沒有弄錯吧，魔人怎麼進得了九鼎結界？」

談寶兒道：「不會錯的！這是臣親眼所見。而且臣猜想，謝輕眉等一干魔人此次進京，並不僅僅是爲了追殺臣這麼簡單，主要目的，還是爲竊取九鼎。」

當下他將自己如何進入天牢，又如何被昊天盟的人救出，之後巧遇謝輕眉盜鼎之事挑重點說了，其中關於屠龍子的事以及自己和昊天盟少盟主相像一事無關痛癢，自是跳過不提。

永仁帝先聽到他和飯桶賭錢的事好笑不已，繼而聽到范張二人竟敢將他送進天牢，立時臉色一寒，最後聽到九鼎之事卻是大驚失色：

「等等！你是說，昨夜盜走宗廟裏那只九鼎的是魔人，而並非昊天盟的人？」

談寶兒並沒有看見謝輕眉將九鼎遺失而被月娘拾走的情景，點點頭道：「對！這只九鼎應該是被她帶走的！可惜微臣功力未復，不然定能將那妖女留下！」

永仁帝搖搖頭：「這也怪不得你，不必自責。」他沉吟片刻，微微嘆了口氣道：「前線戰事雖然剛剛取得大勝，但魔人主力猶在，依舊盤踞關外，覬覦九州，並且還派人入神州盜取九鼎，偏偏這個時候，昊天盟卻又鬧得甚是囂張，而南疆……外憂內患，我大夏的形勢可是前所未有的嚴峻啊！」

反正吹牛不上稅，談寶兒將胸口拍得空響道：「皇上放心，一切包在小子身上！老子一定將魔人趕回他姥姥家喝洗腳水去，什麼昊天盟昊地盟的，全讓他們乖乖地向皇上投降，等皇上打他們屁股就是！」

永仁帝之前曾聽楚天雄說談容滿腹詩書，萬料不到他言語粗俗至此，不禁莞爾：「呵，有趣，你說話真是有趣！好，就讓魔人都回家喝他姥姥的洗腳水，昊天盟的人都來讓朕打屁股，不過，千萬記得叫他們把屁股洗乾淨，免得弄髒了朕的鞭子，哈哈！」

談寶兒受到稱讚，便放開懷抱，更加妙語如珠，只聽得永仁帝放聲大笑，龍顏大悅。一老一少兩個惡棍，竟漸漸忘記了君臣之分，大有一見如故之勢。

車外眾大臣聽他兩人如此投機，都是又羨又妒，唯有張浪、范成大和何時了三人是暗暗叫苦，心中各自轉著心思，思索如何應對談容秋後算賬。

走了約莫兩個時辰，隊伍進了京城，來到皇宮前。

御輦停下，有兩名太監撐開丈寬的大傘，眾大臣在車外跪倒，齊聲道：「恭請皇上移駕！」永仁帝挽著談寶兒的手下了馬車。

談寶兒眼見眾大臣密密麻麻地跪了一地，手邊明明有傘，卻不敢撐，一個個淋得像落湯雞，而自己卻在皇帝身邊，有大傘遮蓋，心中說不出的得意，只是飄飄然裏卻隱隱有些不安。今日種種榮寵，本該都是談容的，自己受了，總有種做賊的感覺。但這種感覺很快就煙消雲散，取而代之的是一種弟承兄業的理所當然——從某種意義上講，臉皮厚實在是一個不錯的優點。

永仁帝揮揮手，示意眾人起身，笑道：「這次求雨成功，諸位愛卿皆有功勞，回頭我會叫禮部賞賜！好了，大家就送到這裏吧，除開太師和國師，大家都回去吧！」說完話，他眨眨眼睛，朝談寶兒笑笑，轉身進宮門去了。國師和太師兩人緊步相隨。

談寶兒見永仁帝最後一笑很是曖昧，暗自發毛，正自胡思亂想，胳膊忽然被人一把抓住，耳邊響起一個激動的聲音道：

「容兒，你……你終於回來了！伯父……伯父真是高興啊！」

回過頭去，一把雨傘下，一名大鬍子一臉激動，正是當朝戶部尚書楚天雄，談寶兒此行的主要目標。

談寶兒心說：「你又不是現在才看到我，這會兒還在激動個什麼？」口中卻也激動道：「是是……伯父，容兒回來了！」

「來來，先到伯父府上，讓伯父好好看看你！兩年多不見，你可真是成熟多了……」楚天雄說著話，不由分說，抓起談寶兒的胳膊就朝一駕馬車前拉。

上了車，馬蹄聲起，車輪滾動，一路向東。

楚天雄開始熱情地與談寶兒攀談，但話題無非是伯父每天想你幾十遍，你在前線吃得飽不飽，穿得暖不暖之類。談寶兒反問的則是，伯父，您老人家是否老當益壯、什麼時候娶第七房姨太太之類的無聊廢話，也不必一一細說。

穿街過戶，走了一陣，不多時來到楚府。

下得車來，瓢潑似的大雨卻不知何時停了下來。雨後初霽，一輪豔陽當空高照，兩條彩虹經空下，水氣襯托得一座巨大的府邸高大雄偉，裏面亭臺樓閣雲霧繚繞，一如仙境。

楚天雄親熱地挽著談寶兒的手，進了旁邊，有一對威猛石獅的朱漆大門。進門之後，談寶兒才知道爲何當日范成大要將自己當做土包子。且不說眼前亭臺樓閣的華麗，小橋流水的精緻，光是那鋪地的細碎鵝卵石顆顆小如珍珠，亮如玉石，就已比倚月樓的境界高出不少。高官之家，果然是非尋常可比！

走出不遠，一名管家模樣的老年人迎了上來：「老爺，您回來了？哎呀！這位不是容少爺嗎？」

談寶兒自不認得眼前這人，正不知如何應對，楚天雄卻大笑道：

「沒錯！正是我侄兒談容回來了。福伯啊，快去準備酒席，老爺我今天要和我們的抗魔大英雄好好地喝幾杯！對了，快去叫小姐到客廳來，就說她每天念叨的容哥哥回來看蘭妹了！哈哈！」

容哥哥？蘭妹？談寶兒暗自全身一陣雞皮疙瘩，心說：看不出老大一副斯文模樣，原來也是這樣個肉麻的傢伙。

福伯道：「老爺你莫非忘了？小姐去水月庵進香去了，要晚上才回來。」

「哎喲！還真給忘了！」楚天雄一拍腦袋，隨即揮揮手，「那好，你先去準備酒席吧！」

「是！」福伯答應著去了。

談寶兒微覺失望，他的計畫是一會兒見到楚遠蘭後，就向楚天雄退婚，並不打算在楚府久留，現在看來，這京城四大美人之一是無緣相見了。

見福伯離開，楚天雄帶著談寶兒穿廊走閣，不時來到客廳。走進廳去，自有下人送上香茶點心。兩人落座，開始繼續閒聊。

細細問了一下當日龍州戰事，楚天雄感慨道：「容兒，我與你父乃是多年知交，他雖是一介書生，但一心想復故土。兩年前，你父母先後去世，你選擇投筆從戎，如今建立大功回朝，他們在天有靈，想來也可以含笑九泉了。」

談寶兒自不知談容父母之事，心中又想著如何措辭退婚，聞言唯有唯唯諾諾，敷衍了事。

又說了一陣廢話，楚天雄道：

「容兒啊，你未回來之前，皇上曾向我提過，他會給你兩個選擇，一個是接替司徒崛的龍州總督之職，另外一個是禁軍三營之一的金翎營統領。伯父以爲，你父母在天有靈，也希望你能選擇龍州總督，帶領大軍驅除魔人，還我河山！不知你以爲如何？」

還讓老子去和魔人打？談寶兒嚇了一跳。在未和魔人相遇之前，他整日做夢要上前線殺敵，成爲人人敬仰的大英雄，但這一路上的風聲鶴唳，好幾次小命不保的香豔經歷，卻讓他頗有畏懼，好在他扮演談容的時間也快到盡頭了，當即裝出一副正氣凜然神色道：

「伯父所言甚是，男子漢就該爲國爲民，血戰沙場，馬皮包著屍體，看待死亡就像回家……」他依稀記得最後兩句話是兩個很有豪氣的成語，但臨頭卻又不會說了。

楚天雄大笑道：「對對對，大丈夫正該揚威戰場，伯父果然沒有看錯人！不過，視死如歸就可以，別真的馬革裹屍就好，我可不想蘭兒守寡！」

談寶兒心頭奇怪：「陽痿戰場？一到戰場就陽痿，老傢伙說話怎麼這麼沒有水準！」但此時他無暇關心這些旁枝末節，而是試探道：「蘭兒美如天仙，又冰雪聰明，善解人意，能娶到她自是任何一個男人的福氣，不過……不過伯父，你沒有真的已將她嫁到我家裏了吧？」

「怎麼會？你以爲楚伯父真是那麼混賬的人嗎？」楚天雄哈哈大笑，「那是我催你早日回京，才故意那麼寫信的。你家中府邸年久失修，已不成樣子，皇上命人拆了給你重修，東西搬到了我府上，而你家中僕役我也替你遣散了，你家都沒有了，怎麼成親？再說，你人都未到，蘭兒和誰……對了，計算日子，你半月之前就該到了，怎麼直拖到今日？」

談寶兒心中一塊石頭放下，笑道：「其實也沒有什麼，就是這個路上被人鬧著要打要殺的，到京城的時候，又不小心去天牢觀光了一下，耽擱了幾天！」說著，將從離開臥龍鎮之後，一直到自己出現在亂雲山的事細細說了一遍，當然，其中自己和談容的身分是徹底合而爲一，至於若兒、屠龍子和昊天盟少盟主諸事，也和之前與和永仁帝說時一樣是省略不提。

楚天雄聽得怒髮衝冠，重重一掌拍在茶几上，恨聲道：

「魔人好大的膽子，萬里追殺我大夏將軍不說，竟還敢潛入京城偷取九鼎，當真是欺我神州無人嗎？還有范張兩人，仗著父母蔭庇，一貫的爲非作歹，這次竟敢連朝廷命官也敢隨便送進天牢，還有何時了……不行不行，老子這就得進宮見駕！」

談寶兒忙道：「不用了伯父，剛剛回城的時候，皇上已經都知道了。他說會給我一個滿意的交代的，您就放心吧！」

「這樣就好！」楚天雄這衝動中年這才情緒緩和。

說話間，福伯走進來說酒菜準備好了，楚天雄當即帶著談寶兒去飯廳。

談寶兒自昨夜開始便沒吃過東西，正是餓的時候，當即決定吃飽飯再談退婚不遲。不想楚大鬍子熱情奔放至極，吃飯時候，棄酒杯酒碗不用，直接抱著十斤重的酒罈就是一頓猛灌。談寶兒暗自叫苦，卻不好失了禮數，也是捨命陪君子。

楚天雄酒量之豪，實是驚人至極，談寶兒雖有個虛懷若谷的酒肚，但最後卻還是比大鬍子先變成了一灘軟泥。

迷迷糊糊中，談寶兒被人架著進了一間臥房，此後昏昏沉沉，夢回無名玉洞，不斷踏圓，練習一氣化千雷，洞裏雷聲隆隆，電光縱橫……

醒來的時候，屋子裏已燈火通明，推開天窗，窗外明月如盤，滿天星斗，蛩蟲四鳴，卻已是暮色深沉——這一睡竟又是整整一個下午。

被夜風一激，談寶兒殘酒盡散，精神一振。回頭打量一下，卻見這間房雖是客房，布置卻異常華麗。大理石鋪地，紅木傢俱，錦帳裏雖是草席，但那草卻散發著一種淡淡幽香，想來也非凡品。

此外，屋子裏的燈火並不昏黃，反是潔白如月，卻是點了水晶風燈。這種燈的外罩是由水晶製成，而裏面燃燒的也不是尋常燈油，而是南疆進貢的燈玉石，無煙無味，水火難侵。

談寶兒以前只聽人說過這種燈，卻並未親見，此時見了，一面嘆爲觀止，一面卻是欷歔不已：這樣華貴之家，卻終究和自己半點關係也無，最遲明早，自己替老大退婚之後，便要離開這裏，所有功名榮耀，富貴榮華都將與自己分道揚鑣。

正暗自嘆息，談寶兒忽然聽見一陣清脆悠揚之聲，定神看去，卻是夜風入戶，吹得屋裏錦帳邊所掛的風鈴鳴響。

抬步走過去，卻見那風鈴竟呈粉紅色，上面更是纏了淡黃色的絲條，談寶兒不由笑道：「這是誰做的風鈴，這麼重的娘們氣？」

他話音方落，忽聽門外一個珠落玉盤般的悅耳女聲嗔道：「容哥哥，你又在背後說人家什麼壞話了？」

話音落時，聽門外環珮叮噹聲響，門咯吱一聲輕響，談寶兒但覺一陣奇香撲鼻，忙轉頭望去，卻見一名年輕女郎推門走進房來。他一雙眼睛便再也移動不開，一時只覺人在雲端，忘記了今昔是何年！

眼前這女郎長髮如瀑，淡黃長裙，環佩戴飾，無一處不妙；舉手投足，一顰一笑，無一態不美，談寶兒並非口拙之人，但此時卻偏偏如當日見到若兒和謝輕眉一樣，根本找不到一個詞來說出她們的妙處。

這女郎自然只能是京城四大美人之一，觀海雲遠中的「遠」，楚天雄的獨女楚遠蘭了！

隨著楚遠蘭進來的還有楚天雄，老傢伙現在神采奕奕，衝談寶兒笑道：

「蘭兒之前來看過你，見你睡著了便沒有吵你，卻又急切想見到你，所以在屋裏放了個自己做的風鈴，說你一推窗鈴就會響，她就好來看你……」

「爹！你說這些做什麼？」楚遠蘭假嗔著打斷楚天雄的話，衝談寶兒道，「容哥哥，這是醒酒湯，你先喝一碗吧！」

「哦，謝……謝謝！」談寶兒這才發現楚遠蘭手裏還端著一碗熱氣騰騰的湯，那濃烈的香氣正是從這裏發出，忙雙手接了過來，喝了一口，只覺清香滿口，神清氣爽。

喝完湯，有丫鬟將湯碗帶走，三人在屋中一張圓桌上坐了下來。

楚天雄看看楚遠蘭，又看看談寶兒，滿意微笑道：「容兒啊，如今蘭兒也在了，你們的事，我想可以和你談談了……」

談寶兒聽他說到重點，當即便要提出拒婚之事，但剛要開口，眼神卻碰到楚遠蘭一雙如水明眸，只覺伊人眼中竟似有萬千柔絲，絲絲落在自己身上，彷如蜜糖之線，將全身捆得酥酥軟軟，一時間竟是連開口的力氣也無。

只聽楚天雄續道：「這門親事雖然是指腹爲婚，但你二人自幼一起長大，可說是青梅竹馬，感情深厚，你的人品才學我也是知之甚深，蘭兒嫁給你，我是相當放心的。剛才下午時候，皇上遣人來說，你的新府邸已經完工，我替你新買了許多僕役，而嫁妝迎娶等一切事宜，你未到之前我已準備妥當。擇日不如撞日，我看明日就讓你兩人成親吧！」

「明天？」談寶兒嚇了一大跳，這衝動中年未免也有些太急了吧！

「明天太遲了？那今晚也是可以的啊！酒席、彩禮都是早準備好的，我這就叫人去找媒人、轎夫，改發喜帖……」楚天雄說著站起身來，就要去張羅。

「爹！你不要亂來啦，容哥哥不是那個意思！」楚遠蘭又是好氣又是好笑，忙一把將父親拉住，「哪有你這麼急著嫁女兒的？也不怕人家笑話！」

「笑話？容兒是自己人，有什麼好笑話的？」楚天雄瞪大了眼，「對了容兒，你不是這個意思，那是什麼意思？我跟你說，反正你是要娶我蘭兒的，早幾天和晚幾天沒有任何區別！你說是不是？」

「是，是是！」談寶兒只能乾笑。

楚遠蘭看談寶兒笑得勉強，臉色大變，問道：「容哥哥你怎麼了？莫非你不滿意我們的婚事嗎？」

「我……」談寶兒一驚，便要和盤托出，忽然看見楚遠蘭眸中淚光閃爍，神情悽楚，沒來由地胸口一酸，話到嘴邊便變了調，「我非常滿意……啊！」最後卻是一聲驚呼，因為他話剛說了一半，耳中卻傳來一聲冷哼，聲音像極了若兒！

「容兒（容哥哥）你怎麼了？」楚氏父女同時叫了起來，齊齊關切地望向談寶兒。

「沒事！」談寶兒呼了口氣，心頭卻終於下了決定，他不敢看楚遠蘭的眼睛，對著楚天雄道：「伯父，這門婚事我非常滿意，只不過聖帝曾言：『魔人未滅，何以為家』，所以當日我在龍州曾經發下重誓，魔人一日不退出神州，我就一日不成家！我不想耽誤蘭兒，所以，這門婚事……還是就此取消吧！」

話音落時，楚氏父女同時愣住，談寶兒不敢看兩人表情，凌波術使出，身體化作一道疾光，衝出門外，隨即飛身上房。

房頂空空蕩蕩，卻並無一人，哪裡有什麼若兒？談寶兒呆了一呆，忽然發現前方夜色有一道微光一閃而逝，微光裏似有個少女的倩影，清麗宛然，依稀正是若兒模樣。

身後隱約傳來楚遠蘭的哭聲，談寶兒硬起心腸，只如充耳不聞，飛身朝若兒追去。但那幽幽哭聲卻只如一根根纏絲，充斥在整個京城的上空，無論談寶兒飛到哪裡，那聲音依舊是裂肉附骨，鑽心入肺，揮之難去。

談寶兒眉頭大皺，當即用雙手將耳朵捂住，但不想那哀怨纏綿的哭聲卻絲毫不受影響，如水銀泄地一般無孔不入，透過雙手的縫隙鑽入耳來，深入他五臟六腑，攪得他胸口一酸，淚水不由自主地奪眶而出，真氣一窒，腳下一個踉蹌，踏碎了好幾塊屋瓦，幾乎沒有當場掉下房去。

談寶兒大驚失色，再顧不得心中感受，慌忙調集真氣，全力展開凌波之術，身形頓時變得肉眼難辨，在京城的房頂上一陣亂竄，但落足之處，屋瓦被碎成塊，四處飛濺，引來身後驚呼陣陣。

不時飛出百丈，出了楚府，躍到別家房頂，耳中終於再也聽不見楚遠蘭那淒婉哭聲，談寶兒真氣也回復正常。

他大大地鬆了口氣，心道：「媽的！難怪老胡常說『自古英雄難過美人關』，隔了這麼遠，這丫頭的哭聲都幾乎要了老子半條命，要是她當著我的面哭，老子這個冒牌大英雄絕對抵擋不住，老大交代的事可就絕對辦不成了……卻也對不起若兒，等等，若兒呢？」剛剛他逃楚遠蘭的哭聲逃得太急，屋瓦飛濺裏，竟忘記了看若兒消逝的方向。

極目四顧，卻根本不見若兒的影子。談寶兒呆了一呆，猛然記起剛剛若兒所退去的方向正是京城之北，而當日她曾經和自己說過，她住在京城以北十里的水月庵，如此想來，這丫頭多半是回了水月庵了。

一念至此，談寶兒放下心來，當即施展身法朝北飛去。

只是此時不過是夜初，城裏燈火輝煌，他飛了一陣，深怕被城中如張若虛一類的高手發現，引來不必要的麻煩，當即挑了個燈火闌珊的胡同，飛身落下，準備先走出城去。

哪知京城果然是藏龍臥虎之地，這黑暗的胡同裏竟也有人。他剛一落地，黑暗中陡然響起一聲驚呼：「呀！談容耶，發達了發達了！」

談寶兒嚇了一跳，定睛看去，卻見身前丈許開外的地面坐了個小和尚。

小和尚一身的衣衫襤褸，左手拿了個生滿銅銹的碩大飯鉢，右手握著一根只有半截的木魚棒，滿臉泥汙，一副落魄模樣，唯有一雙眼睛是燦若星辰。

小和尚見談寶兒發愣，嘻嘻笑道：「阿彌陀佛！談將軍，您老可真是好興致，這大半夜的，不在尚書府和你未來的新娘子談情說愛，偏偏在房頂上東跳西躥的，莫非是又看上了哪家的姑娘？要不要佛爺我替你說媒去？」

說媒！談寶兒嚇了一跳，忙陪笑道：「小師父誤會了，其實這個長夜漫漫，無心睡眠，我是出來跑步健身，並順便看看星星的！」

「看星星？」小和尚愣了一下，隨即恍然，「沒想到談將軍也是同道中人，也和佛爺我一樣是出來夜觀天象的啊！要不一起研究研究？」

在這黑漆漆的鳥地方，能看到什麼天象了？談寶兒覺得自己遇到個神經病，口中忙笑道：「今天有點急事，改天有空再說吧！那個青山長流，綠水不改，英雄後會有期……」嘴裏說著亂七八糟的話，朝著小和尚拱拱手，腳下一轉，朝巷口跑去。

「後會有期！」小和尚也是一本正經地拱手，見談寶兒身影消失在巷口，罵道：「搞什麼嘛，跑這麼快做什麼？佛爺又不是要向你借錢！」他復又盤膝坐下，伸手從面前大鉢裏掏出一塊滷牛肉塞進口裏，隨手朝鉢口上方虛虛一抹，那大鉢口上忽然多了一道淡淡的金光。

金光一閃而逝，隨即銅缽的表面，卻忽然好似覆蓋上了一面明亮的圓鏡，鏡面上映照著滿天的星斗，顆顆亮如珍珠。

小和尚滿意地一抹嘴，一面伸手在圓鏡之上按照星座排位指指點點，一面自言自語道：「看起來佛爺我的鏡花水月之術，大約只有師父四成功力，不過呢，說到對這星相次序的研究，就算是身爲禪林四大長老之一的師父你，也要甘拜下風對不對？」

四周寂寂，自是無人回答他的話，小和尚正打算自問自答地自我吹噓一番，不想斜刺裏一個蒼老的聲音附和道：

「說到星相之術，無法，你絕對是我禪林第一人，不過爲師和你說過多少次了，星相陣法終究是小道，留給蓬萊去研究就好，精神修養才是我禪林根本……」

「啊！老禿驢追來了！」小和尚愣了剎那，隨即陡然發出一聲驚叫，心念一動，右手那半截木魚棒頓時憑空漂浮起來，他飛身落到棒上，木棒帶著他如離弦之箭破空飛去。

下一刻，他剛剛消失的地方，出現一名駕著白光飛行的老和尚。老和尚氣喘吁吁，伸手虛虛一抓，腳下閃過一道白光，落到手中，卻是一件月白色的袈裟。

落到地面，望著小和尚的身影消失在夜色裏，老和尚將袈裟朝身上一披，臉上露出無奈的神色，合十道：

「佛祖啊，無法這個劣徒，明明念力比我弱許多，御物飛行術不及我快，卻每每總是能挑在弟子氣勢竭盡之時離開，當真古怪！請佛祖保佑，弟子能早日抓到這個孽徒取回菩提棒，好向方丈交差！阿彌陀佛！如是我聞，須菩提語我佛……」

月光下，老和尚虔誠地念著《金剛經》，而小和尚卻已徹底消失在夜色中……

請續看《爆笑英雄2偷天公會》

遊戲時代 I
天機破 上下

內容簡介

天是熱的，地是旱的，
四野無風，人如蒸籠中的饅頭。
我在戈壁大沙漠裡，而我卻不知自己爲何置身於此。
我想不起我的過去，我的未來一片混沌，
現在，我只是一支商隊裡最低層的苦力。
在商隊被沙漠大盜「一陣風」多次襲擊後，
我意外成爲嚮導，並肩負著護送聖女前往東方絲綢之國的使命。
然而，我不幸遭沙漠鬼城裡的沙蛇螫傷，陷入昏迷，
醒來後卻發現自己置身在一個截然不同的世界！
這裡有高聳入雲的四稜高樓，寬闊筆直的大道，
大道上有無數飛馳而過的金屬怪獸。
更奇特的是，在這個世界我見到了一個女子，
她居然是「一陣風」……

遊戲時代 II
創世書 上下

內容簡介

傳說在人類遙遠的蒙昧時代，
曾經有過一個高度發達的遠古文明出現在大西洋上，
那就是今日沈睡在百慕達三角海底的亞特蘭提斯，
這片也被柏拉圖等古代學者稱爲大西洲的神秘大陸，
究竟有過怎樣的文明？
又爲何會突然沈沒？
它沈沒的時間爲何與各民族都有過的大洪水的傳說暗合？
這其中又有沒有其內在的聯繫？
更令人不可思議的是，
探險家在沈沒的海底，
發現了比埃及最大的胡風金字塔更爲巍峨宏偉的海底金字塔，
它與古埃及金字塔是否有著神秘的聯繫？
守護著埃及金字塔的獅身人面獸斯芬克斯，
又有著什麼不凡的來歷？
《遊戲時代》第二卷將爲您一一作答。

遊戲時代 III
毀滅者 上下

內容簡介

「一個握血而生的嬰兒，將成爲蒙古人未來的英雄，
領導蒙古人跨上征服世界的馬背，將毀滅帶給所有文明！」
一個關於「毀滅者」的預言在漠北草原興起，
一個民族以令人無法相信的速度集結起來，
如狼群般從漠北草原蔓延到整個歐亞大陸，
以不可阻擋之勢攻城略地，肆意屠戮，
只因爲他是上蒼派出的「毀滅者」！
主人公追隨著毀滅者的步伐，
火燒花剌子模都城玉龍赤傑、飲馬浩淼里海，
翻越天塹高加索，縱橫廣袤無垠的俄羅斯大草原……
兩萬怯薛軍的西征，縱橫馳騁數萬餘里，
擊潰了數十倍的各族軍隊，
不僅締造了世界軍事史上前所未有的奇蹟，
也揭開了這次西征的真正企圖。
《古蘭經》中有著怎樣的秘密？
中原道教名宿，長春真人丘處機不遠萬里、歷盡艱辛
去見天底下最大的可汗，又是出於怎樣的動機？
隨著主人公探索的步伐，一個個歷史謎團漸次揭開，
同時新的謎團又出現在他的面前。

遊戲時代 IV
尋佛

內容簡介

貞觀年間，大唐高僧玄奘，不遠萬里去往遙遠的天竺取經，

他究竟是要取什麼樣的經書？

一個被誤認爲是蒙古探子的東方人，

闖入了天竺佛教聖地那爛陀寺，

此時的那爛陀寺只剩斷垣殘壁，

玄奘大師當年苦苦追尋的佛門真經，卻偏偏就藏在這廢墟之中。

主人公破迷蹤密道，看透曼陀羅幻境，

終使佛陀遺書得以重見天日。

誰知婆羅門教日、月、星三宗祭司聞風而動，

風雨雷電四大修羅傾巢而出，

而主人公身邊，尚潛藏著一個帶有嗜血基因的「吸血鬼」。

妻子的誤解，同伴的背叛，

佛陀遺書的得而復失，身陷修羅場的絕望，

都沒能動搖主人公心志，

他終於奪回了佛陀遺書，拿回了失落多年的戰神之芯。

當他真正掌握《天啓書》奧秘之時，

新的時空爲他開啓，

曾經的戰神終於重新駕起傳說中的戰神之車，

突破遊戲世界的束縛，駛向廣袤無垠的星海……

在歷盡磨難之後復甦的戰神，將開始屬於他的全新傳奇。

遊戲時代 V
通天塔

內容簡介

傳說遠古時期，
人類欲建高塔直達天庭，以示與神平等之決心。
人類這種團結一心的精神令神靈也感到恐懼，
於是變亂了人類的語言，使不同族群的人們語言不再相通，
人們因誤會而內訌，高塔最終沒能建成，
這就是《聖經》上記載的巴比倫通天之塔。

在浩渺無垠的星空中，也有一座巴比倫塔，
不過它不是外形上的高塔，而是人類精神上的通天之塔。
它集中了人類多個領域的精英，創造了驚人的科技成果，
就如同巴比倫塔威脅到神靈超然地位，
它從誕生之初就注定了被毀滅的命運。

然而，誰也不能阻止人類探索的步伐！
以主人公爲代表的人類菁英，
沿著亞里斯多德、柏拉圖、牛頓、愛因斯坦等等先輩的足跡，
用實際行動向諸神發出了自己的最強音。
通天之塔，又開始在最偏遠荒涼的星域冉冉升起。

遊戲時代 VI
銀河爭霸

內容簡介

銀河聯邦作為人類社會名義上的最高權力機構，
漸漸失去了對大財團的控制能力，
在這個戰亂紛紜的動蕩時代，
一心建造人類通天之塔的主人公也無法再獨善其身。
尤其前輩們遺留下來的各種科研成果，
更是成為各方勢力覬覦的目標。
投入到這個戰亂時代，聯合支持自己的大財團，
成為了主人公唯一的選擇。
掌握了《易經》、《古蘭經》、《天啓書》等密碼的主人公，
似乎已是縱橫星海的不敗戰神，
直到他遭遇人類歷史上最偉大的軍事統帥
——曾經下落不明的毀滅者，
才真正遇到了一生中最強大的軍事對手。

最糟糕的民主也勝過最完美的獨裁，
弱小的聯邦政府並沒有像周王朝那樣覆滅，
而是在無數英雄滾燙熱血澆灌下，
重新煥發出強大的生命力，
所有貌似強大的利益集團，最終都成為了歷史的灰燼。

遊戲時代 VII
天之外
（END）

內容簡介

銀河聯邦的勝利，
昭示著人類社會新時代的到來，
當全人類重新走向團結和聯合，
巴比倫通天之塔必將以前所未有的速度直達「天庭」。
人類探索世界的步伐開始走向更爲廣袤的時空和星宇，
天堂在哪裡？地獄又在何方？
廣泛瀰漫於宇宙之中不爲人知的暗物質和暗能量，
又是怎樣一種存在？
黑洞之內又有著怎樣的奧秘？
佛家的「空」，道教的「道」，
穆斯林的「真主」，基督徒的「上帝」，
它們是否是對同一種存在的不同描述？
科學範疇的超弦理論與宗教範疇的四大皆空，
如何在作者的筆下成爲和諧的統一？
人類社會的終極文明究竟又是怎樣一種的形式……
所有這一切都是科學或宗教暫時無法回答的終極難題。

大話英雄 ①英雄有夢 (原名：爆笑英雄)

作　　者：易 刀
發 行 人：陳曉林
出 版 所：風雲時代出版股份有限公司
地　　址：105台北市民生東路五段178號7樓之3
風雲書網：http://www.eastbooks.com.tw
官方部落格：http://eastbooks.pixnet.net/blog
信　　箱：h7560949@ms15.hinet.net
郵撥帳號：12043291
服務專線：(02)27560949
傳眞專線：(02)27653799
執行主編：朱墨菲
美術編輯：吳宗潔

法律顧問：永然法律事務所　李永然律師
　　　　　北辰著作權事務所　蕭雄淋律師
版權授權：蔡雷平
初版換封：2015年6月

ISBN：978-986-352-174-7

總 經 銷：成信文化事業股份有限公司
地　　址：新北市新店區中正路四維巷二弄2號4樓
電　　話：(02)2219-2080

行政院新聞局局版台業字第3595號
營利事業統一編號22759935

定 價：280元　特價：199元

國家圖書館出版品預行編目資料

英雄傳說 / 易刀著. — 初版. —
臺北市 : 風雲時代, 2015.04-
冊 ; 公分
ISBN 978-986-352-174-7(第1冊 : 平裝). —

857.7　　104004304